穆旦译文集

查良铮

MUDAN YIWENJI

4

人民文学出版社

一九四九年三月于泰国曼谷。

一九五〇年冬于美国芝加哥市中心。

阿尔弗瑞德·普鲁弗洛克的情歌

假如我认为,我是回答给

一个能转回阳世间的人,

那么这火焰就不会再摇闪。

但既然,如我听到的果真,

没有人能活着离开这深渊,

我回答你就不必害怕流言。

那么我们走吧,你我两个人,

正当朝天空慢慢铺展着黄昏

好似病人麻醉在手术桌上;

我们走吧,穿过一些半冷清的街,

那儿休憩的场所正人声喋喋;

有夜夜不宁的下等歇夜旅店

和满洒蚌壳的铺锯末的饭馆;

街连着街,好像一场讨厌的争议

带着阴险的意图

要把你引向一个重大的问题……

唉,不要问,"那是什么?"

一九七五年《艾略特诗选》译稿第一页手迹。

在战争时期
——十四行诗组,并附"诗解释"——
(1)

在岁月的推移中洒落下种种才赋,
芸芸众生立刻各执一份奔进生活;
蜜蜂拿到了那构成蜂窠的政治,
鱼作为鱼而游泳,桃作为桃而结果。

他们一出手去尝试就成功了,
诞生一刻是他们仅有的大学时期,
他们满足于自己早熟的知识,
他们安守本分,永远正确无疑。

直到最后来了一个稚气的人,
岁月能在他身上形成任何特色,
使他轻易地变为豹子或白鸽;

一丝轻风都能使他动摇和更改,
他追寻真理,可是不断地弄错,
他羡慕少数的朋友,选择其所爱。

注解:岁月是赋予者,赋与人以社会的形象。有人诞生为蜜蜂,能筑窠营共同的生活,这是社会的稳定因素,现状的支柱。"鱼"和"桃"也是如此。有的人油滑,在他的社会中如鱼得水,游得自在。"桃"在英文中又意指"非常被喜爱的人",为社会所满意。大学是求知的地方,但这些人一旦成型,就不再求知或探索真理,因此他们的大学时期是很短促的,他们早熟的知识是随着他们社会生活的诞生而具来的,绝不再向前发展,却使他们坚信自己永远正确。但是也有另一种稚气的人,他永远在上大学,怀疑既定的社会价值,不断求真,又不断犯错;他对外界反应灵敏,因此时常变形;他可能仰慕某些历史人物而模仿他们。诗人的同情显然寄于这类人身上。

一九七五年《奥登诗选》译稿第一页手迹。

目　次

雪莱抒情诗选

译者序 ……………………………………………… 3
爱尔兰人之歌 …………………………………… 20
战争 ……………………………………………… 21
致爱尔兰 ………………………………………… 25
十四行二首 ……………………………………… 27
魔鬼的散步 ……………………………………… 29
自伦敦赴威尔士有感 …………………………… 38
诗章 ……………………………………………… 40
给—— …………………………………………… 42
无常 ……………………………………………… 43
咏死 ……………………………………………… 44
夏日黄昏的墓园 ………………………………… 46
给华兹华斯 ……………………………………… 48
一个共和党人对波拿巴的倾覆所感到的 ……… 49
赞精神的美 ……………………………………… 50
奥西曼德斯 ……………………………………… 54
"有力的鹰隼" …………………………………… 55
给威廉·雪莱 …………………………………… 56
咏范妮·葛德汶 ………………………………… 59
"那时刻永远逝去了，孩子！" …………………… 60

咏尼罗河	61
亚平宁山道	62
往昔	63
咏一朵枯萎的紫罗兰	64
招苦难	65
在那不勒斯附近沮丧而作	69
"别揭开这画帷"	72
写于卡色瑞统治期间	73
给英国人民的歌	75
一支新国歌	78
一八一九年的英国	81
颂诗	82
颂天	84
西风颂	87
印度小夜曲	91
给索菲亚(斯泰西小姐)	93
爱底哲学	95
含羞草	96
云	110
给云雀	114
自由颂	119
给——	132
普洛斯嫔之歌	133
阿波罗礼赞	134
秋:葬歌	136
咏月	138
自由	139
饥饿底堡垒	141
世间的流浪者	143
"你匆匆进了坟墓"	144

给一个评论家	145
长逝的时流	146
一年的挽歌	147
咏夜	149
时间	151
给——	152
歌	153
无常	156
伟政	158
阿齐奥拉	159
哀歌	161
忆	162
给——	164
音乐	165
明天	167
"生命可以转移"	168
"世界从新生到衰落"	171
"世界的伟大时代重又降临"	173
"当一盏灯破碎了"	176
给珍妮：一个邀请	178
给珍妮：回忆	181
给珍妮，并赠吉他	185
哀歌	189
"我们别时和见时不同"	190
岛	191
阿拉斯特	192
"虐政"底假面游行	215
心之灵	238
阿童尼	261

再版后记 ·· 288

布莱克诗选

译序 ··· 291

诗的素描

咏春 ··· 296
咏夏 ··· 297
咏秋 ··· 298
咏冬 ··· 299
给黄昏的星 ··· 300
给清晨 ·· 301
歌——我在田野里快乐地游荡 ······················ 302
歌——我的倦慵之姿和微笑 ························· 303
歌——爱情与和谐拉手 ······························· 304
歌——我爱快乐的舞蹈 ······························· 305
歌——记忆呵,到这儿来 ····························· 306
狂歌——狂暴的风在哭喊 ···························· 307
歌——刚离开露湿的山 ······························· 308
歌——披着灰衣的晨曦刚走在路上 ················ 309
给缪斯 ·· 310
捉迷藏 ·· 311
牧人之歌 ··· 314
老牧人之歌 ·· 315

杂 诗 选

永远的福音(摘译) ·································· 316
你的腰身怀满着种子 ································· 323

4

让巴黎的妓院开放吧 ……………………………………………… *324*

英国现代诗选

序言 ……………………………………………………………… *329*

T. S. 艾略特（1888—1965）

阿尔弗瑞德·普鲁弗洛克的情歌 ………………………………… *339*
一位女士的肖像 …………………………………………………… *350*
序曲 ………………………………………………………………… *355*
窗前的清晨 ………………………………………………………… *359*
波斯顿晚报 ………………………………………………………… *360*
悲哀的少女 ………………………………………………………… *361*
河马 ………………………………………………………………… *363*
枯叟 ………………………………………………………………… *366*
荒原 ………………………………………………………………… *376*
T. S. 艾略特的《荒原》 …………………………………………… *392*
空虚的人们 ………………………………………………………… *416*
灰星期三节 ………………………………………………………… *421*

W. H. 奥登（1907—1973）

在战争时期——十四行诗组，附《诗解释》…………………… *423*
探索（十四行诗组，选十首）…………………………………… *454*
    门 ………………………………………………………………… *454*
    准备 ……………………………………………………………… *455*
    诱惑之一 ………………………………………………………… *455*
    诱惑之二 ………………………………………………………… *456*
    塔 ………………………………………………………………… *457*
    冒失者 …………………………………………………………… *457*
    职业 ……………………………………………………………… *458*

道 ··· 459
　　冒险 ·· 459
　　冒险者 ·· 460
美术馆 ··· 462
正午的车站 ··· 464
悼念叶芝 ··· 465
旅人 ··· 469
太亲热,太含糊了 ··································· 470
步父辈的后尘 ······································· 472
请求 ··· 474
我们的偏见 ·· 475
大船 ··· 476
不知名的公民 ······································· 477
这儿如此沉闷 ······································· 479
要当心 ·· 480
我们都犯错误 ······································· 481
让历史作我的裁判 ································· 482
西班牙 ·· 484
歌(第二十七曲) ··································· 489
歌(第二十八曲) ··································· 490

斯蒂芬·斯彭德(1909—1995)

我不断地想着 ······································· 492
特别快车 ··· 493
国王们的最后道理 ································· 495
等他们厌倦了 ······································· 497
不是宫殿 ··· 499
一个城市的陷落 ···································· 501
北极探险 ··· 503

C. D. 路易斯（1904—1972）

请想想这些人 ··· *505*
十四行 ··· *507*
两人的结婚 ·· *508*

路易斯·麦克尼斯（1907—1963）

跳板 ·· *510*
探险 ·· *511*
预测 ·· *513*

W. B. 叶芝（1865—1939）

一九一六年复活节 ··· *515*
驶向拜占庭 ·· *518*

雪莱抒情诗选

〔英〕 雪莱 著

译 者 序

　　英国十九世纪诗坛上的两颗巨星——雪莱和拜伦,是我国读者久已熟悉的了。他们在热情的诗歌中发出革命的号召,不知感动了多少心灵。要是用一句话来概括他们的诗歌活动的话:可以说,他们是革命浪漫主义者,也就是英国工人运动尚在雏形时期的代言人。关于这,恩格斯在《英国工人阶级状况》一书中曾经说:"雪莱,天才的预言家雪莱,和满腔热情的、辛辣地讽刺现社会的拜伦,他们的读者大多数是工人……"据马克思的女儿爱琳诺说,马克思曾称雪莱是"彻头彻尾的革命家"。

　　正因为如此,雪莱和拜伦长期以来受到资产阶级的辱骂、嘲笑和歪曲。这两位诗人一生的坎坷以及他们挺身与反动势力作毫不妥协的斗争的勇气,也是早已引起了广大进步人类的同情与赞美的。他们不但是自己所出生的阶层的叛徒,而且还是正当那一阶层(贵族、资产阶级)的统治最强大和最顽固的时期,起而与之对抗。由此看来,他们的真知和远见,他们的冲破黑暗势力的大无畏精神,更是多么难能可贵呵。我们相信,这两位前驱诗人的充满战斗热情的诗篇,在今天是能得到充分的赞誉和正确的评价的。

　　在十九世纪初叶的英国,工业革命已经彻底改变了社会面貌。社会迅速地分裂为一方面是贵族、资本家和极端富有者,一方面是赤贫的无产阶级;旧日比较稳固的中间阶层不断地分化,小工商业者或者上升,或者下降。社会进步的动力无疑地落到了无产阶级的肩头上。但此时的无产阶级本身还是比较薄弱的,政权还强有力地掌握在日益反动的贵族及资本家手里。在这种反动势力的统治下,工人运动尽管前仆后继,但由于历史条件的限制,还没有成熟发展起来:例如,较早的路德分子破坏机器运动和较后的宪章运动,便是以本身的弱点而致失败了的。但英国工人阶级改造世界的意愿和憧憬却坚强地存在着。就是基于这一憧憬,产生了英国文学中的革命浪漫主义。

诗人雪莱(1792—1822)出生在富豪的贵族家庭,他所进的学校也是专为培养贵族子弟而设的,先是在伊顿中学,一八一〇年进入牛津大学。可是,雪莱自始即对于当时由教会的蒙昧主义所严格控制的大中学教育深感不满。在牛津大学不过半年,便因为散发了自己所写的小册子"无神论的必要"而被学校开除出去。这激怒了他顽固的父亲,家庭从此和他断绝了关系,只保留对他微薄的金钱接济。他原有的未婚妻也和他解除了婚约。从此,自十九岁开始,雪莱就成了被上层社会排挤出去的流浪儿,但同时,一个日益坚决的革命者也逐渐成长起来。

生活的贫困颠沛,再加以社会的诽谤和迫害,却毫没有顿锉雪莱的坚毅的意志。他本人就像他所歌唱的"云雀"一样,带着欢乐的歌唱直飞向他所向往的天空,从没有回顾和反悔。在资产阶级看来,他是"疯狂的雪莱",是"毒蛇";十九世纪英国批评家马太·安诺德有一句"名言"论及雪莱说:雪莱是一个"美丽的然而不切实际的安琪儿,枉然在空中拍着他闪烁的银色的翅膀。"①这就是资产阶级评论家在最好的情况下所能看到的一切了!喜爱黑暗的人对光明是盲目的,因此安诺德认为雪莱的诗"缺乏内容"。可是,够了!让我们看看雪莱是怎样成长为革命浪漫主义者的吧。

给年轻诗人的心灵以深刻启发的,首先约有三方面的影响:一是自然科学的研究;一是阐述进步思想的书籍(政论方面如威廉·葛德汶的《政治的正义》、托玛斯·潘恩的《人权论》;哲学方面如洛克、休谟及斯宾诺沙的论著);而最后和最有力的影响自然是诗人所生活于其中的社会环境,是当时英国和欧洲的社会及政治运动。

雪莱在中学和大学时期,对物理、化学和电学都抱有极大的兴趣,并且在自己的住屋中堆满了仪器,进行了很多试验。他认为自然

---

① 今日的《剑桥英国文学简史》认为这句话未免美化了诗人,它说:"这是并不十分符合事实的。在雪莱的一生中有很多不美丽、不无实际效果和非尽天使般的作为。"这本文学史甚至说,拜伦、雪莱和济慈三诗人的早亡,"仿佛是对明显的罪恶的判决"。

科学会使人认识到自然界的秘密,帮助人成为世界的主宰者,从而可以把人从"偏见"和奴役状态中解放出来。虽然在离开学校后,他就不再接触实验科学了,但对科学的爱好已经给他的推崇理性和对世界的唯物认识奠定了基础。

诗人早年的政治见解固然部分地由阅读书籍而形成,但更主要的是生活本身使他认识到英国的现实。这,我们可以由他当时所写的书信中看出来。

离校不久,他到了凯斯维克,就是湖畔诗人华兹华斯在那儿歌颂自然之美的地方。但雪莱看到的却是另一种景象:"我看到了悲惨的景象。工人们处于饥寒中。我们的士兵被派到诺廷汉去了……若果他们是为了去杀死当地任何一个饥民的话,让上天诅咒他们吧。"他又写道:"在这凯斯维克,虽然风景是可爱的,但人们却可憎。厂主们带着他们的污浊伸进了这平静的山谷,以人的恶浊破坏了自然的美。来到这里的大家族们,他们荒淫的奴仆也有助于使道德整个沦丧。凯斯维克与其说是坎伯兰郡的一个村落,毋宁说更像伦敦的近郊。河里常常发现被不幸的女工所扼杀的孩子。"不久之后,他到了爱尔兰的首府都柏林,他写道:"在这以前,我从没有想到人间的悲惨可以达到如此地步。都柏林的穷人确实是最不幸最悲惨的了。在他们那狭小的街上,仿佛有成千人在一起蹲伏着——简直是一堆活人的垃圾。这种情景多么剧烈地震动了我!"

雪莱在写过《无神论的必要》攻击宗教的权威以后,次年(1812年)二月十二日便带着新婚妻子海瑞特和自己所写的《告爱尔兰人民》小册子,到爱尔兰去鼓动当地的民族革命。这是他第一次、也是最后一次的实际革命工作,对他此后的发展有极其重要的影响。在《告爱尔兰人民》里,他写道:"人们侈言贫穷不是恶端,——他们定是没有身受,否则就不会这样想的。""被统治者应该过问政府的工作。""战争对你们的幸福和安全难道是必要的吗?穷人从国家的财富或疆域的扩展得不到任何好处,他们从'光荣'得不到什么,这个字眼不过是政治家用来掩饰他们的野心或贪婪罢了……穷人用自己的血、劳作、快乐和美德当作代价,来买这'光荣'和这财富。他们为了这魔鬼的事业而战死沙场。可悲的是:下层人民所以牺牲自己的生命和自由,不过为了使压迫者更凶残地压迫他们而已。可悲的是,穷人必须把那使他们全家免于饥寒的财物当作税款交出来。……许多丰衣足食无所用心的人们在斥责改革;狠心的、或者无所用心的人们呵,有多少人正在你们权衡利害时忍饥挨饿,有多少人正为了助成你们的快乐而死去。"

这篇文告的煽动力是显然的,尤其可贵的是,它的立论完全站在赤贫的无产阶级一方面。只可惜,由于雪莱当时深受葛德汶的改良主义政论的影响,这文告的结论还不是号召人们拿起武器来斗争,而是主张"节制、冷静、仁慈和自持能给你们带来美德,阅读、会谈和思索能给你们带来智慧,等你们有了这些,你们就可以反抗暴君了"。

爱琳诺·马克思说得好,我们不能期望雪莱在他那时代就完全明了生产力和生产关系等复杂的过程及其后果。重要的是,"他竟能看出这种关系并站在工人阶级的立场来权衡它。只凭这一点,我们就可以把他称为社会主义者"。[①]

雪莱很重视他的爱尔兰之行,他认为"不是最高贵的成功,就是最光荣的殉道"在等待他。他把《告爱尔兰人民》的小册子一面廉价在书肆出售,一面还亲自在都柏林以各种方式散发它。他的妻子海瑞特曾在给希钦诺小姐的信中这样写道:"我相信,你要是看到我们怎样散发小册子,你会大笑的。我们把它从窗口投出去,又把它分发给从我们街上路过的人。这样做时,真要把我笑死了,可是波西(即雪莱——译者)却严肃得很,昨天他还把一本小册子放在一个妇人的袍兜里呢。她一点也不知道,我们就走过去了。"除此而外,雪莱还把传单放在用木塞塞好的玻璃瓶中,置于海上任其漂流,或者用氢气球把它送往空中。

据当时报纸的记载,雪莱曾在都柏林的剧场中对爱尔兰的贵族们发表演说,效果非常好,很激怒了一些顽固派。

从当时的客观情势以及雪莱所采取的行动方式来看,不消说,他是不会成功的。他的行动引起了当局的注意和监视,却侥幸没有被

[①] 见爱琳诺·马克思·艾维林及爱德华·艾维林合著的《雪莱——社会主义者》。这里引文自俄文转译。

捕。他在一八一二年三月十八日写信给葛德汶说:"我已经把……出售的小册子收回,准备离开都柏林了。……我承认,我想组织无知的人民的计划是不合时宜的。……我不想再对文盲宣讲了。我将期待着我不可能参与的事件的发生,使自己成为因果中之因,而那个果将在我变为灰尘的许多世代以后出现的……"

这时雪莱才不过二十岁,便具有如此天才的远见!我们看到,他早年所形成的革命思想和对未来的坚强的信念,尽其一生未曾改变,并且与日俱增地贯穿在他此后的一切诗作中。他是一个热情而勇敢的革命家,但环境却不允许他在实际的革命活动中有所发展。因此他才转向写诗,开始以诗为武器,在思想上向私有制和反动派宣战。雪莱夫人在注释雪莱早年诗作(1814—1815年)时,也有几句话提到这一点。她说:"在这以前,他主要想实现他的政治主张,因此写了一些文章向人民呼吁,号召人民争取自己的权利;可是现在,他开始感到,行动的时机在英国还没有成熟,只好以笔作为工具,来为较好的一日扫清道路了。"

诗人的这一决定是高贵的;但同时,我们也不能不看到,由于放弃了实际活动和政治斗争,诗人的蓬勃精力和热情不能朝革命最有力的方向去发挥,他的生活也无法和广大人民的生活相结合,这就自然而然引起了他的忧郁和自我怜惜的感情。这种感情在他此后的抒情诗中也屡见不鲜。

本集最早的七首诗,是诗人在爱尔兰之行前后写出的,鲜明地反映了他这一时期的革命思想。尽管这些诗是所谓"少年之作"(Juvenilia),在艺术上尚不成熟,一般雪莱的选集都不采用它们,可是,译者却觉得它们有特别可贵之处:和此后诗人的作品比较起来,是不是特别有一种蓬勃的朝气,一种未受挫折的天真呈现在这些崇高的诗思中,而是为后来的一些作品所无的?关于这,我不敢武断;但至少,我们可以从这些诗篇领会到诗人赴爱尔兰的革命行动,是被多么明朗的热情和战斗的意识所推动着的!是的,这是一个革命青年所写的诗!它的魅力似乎也正在这里。译过这些诗以后,再看一八一四年的"诗章"及随后的一些作品,显然生活中的失败和挫折已直接或间接影响了诗人的心情了。从这时到一八二二年为止,诗人还活了九年,这九年中他虽然主要地以笔为武器,在思想上作战,但生活上的变化还是很大的,所受的打击也很多。他的第一个妻子海瑞特不能理解他的精神生活,而由于和葛德汶一家人的接近,他热烈地爱上了葛德汶的长女玛丽,两人在一八一四年七月私奔到瑞士,但同年九月因经济困难又回到英国。这一时期,雪莱为了躲避债主,一度住到小客栈里去藏身。次年祖父死去,有一小部分遗产归于他,经济情况才好转起来;但雪莱从未富有过,因为他一旦稍有进款,便要慷慨地接济友人。一八一六年,由于社会舆论的迫害,又鉴于国外生活比较低廉,他和玛丽再度去到瑞士,并在日内瓦和拜伦结识起来。不久患乡思又回到英国。就在这一年,最不幸的事情发生了。玛丽的妹妹范妮自杀而死,人们传说是因为单恋雪莱的缘故;接着,诗人的前妻海瑞特也投河自杀,遗下了雪莱的两个孩子,这成了涉讼的对象。她的家人声称诗人没有教养子女的资格,而反动的托利党政府以雪莱是无神论者为借口,竟剥夺了雪莱抚养子女的权利,把他们判给外人抚养了。诗人对此极为愤慨,便在一八一八年三月全家移居意大利,从此再也没有回到英国。一八二二年七月八日,雪莱和友人威廉斯自斯培兹亚海港泛舟去雷亨,中途遇风暴,溺死海中。

雪莱的一生是战斗的,但由于他是独自和反动势力斗争而没有和工人阶级在生活上打成一片,他的一生也是显得孤独的。他自己深刻地感到了这一点。在一八一九年四月六日,他给友人写信说:"我想,除了五个人以外,凡是知道或听说到我的人都把我看作是罪恶和堕落所造成的稀世怪物了。"这样一种孤寂的、被敌意所包围的生活,如前所说,自然要引起不健康的情绪,使诗人不断地想到死,想到生活的虚妄和世事的无常了。因此,我们就看到像"无常"、"咏死"、"往昔"、"招苦难"、"长逝的时流"、"秋"、"时间"等一类诗。①这是可以理解的:忧郁的心情是这样一种战士有时不得不付出的代价。但事情还不止于此。由于精神有了苦闷,自然要寻找解脱,于是雪莱在某些方面找到了唯心主义的柏拉图哲学。当生活整个与自己

---

① 自然,这些诗并不尽是消极的方面:当诗人感于世事的变迁时,他也看到苦难只是暂时的,美好的一日必将到来。这也就提供了乐观的基础。

为敌的时候,也许唯心哲学是较容易找到的遁逃薮吧?这种说法,自然并不是要追寻诗人自觉的意识过程。雪莱是严肃的思想家,他所以推崇柏拉图哲学,自有其积极意义的一面(例如:可以和教会的宣道对抗);不过,尽管如此,我们还是可以看到,诗人引用在他诗中的一部分唯心哲学,也是很投合抑郁的心情。那哲学告诉人说,这世界的一切都是假象,另有一个更真实的、理念或精神的世界,它是非物质性的,完美的,永恒的,我们这个多变而不完美的物质世界就是它的投影。关于这,柏拉图曾作过一个著名的比喻。他说,人类大多数仿佛是坐在地下岩洞中的囚徒,背对着火,火光把影子投射在岩壁上,人们便把这影子当作现实的世界。只有少数人(哲学家)转过身来,走上陡峭的石级,才能看到上面的阳光世界,看到"真实"。因此,要获得真理,就要把"灵魂的眼睛转过来"面对太阳,面对那个"真实的世界"。在柏拉图哲学中,这"真实的世界"有时叫作"理念"、"精神"或者"一"(与"多"相对)。

不难看到,雪莱的诗中有不少推理和形象是采自这种柏拉图哲学的。举例说,《别揭开这画帷》这首十四行诗就明显地把生活比作"画帷"和"幽深的穴中"的"幻象"。"颂天"中把天比作"人的头脑的第一层",认为还有更高的"欢乐世界"在天外移行,如果能看到这个"世界",那"天"就"不过像是从梦乡把日午的反射瞭望"罢了。柏拉图认为在理念中尚有至高的理念,这篇诗里正是反映了这一思想。"赞精神的美"也是歌颂了柏拉图哲学的一种神秘经验。这虽是一首充满了真实热情的诗,但却奇异地构制在形而上哲学的基础上。在冷酷的、灰色的、扑灭了一切高贵行动的火焰的现实中,谁能不缅怀于他曾有过的光辉的一刻,并期望那一刻的再现呢?诗人正是把这样一种生活实感通过唯心哲学的探索透露给我们。诗中所谓"精神的美"、"渺冥的灵气"、"美底精灵"、"较高的世界",实则都是一个东西,就是诗人所看到的宇宙精神,就是"一",万物由于充沛了它而发出光彩,大地失去了它就变为暗淡。人们由于无知,用"鬼怪""天庭"等富于魅力的名称去称呼它。在初春,当诗人正在推究生命的奥秘的时候,他突然感到了与这种精神的融和,于是狂喜地握紧两手。诗人在该诗结尾说,就是这种宇宙精神使他知道克制自己的情欲并热爱全人类的,他希望能够长期充沛它,因为它能给他带来人不再奴役人的希望。

由此看来,雪莱之所以接受柏拉图哲学,基本上还是出于改造世界的意愿,出于求真的精神;他要追寻宇宙的秘密,要掌握自然与人间一切现象的总规律,因为在他看来,只有认清了这一规律,才能顺利进行改造世界的工作。斯宾塞的泛神论也是沿着同一追求的途径化进了他的诗里。举例看,像《爱底哲学》这样一首迷人的小诗,岂不是充满了这类哲学的影子吗?

> 泉水总是向河水汇流,
> 　河水又汇入海中,
> 天宇的轻风永远融有
> 　一种甜蜜的感情;
> 世上哪有什么孤零零?
> 　万物由于自然律
> 都必融会于一种精神。
> 　何以你我却独异?
>
> 你看高山在吻着碧空,
> 　波浪也相互拥抱;
> 谁曾见花儿彼此不容:
> 　姊妹把弟兄轻蔑?
> 阳光紧紧地拥抱大地,
> 　月光在吻着海波:
> 但这些接吻又有何益,
> 　要是你不肯吻我?

这里既有泛神论,把"泉水""轻风""高山""波浪""阳光"等都看做是有生命的东西,和人同样是一种精神的体现物;又有柏拉图哲学关于灵魂的学说——就是,人的灵魂原是两性具备的、完整的,进入肉体后即变为分裂的存在,因此它永远追寻与它的另一半相结合;自然界也如此,"多"总是企图向"一"汇合,所以泉水汇入河水,河水汇入大海。大海和太阳都是"一"的象征,万物"都必融于一种精神",亦即融于普在的爱情、融于宇宙精神中。这首诗以对爱人劝告的方式、以爱情的语言精炼地表现了诗人的一整套思想,确可以说是把动人的感性形象和丰富的说理美妙地结合起来了。

唯心哲学使诗人相信,人死后还有精神的存在,坟墓的那边并不就是黑暗和空虚,而是更美好的真实;因为,现世的缺陷和无常是不会被带到"那边"去的。这思想较明显地表现在后期诗作如"阿童尼"里面。在那首诗的结尾,诗人说,死去的阿童尼"没有死,也没有睡,他不过是从生之迷梦中苏醒",反而是活人迷于噩梦,像尸身一样在腐蚀着。这思想,就其否定生存的积极意义一点来看,自然是诗人的薄弱的一面。

我们可以说,唯心思想是诗人积郁的胸怀的必然产物;但同时,我们更应该看到,它也是社会历史的一种产物,因为在一定的科学水平限制下,诗人对世界还不能达到更完善的解释。这给他的诗带来了不可否认的弱点,如某些诗和某些片断在表现上的晦涩与朦胧即是。可是,我们不能因此说,它带来的就全是弱点。因为,如前指出,它正是体现了诗人对积极的世界观的一种追求;诗人从中所选取的,往往是符合于他的乐观的信念的那一部分思想,如"爱底哲学"所表现的就是如此。泛神论固然有其唯心的一面,但在一定的历史时期也是一种进步思想。恩格斯说过,"泛神论是达到自由的、人的观点的最后一步,"[1]似乎就正是这个意思。柏拉图哲学相信人有一切崇高的性能,相信"理想国",这不也恰好和诗人改造世界的理想趋于一致吗?

但是,更重要的,我们还应看到诗人是十八世纪启蒙运动和唯物主义的继承者。现实的感受比哲学的泛泛之论要强烈得多;诗人生活在王权和教会的双重统治下,他要以诗来对阶级压迫的种种罪恶现象做斗争,这就不可能不使他成为一个唯物主义者。因此,我们看到,当诗人以坚决的革命者的身份来讲话的时候,他的诗就饱含着清醒的现实感觉,他的刻绘就中肯而有力,他的声音也成了广大人民的

---

[1] 见恩格斯的《英国状况》,此处自俄文转译。

呼声。而且,诗人越是为现实所激怒,他的洞彻一切的理性就越占上风,他的诗也就更清晰地闪耀着现实主义的光芒。《写于卡色瑞统治期间》《一八一九年的英国》《给英国人民的歌》《一支新国歌》《颂诗》《自由颂》《自由》和《"虐政"底假面游行》等诗中所刻绘的现实,在今日看来仍然具有其惊人的现实意义。资产阶级的批评家时常"惋惜"说,雪莱的诗把事物描写得过于黑白分明了,失去了朦胧的诗意;但在我们看来,诗人爱憎分明,他全力歌颂光明和未来,又全力痛斥剥削、伪善和一切恶势力,这正是他的诗的真实的优点。谁要是觉得雪莱只不过是一个天真的、不切实际的诗人而已,他可以看看以上所举的诗是多么明确地掌握了现实和历史的辩证发展! 在卡色瑞统治期间,亦即反动势力看来最强大而稳固的期间,诗人已经能看出自由底刽子手们是在走向坟墓了;他能从"死亡"、"毁灭"、"罪恶"和"财富"的欢笑的筵席上听到它们自我"毁掉!"的声音。他能看出资产阶级的"民主"的虚伪性,说"议会"把"时间最坏的法令还不废除"。他能看到资产阶级的上层建筑宗教和法律都是欺骗人民的,是"害人的陷阱"。他断言"奴隶和暴君原是双生的仇敌",因为,他相信,只要奴隶不肯自居为奴隶,暴君也就不存在了。他看到唯有"饥饿"和"苦辛"——亦即唯有无产者——才是自由女神的侍奉者,而他劝告无产者不要为那"合伙的打劫"(亦即由资本主义国家或国王们所挑起的战争)伸手支援,"你们是自由底儿子,只为她而战"。诗人对人类的压迫者"帝王"和精神的奴役者"教士"投以最深刻的憎恨:

> 但愿自由人能把这名字:"帝王",
> 　践踏为纤尘! 不然,就写在土里,
> 好使这污渍在名誉之页上
> 　有如蛇蝎的足迹,将被风的呼吸
> 所抹去,被平沙从后面覆盖!①

---

① 这些话不禁使我们想起诗人较早所写的《奥西曼德斯》那首讥刺"帝王伟业"的杰作。

对于教士,他说:

> 哦,但愿智者能以他们的头脑
> 　照明这幽暗的世界的大厦,
> 使"教士",这苍白的名字,退缩到
> 　地狱里:这才是它原来的家,——
> 它本是魔鬼渎神的一声嘲笑;

诗人对未来,对人的光明品质从没有丧失过信心。他相信,是愚昧和欺骗使人民暂时尊奉了"压制"和"压制者"的,只要一旦自由底概念从人的精神深处把"智慧"引来,人类就会凭这"智慧"而获得解放。

在摘自长诗《希腊》的《世界的伟大时代又降临》一诗中,雪莱表现了他经常持有的思想,即世界的黄金时期是在未来,而不在过去(和华兹华斯等反动浪漫主义者恰恰相反);他相信,在未来,帝国和宗教都将成为"残梦的遗迹",财富和战争再也不至于蹂躏人类了。这是多么真实的预言呵!在《"虐政"底假面游行》一诗中,诗人完全站在工人阶级的立场规定了"自由"的内容。什么是自由呢?对于工人,自由就是面包,衣服,炉火,和享有一个快乐而整洁的家庭;自由就是对富人的"一种克制";自由就是公理,智慧,和平;自由是爱情,它的明灯是科学、诗歌和思想。由此看来,早在一个半世纪以前,雪莱就已完全明了"自由"不能是一个抽象概念,而是有阶级性的;这一阶级的自由就意味着另一阶级的不自由。同时,自由作为一种精神状态,也必须有其物质基础,贫困的人们是谈不到自由的。因此,他号召无产阶级说:

> 起来吧,像睡醒的狮子,
> 你们多得无法制服;
> 赶快摇落你们的锁链,
> 像摇落睡时沾身的露——
> 你们人多:他们是少数。

显然,这一切都渗透着极为真实的思想,都是为社会历史的不朽的灵感所照耀着的。所以恩格斯赞誉雪莱是"天才的预言家",实非偶然。

不过,在认识到这一切的同时,也应该看到,雪莱把他在一八一二年表现在《告爱尔兰人民》中的改良主义思想还是在某种形式下一直保留了下来。一八二一年所写的《伟政》就有这一痕迹。诗人在诅咒了那些帮助帝王统治的奴仆们以后,却劝他们要获取美德,要克服自己的情欲和意志。就是在《'虐政'底假面游行》里,我们也可以看到,诗人所号召的,也还是以仁义和智慧来对抗暴力,并非"以眼还眼,以牙还牙"。他告诉人民"只须插起双臂,以坚定的目光观看,没有恐惧,更没有惊讶",那么杀人者"就会羞愧地回到他们自己的地方,而这屠杀所流的血将报红地写在他们颊上"。在今日看来,这想法未免过于天真了吧。当然,诗人领受了他那一时代的教训,也许他有理由感觉暴力革命尚非其时。

在抒情诗的领域里,雪莱一直被公认是英国最伟大的抒情诗人之一。优美而蓬勃的幻想、精力充沛的现实刻绘、浪漫的感情、自然而浑圆的艺术、音乐及形象的美——这成为诗人在旅居意大利时期所写的抒情诗篇的特点。《西风颂》可以说是这类诗歌的登峰造极之作,它将永远是世界诗歌宝库中的一颗明珠。在这首诗里,诗人一方面以西风为中心,准确而有力地描绘了一系列自然现象,写出了树叶,流云,海洋等如何在西风的影响下发生变化;另一方面却以此象征了当时整个的现实:"枯死的落叶"岂不正是英国的反动势力?它们是"黄的,黑的,灰的,红得像患肺痨,呵,重染疫疠的一群",它们虽然看来人多势众,但"有翼的种子"——亦即不胫而走的革命思想——却暗藏在地下,只等春雷(春天的喇叭)一响,就会将它的色与香充满人间了。为什么会如此呢?这是因为那"破坏者兼保护者"的宇宙精神(用我们的词语,应该说是历史规律)主宰着一切,使旧的事物必须让位于新的,而西风就是这种精神的体现。诗中还说:在南国,虽然天气较暖,但地中海也能梦见古老的世界在波影里抖颤,因为西风总归是要来的。因此,诗人请求西风把他振奋起来,使他发出革命的歌唱:

　　　　请把我枯死的思想向世界吹落,
　　　　让它像枯叶一样促成新的生命!

这岂不正是诗人给自己一生留下的最正确的写照么?革命思想的传

播成了他毕生的使命。英国宪章派刊物在十九世纪中叶就曾把雪莱的诗印发给广大的工人阶层阅读,从而促进了英国的工人运动。

《给云雀》《云》《阿波罗礼赞》以及一些短歌及爱情诗等都是杰出的作品。它们表现了生底喜悦,创造底喜悦,爱情底喜悦。小小的云雀象征着与宇宙的创造力合一的诗人;这表示诗人既能歌颂有破坏力的"西风",也能全心向往于欢乐底精灵"云雀"。在这里,我想特别提一下雪莱对自然及爱情的描写的特点。雪莱喜欢描写自然,爱把自然景物拟人化,或精灵化(如西风、云雀),这是和他的哲学观点(泛神论)有机地结合着的。无论是谈到自由、爱情、欢乐或悲伤,无论是谈到什么哲学思想,他总是爱从自然景物说起,因为在他看来,宇宙间的一切原是互通的。他把自然描写得符合于他的思想和解释,但同时,他的自然刻绘也极富于科学精神,富于现实主义特征,在观察的精确上甚至是惊人的。《云》就是一个显著的例子;这首诗把云、雨、雷电、海洋和天空等自然过程写得极为精细,同时也指出了宇宙有不断地变化和自我苏生的能力。诗人把深刻的思想和精确的物象同时罗致起来,使它们相互深入地渗透和发展,从而构成了一篇杰作。有的批评家指出:在《西风颂》第三章,连那描写海底树林在洋流变化之前先自动萎缩的现象,也是真实的,因此他们就猜测诗人何以有机会观察到这一种自然现象。当然,如果我们想到诗人曾经多么喜爱自然科学、多么充满着求真的精神的话,这一点就不足为奇了。

一八二〇年的《含羞草》是一篇较隐晦的诗,这里值得一提。就表面看,它似乎只是一首描写园景的诗,并附带叙述了一个简单的故事(它曾被认为是一篇"美丽的花园的历史")。故事是说:春季来到了,花园中各种美丽的花草都滋生出来,像是未受亵渎的乐园;其中有一棵含羞草最感到快乐(第一部)。这花园所以如此茂盛和美好,因为有一个柔情的女郎在细心地培植它;她把它照料了一个夏季,而在秋季来到之前,这女郎死去了(第二部)。于是,花园顿时变为丑恶,美丽的花草都枯萎,一些毒草却蔓延起来。冬天来了,毒草躲在地下;等春雨初降,毒草又复活起来,可是那棵含羞草却僵死了(第三部)。在"结语"中,诗人用了一个形而上学的概念自慰说:在这一切都是幻影的人生中,死亡又何足悲?因为"死亡"本身也必是"一场空幻";爱与美是不会死去的,死去的只是感官而已。

这首诗是否整个是一个隐喻,其寓意又是什么,至今尚不能明确起来。对有兴趣的读者,这里可以提供一种说法是:女郎可能是那"美底精灵"或宇宙精神的化身,含羞草象征诗人自己;诗人一度感到了自己充沛着爱与美的感应,那美丽的花园便是他的精神世界。可是,人生中的"错误、愚昧、纷争"使他的想象底乐园枯萎了;尽管春天再来,那含羞草已不再复活。女郎的死其实就是诗人心灵中完善的美感的消失。

无论是否有这种寓意,这首诗却精确地描写了自然界的花草树木,给诗人的精于观察自然提出了佐证。

爱情诗在雪莱的抒情作品中占有相当的数量;大都带有自传性质。总的说来,雪莱对爱情的看法充满了求解放的精神。从前面所引的那首短诗"爱底哲学"就可以看出来,诗人认为两性爱不过是弥漫在宇宙中的爱情的一部分,是自然间的崇高精神的一种体现。男女的爱情应该扩展为人类的爱。在《给——》一诗中,他把恋人的爱情作了一个比喻说:"这有如飞蛾向往星天,暗夜想拥抱光明,怎能不让悲惨的尘寰对遥远的事物倾心?"由此可见,爱情和革命的憧憬(人类的爱)是互通的。爱情不该是自私的、纯肉欲的、占有的,它越是与别人共享,越是丰富了自身。雪莱在长诗《心之灵》中,对资产阶级方式的爱情表示了充分的嫌恶;他要打破那种爱情的局限性,因为他看到在私有制度下,爱情已蜕变为不自然的夫妇关系,禁锢并损害了人的自由精神了。所以他主张爱情不应局限在夫妇之间。为了这,在当时他是受了不少恶意的指责。实则他既不是多妻制的主张者,更不是多妻制的实行者。恰恰相反,雪莱在私生活方面可以说是非常谨严的。

另一方面,雪莱也并不完全主张柏拉图主义的(纯精神的)爱情,像一般人所易于误解的那样。在他的诗作中所表现的爱情实则是人的最高贵而热炽的感情之一,既没有失去其情欲的一面,也随时能升华并容纳更多的精神素质。在资产阶级社会里,爱情既被贬到纯私有和肉欲的状态,因此诗人才着重谈到它更高贵的、精神的一面,这不是很自然的吗?再反过来看,如果诗人只讲精神之爱,他的爱情诗是绝不会那么热情动人的。

  关于本集所选的几篇长诗,这里也想约略解释一下。《阿拉斯特》是雪莱早年的一篇名诗,正是在他的革命活动失败以后、他感到沮丧和孤独的时期写成的。这篇诗表现了他的内省和自我批判。其中所描绘的"诗人"就是雪莱自己,但又不是他自己,因为他已经看出来:如果一个敏感的青年人尽只幻想美和高贵的事物而厌弃世界,而脱离了现实的斗争,那他是只有死路一条的。"阿拉斯特"的名字原是由雪莱友人皮考克提议给这首诗的,它象征邪恶的精灵,因为遁世的精神必置人于死地。从积极的方面说,这首诗已然承认了这一点;但是另一方面,诗人还不能完全克制自己,因此诗中还有大量顾影自怜的感情。这首诗的写景(山谷,洞窟,河流,树林)充满了朦胧气氛,既象征而又近于实绘。"戴面幕的女郎"似乎已是"精神之美"的化身了。第二篇《"虐政"底假面游行》是一篇不朽的政治讽刺诗,充满了别林斯基所说的"激情的烈火和高贵愤怒的雷鸣与电闪"。诗人为工人被屠杀而控诉英国反动政府,他的愤慨竟达到了这种程度,他要在诗中指名道姓地把反动派加以鞭挞才感到痛快。诗中彻底揭露了统治阶级对广大人民的经济剥削和政治压迫,而且更足珍贵的是,它还明白宣示出当时工人运动的斗争目标和纲领。这首诗的艺术性在雪莱的作品中也是很突出的。他的某些长诗所惯有的朦胧和神秘气氛消失了,全诗的表现简洁、有力而明朗,实在是现实主义诗歌的一篇杰作。《心之灵》是一篇以爱情为主题的长诗,其中固然有不少哲理议论,但也充满了真实的热情和对现世的幸福生活的憧憬。雪莱在信中提到,这首诗"是我的生活与感情的理想化的历史……如果你想知道我现在和过去是怎样的,它会告诉你一些什么。"由于这篇诗的哲理、隐喻和自传性质,有些费解的地方由译者在本诗中作了一些必要的注释。《阿童尼》哀悼济慈之死,是一篇纪念两诗人之间的情谊之作,特别值得珍视。连雪莱自己也不隐讳这篇诗的神秘主义,他曾写信对友人说:"神秘主义姑不置论,它在我的作品中是缺点最少的一篇;这样,我高兴它可以无愧于我对可怜的济慈的悼念了。"又在另一处,他说,这是"一篇高度完成的艺术作品,就结构而言,也许比我所写的任何东西都强些。"的确,它是一篇结构紧严的哀歌,但也许因此之故吧,它的哀悼情绪有失于工整之嫌。一般公认,比较更动人的,倒是诗人刻绘自己、悲悯自己的那些段落。本诗有些费解处,也由译者在正文中作了注解。

总括来说,从雪莱的全部抒情诗中,可以看出他是一个真正乐观的思想家,因为雪莱相信:丑恶的现实是转瞬即逝的;真、美、善将永远存在;人可以不断提高和改善自己,人的智慧和宇宙的意志和谐一致,世界的黄金时代必将到来。如果说,拜伦的诗在很大程度上充满了宇宙的悲哀,雪莱的诗却充满了宇宙的欢乐。即使在有些诗中,忧郁的情绪暂时主宰了他,但他相信宇宙的动力胜过少数人所造成的悲伤与不幸,世界终会转向光明,转向爱与美的精神。

雪莱的抒情诗也给我们刻绘了一个崇高的人的形象;在生活中,诗人确也是一个最可爱、最无私而勤劳的人。拜伦尽管和雪莱有很多意见上的分歧,但他却盛赞雪莱的为人。在一八二二年三月,他写信给友人说:"雪莱是最无私而善良的人,比我所知道的任何人都更能为别人而牺牲自己的财富和感情。"和拜伦不同,雪莱具有平民的风度,他的生活的简朴,他的舍己为人,待人厚、待己苛,都是为他的少数友人所熟知的。他经常好学不倦,对希腊哲学和当代论著都有深湛的研究。他是个严肃的社会思想家,而更难得的是,他力求言行的一致。在那个时代的条件下,可以说他已尽力使自己具有一个社会主义的人的品质了。

雪莱在世时,他的诗名远不及拜伦。他的每篇作品发表后,所受到的不是冷冰冰的漠视,就是反动评论家的诟辱。一八二一年四月一日的《文学报》论到他的杰作诗剧《沈西》说:"在我们这时代,由文化堕落和政治无神论所造成的丑恶现象,可以说无过于这一悲剧的了……它仿佛是由恶魔写出来取悦地狱中的魔鬼似的。"《阿拉斯特》发表后,一年内无人理会,继则受到的诋毁是"疯狂""语无伦次""一片病呓"。《西风颂》《云》《给云雀》这些抒情诗中的珠玉,尽管发表了,却没有人注意,在雪莱生前只有一个评论家对《西风颂》和《给云雀》讲过几句赞誉的话。《云》则被认为是"比糟粕更坏的胡言乱语"的"典范"。《阿童尼》所得到的评语是更恶劣的。①

　　雪莱是一个坚强的诗人,能长期对这一连串的冷漠和攻击无动于衷。不过,在他生命的最后一年,这种残酷的处境起了作用。他有些心情灰懒,这使得他很少执笔了;尽管有一些腹稿和写作计划,但不是没有写完,就是完全没有写。只有当情况特别使他激动时(如济慈的死和希腊革命),他才能将较长的诗一气呵成。同时,他对自己的生命表现了异常的漠视,因此才有泛舟溺死的事件的发生。这不能不说是反动的资产阶级扼杀文化的直接结果。因此,我们今天更该如何珍视诗人所留下的这份遗产!译者能力有限,这一份译介只能算是初步工作,希望读者和专家多多指正。

查良铮

一九五八年

　　附记:本书所根据的原文是 T. 霍金逊编订的《雪莱诗集》(*The Complete Poetical Works of Percy Bysshe Shelley*, edited by Thomas Hutchinson, Oxford University Press, London, 1952.)

---

① 还是在《文学报》(一八二一年十二月七日)上,一个评论家写道:"这篇诗是鄙陋的;它不过集合了一堆浮夸的词句,毫无层次、和谐、意义;只能算学童作业簿上的糟粕罢了……所幸的是,这篇恶劣而极端无聊的东西不可能在英国有什么市场。"

爱尔兰人之歌

天上可以没有星星,世界的光源
可以没入无边的混沌和黑暗;
我们的大厦倾覆了,田园被夺去,
然而,艾林①呵,你绝不能丧失勇气!
看! 四周是茫茫的一片断瓦残阙,
我们祖先的家宅已经坍塌、毁灭,
只见胜利的敌人驰骋在国土上,
而我们的战士都已横尸沙场。
唉,以往令人欢娱的琴弦碎裂了,
我们乡土的清曲妙舞也沉寂了;
只有战歌传扬起来,我们耳中
还似响着厮杀声和剑戟的铮鸣。
但英雄们都何在? 他们死得英豪,
他们不是在荒原血泊中卧倒,
就是任自己的阴魂凌驾着风暴——
"同胞们,复仇呀!"这样向我们呼号。

一八〇九年

---

① 艾林(Erin),爱尔兰古称。

战　争[1]

如今,野心、权力和贪婪主宰一切,
把死亡和毁灭投给了流血的世界。
看！那原野上有多少人作了牺牲,
听呵！尖声的嚎叫正刺破了天空！
何以会如此？必是复仇者愤怒于怀,
才将这千万人逐出生命的舞台；
听那呻吟哪:一个英勇的战士
正忍受最终的痛苦,痉挛地等死,
但在死前,血色涌上了他的面颊,
他用残余的一息说出这些话：
"上帝呀！我的妻,我的孩子——哦,君王,
这喘息的身躯为你倒在荒野上；
是为了支持你,我的血在远方流,
请你以亲人的幸福作战士的报酬。
他听不到我——呵,是的,天高皇帝远,
帝王满心是私欲,又怎能听得见？
那么,上帝呵,我只有对你哀号,
想你不致拒绝一个苦命人的呼告。
唉,我死了——怎么？我已不感到剧痛,
上帝听到我了——我们要重逢,重逢。"

---

[1] 雪莱在一八一〇年十一月假托玛格丽特·尼古尔逊(她在一七九七年图刺英王未遂)为名,出版了一本诗集,本诗即该集的第一首。这篇诗的写作时代是值得注意的。当时英国正在准备对拿破仑决战,报刊上充满了战争气氛,每日鼓励人民从军和"英勇杀敌"。而本诗却揭示这一切都是"君王"的阴谋,并呼吁和平,这不可不说是极为大胆的。

说到这里,他已堕入死亡底怀抱,
随着一声轻叹,灵魂便脱离了躯壳。

人类的压迫者呵,我们的悲惨
就由你们肇始而汇成了泪川;
为了你们,多少母亲在哭念儿子,
他们不到生命的中途便被攫去!
为了你们,多少寡妇满怀伤悲,
对着丈夫的尸架默默地落泪!
"天哪!"她喊道,"这可是你的恩情
使无尽的悲伤溢满了我的眼睛?
这来自混沌中的制度,难道竟是
由你缔造和赞许的?呵,不会的!
原谅我吧,上帝!我的头脑被悲痛
折磨得昏了;"不,上帝从不叫杀声
振动天地,他不会高兴地狱的猖獗——
世上的君王!这都是你们在作孽!
人民就为了你们的罪恶而丧命。
哎,几时那神圣的一天才能降临,
人不再被统治者的罪恶所玷污,
不再受治于野心、骄傲、虚荣、财富,
而且会毫无畏惧地和敌人相交?
几时才没有死亡在原野上笼罩?
几时太阳才能对和平的田野微笑,
而威严的战士手执的只是镰刀?
唉,不可能!只要还有冷酷的国王
在勃勃的雄心支配下,对战场
转着心机,只要一个匹夫的命令
还能使大家为他的私欲送命!
他只顾耀武扬威,权力使他发昏,
哪里管谁死谁活?他可以看千万人

为了他计较的一件琐事而牺牲。
君王是什么？——我看见颤栗的人群,
我听见人们对他的欢呼声震碧霄,
不过使严厉的压迫者微微一笑,
那笑呵,就像四月的阳光一样短暂——
但君王不过是尘土——总有一天,
一切人都平等,帝王将失去权力,
他们手中的王笏将被掷在土里,
血腥的剑也从战士的手里拿去。

呵,和平,美丽的和平,你哪儿去了?
你轻柔的影子何时再来缭绕?
你可是带去了爱情、安乐与和睦?
只因你不在,它们便也无法留贮?
呵,是的,它们似已和你一同飞翔。
现在,只有"恐惧"在麻痹的大地上
率领着战争、灾祸、悲伤,阔步而行,
它在战场上停一下,细心听了听,
便急驰而去,让"地狱"和"死亡"来横行。
"毁灭"从远方嗅到了杀戮的血腥,
看哪! 它也驾起了血红的车驾;
继"恐惧"之后,这一切都鼎沸而下。
焚烧的城镇和一片荒墟在指明:
君王呵,你正是照魔鬼的意志而行。
"这就是你的业绩!"我听见有人说;
这声音震撼了你血腥的宝座;
孤儿和寡妇的呻吟声声撕裂了
你罪恶的皇基,那巨大的魔爪——
"这就是你的业绩,君王!"这声音
变得越来越弱,但却已经传开,
它在爱国志士的耳边说得明白:

那就是:天庭愤于地狱的猖獗,
就要把构成这一切的恶因消灭,
好把和平、天真、爱情再带给世界。

一八一〇年

致爱尔兰

1

你记着,艾林!在你忍辱的海岛
夏日也曾经在一片绿野上微笑,
风在摇摆着谷田,同时掠过了
你海上的急旋而起伏的波涛!
你是一棵树,将丰盛、和平与美
荫蔽过大西洋的亲昵的海水,
　　　　　而如今,花已凋残,
那投过浓荫的树叶也已枯干;
只见冰冷的手在摘它的枯果,
那寒气直使树根也为之萎缩。

2

　　　　艾林呵,我可以
站在你的海边,计算那涌来的
不断冲击在沙滩上的浪涛,
每一波就像是"时间"巨人手执的
一只斧子,不断破开"永恒"底界限;
行进吧,巨人,继续征服;永远
寂寞地行进!在你无声的步履下
多少邦国覆没了,那几千年来
不畏风霜和雷电的金字塔,

也已在你的践踏下化为虚无。
还有那君王,唯有他独自辉煌,
也不过是冬季活一天的苔藓,
你轻轻一步就使他化为尘土。
你真是所向无敌呵,时间;一切
对你让步,除了"坚定为善的意志"——
那心灵神圣的同情:只有它
始于你之前,又存在于你之后。

一八一二年

十四行二首

1　咏一只装载知识的气球

灿烂的球体,穿过黄昏的幽暗
　你静静地飞上你轻盈的途程,
　那暗蓝天空中的闪闪的光明
都要被你的火焰逼得暗淡,——
你载去了火,你自身在转瞬间
　就要像流星般消逝在黑暗中,
　可是那永不熄灭的火,像明灯
却将照耀在爱国者的孤坟前;
它将要为穷苦和被压迫的人
　在茅屋里爆发出振奋的火花,
　而且还要轰传过暴君的宫廷;
　它是漆黑大地上的一座灯塔,
它呀,像是真理终必突破虚妄,
是使这一片景色复生的太阳。

一八一二年

2　将装载知识的瓶子浮在
　　布利斯托尔海峡有感而作

载去救世神药的小船呵!愿和风
　能将你们碧绿的形体吹到彼岸,
　愿你们能经住大海喧腾的波澜,

不让怒吼的风阻碍你们的行程；
要是无冕的自由女神肯于垂青，
　　从她那卑微的宝座俯首下望，
她一定会以最柔和的西风
　　把你们吹送，哦，是的，使你们遇上
一些天性自由的人，他们的眼睛
　　一旦碰到船中所载的，必会灼烁，
　　从而给受苦的大地点起神火，
使四海之内普照着灿烂的光明，
　　于是暴君的心将愤恨得爆裂，
　　因为再也保不住他们蒙昧的夜。

一八一二年

魔鬼的散步

1

有一天,还没有破晓,
  魔鬼就起了床,
他用心把自己打扮起来,
  他穿上了礼拜日的服装。

2

他穿靴藏起他的蹄子,
  他给指爪戴上手套,
  又用礼帽遮住头上的角,
于是他潇洒地走出来,
  真像庞德街[①]上的阔少。

3

天还没有大亮,
  他就在伦敦城里坐下,
  和一个小鬼开始谈话;
流言蜚语,说也说不完,
  还谈宗教,谈这谈那。

[①] 伦敦一条华丽的街道。

4

以后他去到杰姆士广场,
　　也顺便看看圣保罗教堂,
圣徒们跟他都有交情哩,
　　尽管他们规矩,而他放荡。

5

魔鬼是一个庄园主人;
　　既然恶草长得最快,我想,
当他环顾他的田庄时,
　　他一定感到非常舒畅。

6

从每个窗穴,到每间卧房,
　　他一一探视他的好牲畜,
高兴时,也向他们露出指爪,
　　但他们虽然爱为他服务,
　　见到他那丑相又有点恐怖。

7

撒旦把他那红鼻子
　　探进了如此小小的洞隙,
　　你也许以为,这又何必?
那些好绵羊不过正在
　　整一整衣裙,或安排舞会,
　　可是呀,魔鬼看得更深邃。

8

一个牧师(他祈祷时
　　魔鬼总是坐在他身旁)
宣告说,如果魔鬼在这儿,
　　他就绝不能任其猖狂。
哈哈,老尼克①心里想,
　　他又在耍弄那套老勾当,
要没有魔鬼,恶之骄子呵,
　　你坐车都怕迷失了方向。

9

撒旦又向前行,接着看到
　　一个没有头脑的国王,
王宫像自己的住处一样热闹,
　　许多妖怪绕着国王飞行,
　　不是摇旗,就是把刺扭动。

10

呵呵,撒旦想,这倒是好牧场,
　　我的牲口在这儿才最幸运;
他们吃的是血腥的新闻,
　　他们喝的是垂死者的呻吟,
他们从不空着肚子上床,
他们一定会吃得很肥胖。

---

① 魔鬼名。

11

肥得就像他们那一群
　　在西班牙喝够血的弟兄，
（在那儿，"毁灭"在耕耘田野，
　　大地才出幼芽就被僵冻；
凯旋者从那儿赢得了地狱，
　　被屠者的赞词是他们的光荣）。

12

肥得就像艾林岸上的恶鸟
　　（它们围绕着卡色瑞①飞行，
因为他从寡妇怀中夺来了
　　爱国志士的血淋淋的心，
它们要将艾林最珍贵的血
　　吃一个饱，趁天还没有明）。

13

肥得就像坟墓里的蛆，
　　那在腐蚀中欢腾的爬虫，
（它们在黑暗中活上一刻，
　　一面啃啮着，一面蠕动）。

14

肥得就像那贵胄稚弱的脑子：

---

①　英国外交大臣，欧洲反动势力的头目。

他被镀金的玩具惯坏了，
一会儿厌倦，把糖果给人，
　一会又哭喊着把它索要。

15

因为他很胖——他的坎肩
　在上朝前无论怎样紧拉
也难在他的肚子上扣严；
　那马裤呵，像两半个月亮，
　紧拥在他那肥厚的屁股上。

16

他那空虚的头和心
　竟能容下如此多的牛肉！
多得能吃饱二十个人，
　涨得能使他的马裤裂口。

17

哈，魔鬼（有时也叫"自然"）
　把权贵都喂养得这样好，
而他们呢，容貌和举止
　也和他们的老祖宗非常逼肖。

18

一个律师杀死一条毒蛇，
　因为蛇要爬到他的餐桌上，
撒旦不禁想到，这就跟

从前该隐杀死亚伯一样。①

19

像一个地主在丰收的田野
　　散着步,望着他苗壮的牲口,
　　想到他有多少进项的时候,
　不禁快慰地哼着一支歌——
　　魔鬼正是这样在人间漫游,
　边走边哼着地狱的歌。

20

可不是,谁要是全身血腥,
甘心作撒旦最心爱的仆从;
　　谁要是能夺来穷人的面包,
　并且把流离失所者的家当
　　堆起了富人的穷凶骄侈,
　他就一定越活越昌旺。

21

主教虽然胖,律师虽然瘦,
　　他们岂不都很兴隆、如意?
　因为每件教袍、每套假发下,
　　都隐藏有地狱的生机。

---

　① 《旧约》载:该隐因怀有嫉心而杀死亚伯。

22

但猪仔总是最肮脏的,
  哪怕它吃的是最细的粮;
水老鸦即使整夜吃个不停,
  也还是不能够心宽体胖。

23

喂,为什么这地狱之王
  嘴巴笑得合拢不上?
为什么他欢欢喜喜地
  脱下衣服,又蹦跳,又扇翅膀,
又扭刺,又斜走,挤眉弄眼,
居然敢把他的原形显现?

24

原来是一个政治家来了,
  只有对他,魔鬼才敢露出
自己的原形和每一部分,
  因为只有他的情谊永固。

25

妖魔们早就盼望着了,
  一看到这信号,便立即
从那斯蒂吉亚[①]的幽冥中

[①] 斯蒂吉亚,冥府中的河流。

朝他们的魔王飞去。

26

有戴着血腥之冠的"忠诚"
（瘦弱得让罪恶把它支撑），
还有地狱的那一群饿狗：
　　杀戮，贫困，灾祸，一拥而上；
魔鬼在西班牙喂过他们，
　　用的是人血和人世的悲伤！

27

呀，听！我听到地震的声音，
　　国王们失色了，征服者颤抖，
恶棍都吓得鸦雀无声，
　　因为他们的撒旦忽然溜走。

28

今天群魔都在欢宴，
　　庆祝他们的君主回返，
他们欣然看到地狱之王
　　已经烧毁地狱的栏栅。

29

不过，如果魔鬼的目光
　　锐利得像理性底眼睛，
地狱的陛下呵，我想，
　　就绝不会有什么好庆幸。

30

因为,等不到命运走到
　它的尽头,理性底儿子
就会使暴君的面颊
　像他懦弱的心一样僵死。

一八一二年

自伦敦赴威尔士有感

我欢呼你,坎布利亚①! 就在此刻
我似已感到你荒野中不羁的风
在愤怒地追逐着滚滚的云涛,
并且振奋起我最怠惰的心情;
只有高山上的自由才能医疗
这由执拗的习俗所引起的悲痛:
呵,只要谁,即使在想象中饮到了
斯诺坦②山中的一口圣泉,他就能
把尘世污浊的故事忘得干干净净。

可是,这颗心怎能安于自私的平静,
而将他和同胞共有的灾难忘记?
斯诺坦的忘川怎能匆匆就把
受辱的贫困从爱自由的心灵冲去?
难道这高贵的热情竟然沉睡了?
难道它能忘记爱国志士的覆灭,
或者只图在幽静的生活中苟安,
听任在歌舞升平下饥荒遍野,
而高高在上的暴政对一切人肆虐?

不! 坎布利亚! 但愿你幽静的山谷
从不荫蔽一颗无德和背义的心,

---

① 坎布利亚(Cambria),威尔士古称。
② 斯诺坦(Snowdon),威尔士最高的山。

但愿你爽神的风永远不会给
毫无斗志的奴隶吹来一丝清新；
把我激奋起来！……我要手执着武器，
宁愿它在你的山石间劈为粉碎，
好使理性底旗帜，那不流血的
胜利底表征，在自由底战场上飘飞，
像流星，以爱情向人世放射光辉。

荒凉的坎布利亚呵！你该能平息
冲动的思潮；快把你山林间的纱幕
展开吧，好让这被激情渲染了的
山和谷，能隐没于你平静的景物；
我不愿意失常，但也不要让苦难
总是在我的寒门前默默停贮
像病弱的乞儿吧；我本是无助的
饥寒者的友人；——但且让我记住：
他们正义的事业不该为血所玷污。

一八一二年十一月

诗　章

去吧！月下的荒野是如此幽暗，
　　流云已吞没了黄昏最后的余晖：
去吧！晚风很快地要把夜雾聚敛，
　　天庭的银光就要被午夜所遮黑。

别停留！时光逝了！一切都在喊：
　　去吧！别以临别的泪惹恋人悲哭；
她冷涸而呆痴的眼不敢求你恋栈，
　　职责和疏懒都要你复归于孤独。

去吧，去吧！去到你幽寂的家乡，
　　把痛苦的泪洒在你凄凉的炉边，
你可以望着暗影似阴魂游荡，
　　把忧郁和喜悦编织在自己心间。

你的头上会飘飞着残秋树木的落叶，
　　春日的花和露会在你脚边闪烁：
不是你的心，就是现世，必须变冷和寂灭，
　　那么，午夜和晨光、你和恬静才能汇合。

午夜的愁云也有轮到它的宁息：
　　或者风吹得倦了，或者中天一轮明月；
狂暴而不息的海洋总会停下瞬息；
　　凡是运动、辛劳、或悲伤的，必到时安歇。

而你将安歇在墓中——但在此刻,
 当幻景还使你迷于那宅舍、亭园和荒野,
唉,你的记忆、悔恨和深思怎能摆脱
 那妩媚一笑的光彩,两人会谈的音乐?

一八一四年四月

给——

还看着我吧——别把眼睛移开,
    就让它宴飨于我眼中的爱情,
确实,这爱情不过是你的美
    在我的精神上反射出的光明。
对我谈话吧——你的声调好似
    我的心灵的回声,似乎我听见
你说在爱我;可是,你的这言语
    表现的仍只是你,有如站在镜前
    你所倾心的只是自己的容颜;

但我还在耗尽生命守着你,
    有时候,这是多甜蜜的苦役!
在我痛苦时,你也会怜悯我……

无　常

我们像遮蔽午夜之月的云彩；
　　它一刻不停地奔跑，闪耀，颤栗，
向黑暗放出灿烂的光辉！——但很快
　　夜幕合拢了，它就永远隐去；

又像被忘却的琴，不调和的弦
　　每次拨弄都发出不同的音响，
在那纤弱的乐器上，每次重弹，
　　情调和音节都不会和前次一样。

我们睡下：一场梦能毒戕安息；
　　我们起来：游思又会玷污白天；
我们感觉，思索，想象，笑或哭泣，
　　无论抱住悲伤，或者摔脱忧烦：

终归是一样！——因为呵，在这世间，
　　无论是喜悦或悲伤都会溜走：
我们的明日从不再像昨天，
　　唉，除了"无常"，一切都不肯停留。

一八一四年

咏 死

在你所必去的阴间,没有工作,没有谋算,没有知识,也没有智慧。

——《旧约·传道书》

像一个苍白、冰冷、朦胧的笑
　在昏黑的夜空,被一颗流星
投给大海包围的一座孤岛,
　当破晓的曙光还没有放明,
呵,生命的火焰就如此暗淡,
如此飘忽地闪过我们脚边。

人呵!请鼓起心灵的勇气
　耐过这世途的阴影和风暴,
等奇异的晨光一旦升起,
　就会消融你头上的云涛;
地狱和天堂将化为乌有,
留给你的只是永恒的宇宙。

我们的知觉由现世滋育,
　我们的感情也由它而生,
死亡必然是可怕的一击,
　使没阅历的头脑感到震惊:
想到我们的所知、所见、所感,
都逝去了,像不可解的梦幻。

呵,坟墓的那边隐藏着一切,
　　一切都在,除了我们这躯体,
只是这眸子,这美妙的听觉
　　再也不能活着从那儿汲取
所有伟大和奇异的东西,
在无尽变幻的大千世界里。①

谁讲过无言的死底故事?
　　谁揭开过死后景象的帷幕?
谁到过曲折广阔的墓穴里
　　把它下面的阴影向人描述?
或者把对现世的爱与恐惧
和未来的希望联在一起?

一八一六年发表

---

① 这一节(以及全诗)似乎表现了泛神论的概念。雪莱早年在致友人信中曾写道:"我觉得,每个生命都会再生。什么是灵魂?看那花朵吧。北风把它从地面扫去;它在破坏者的鼻息下枯死了。可是那花朵有一个灵魂:因为,灵魂岂非就是使一个有机生命成为如此而非如彼的东西?由此看来,当地上的花朵已枯,那使花朵成为花朵的东西(灵魂)岂不仍旧存在?……整个自然是具有生命的……或许,死后的存在仍然是现世的存在,只不过我们现在采纳了这一方式,将来换成另一种方式罢了。"这些话或有助于对本诗的理解。

夏日黄昏的墓园

——写于格劳斯特郡,里屈雷德

那淹没落日之余晖的雾气
已被晚风在辽阔的空际吹散;
黄昏正绕着白日疲倦的眼睛
把自己的金发越结越幽暗:
呵,寂静和昏黄,人都不喜爱,
已从那幽黑的谷中悄悄爬来。

它们向临别的白天念出魔咒,
感染了海洋、天空、星辰和大地;
万物的声、光和波动受到了
这魔力的支配,都显得更神秘。
风儿静止了,否则就是那枯草
在教堂尖顶上没感到风在飘。

连你也是一样,云彩!你的顶端
像火焰的金字塔从圣殿矗立,
你被那甜蜜的魔咒所制,便以
天空的华彩涂上你变模糊的
遥远的塔尖,它越来越萎缩,
在它四周,星空正凝聚着夜色。

死者正安眠在他们的石墓里,
并且慢慢腐蚀;从那蛆虫的床

发出了似有似无的一声轻颤,
在黑暗中,环绕着一切生命波荡;
那肃穆的音波逐渐变为朦胧,
没入了幽夜和寂静的天空。

呵,美化了的死亡,平静、庄严,
有如这静谧的夜,毫不可怖:
在这儿,像在墓园游戏的儿童,
我好奇地想到:死亡必是瞒住
甜蜜的故事不使人知道,不然
也必有最美的梦和它相伴。

一八一五年九月

给华兹华斯[①]

自然底歌者呵,你不禁哭泣,
　　因为你知道,万物去而不复回:
童年,少年,友情,初恋的欢喜,
　　都梦一般地逝去了,使你伤悲。
我和你有同感。但有一种不幸
　　你虽感到,却只有我为之慨叹。
你曾像一颗孤独的星,把光明
　　照到冬夜浪涛中脆弱的小船,
又好似石筑的避难的良港
屹立在盲目挣扎的人群之上;
在可敬的贫困中,你构制了
　　献与自由、献与真理的歌唱——
但你竟舍弃了它,我不禁哀悼
　　过去你如彼,而今天竟是这样。

一八一六年发表

[①] 华兹华斯是英国十九世纪初叶的浪漫主义诗人。早年向往革命,以后又舍弃了革命,雪莱在本诗中正是对他的这一转变表示"哀悼"和"惋惜"。

一个共和党人对波拿巴[①]的倾覆所感到的

我憎恨你,呵,倾覆的暴君!每当我
 想到像你这样苟延残喘的奴隶,
 居然也在自由之墓上雀跃欢喜,
就不禁难过。你本可以使你的宝座
稳固一迄于今日,但你却选择了
 脆弱而血腥的辉煌,终至被时间
 冲毁到寂灭里。我但愿杀戮、叛变、
奴役、贪婪、恐惧、邪欲伴着你睡倒,
并且窒息了你,它们的使者。唉,可惜
 我知之已晚,因为你和法兰西已然
归于尘土:原来美德有一个仇敌
 甚于"暴力"和"欺诈":那是古老的"习惯"——
一种合法的罪恶;还有血腥的"信仰",
那由"时间"塑造的最邪恶的形象。

一八一六年

[①] 波拿巴即法国的拿破仑。

赞精神的美

1

一种渺冥灵气的庄严的幻影
　　虽然不见,却在我们中间飘泊,
　　它来访这无常的世界,倏忽得
像夏日的风在花丛里潜行;
像是月光泻下了山中的松林,
　　它以流动不定的视线
　　照耀人的心和容颜;
它又像黄昏的和谐与彩色,
　　像星夜下铺展的流云,
　　像音乐的绕梁的余音,
　　像一切优美的事物那样可贵,
但由于它的神秘,更令人欣慰。

2

美底精灵呵,你以你的彩色
　　使你照临的人的思想或形象
　　庄严起来,——你竟飘到了何方?
为什么你去了,离开人的邦国,
使这幽暗的泪之谷空旷而荒漠?
　　为什么阳光不永远能
　　在那河谷上编织彩虹?

为什么一度显现的竟然逝去?
　　这生与死,恐惧和梦幻,
　　为什么要给我们的白天
　　投下暗影?为什么人能有
如此多的爱与恨,希望和忧愁?

3

关于这,那个华严世界没有示予
　　任何语言回答圣哲或者诗人——
　　因此,"精怪"、"魂魄"、"天堂"这些名称
就成了他们无益的探索的标记,
呵,脆弱的符咒,——它的魔法无力
　　使我们耳目所及的一切
　　摆脱疑虑,命运,无常的世界。
只有你的明光,像薄雾流过山峰,
　　或者,像夜风吹过竖琴
　　所发的轻柔的乐音,
　　像月光照在午夜的流水,
给生活的噩梦带来了真理和优美。

4

爱情、希望和自尊,飘忽得像云,
　　它们来去无定,只停留瞬息。
　　人原可不朽而全能,只要你——
你呵,尽管不可知,可畏如神明,
肯和你的随从定居在人的心中。
　　你是共感和同情底使者,
　　它们在恋人的眼中起落——
你滋养了人的情思,仿佛是

黑暗在培育微弱的火焰!
　　别飘去吧,尽管来得突然;
　　别飘去吧——否则,坟墓也会
像是生活和恐惧,一片漆黑。①

5

还在小时候,为了寻访幽灵,
　　我就走过许多幽室、洞穴、荒墟、
　　和星夜的树林,以敬畏的步履
追求希望——希望和死者谈心。
我呼唤幼时读过的魅人的名姓;②
　　但毫无所见——没有答复——
　　我在深思着生命的归宿,
在那甜蜜的季节,当风儿正唤起
　　一切沉睡的生命
　　传播花和鸟的音信——
　　突然,你的幻影临到我;
我狂喜地呼叫,喜得我两手紧握!

6

我起过誓,要把我全心献给你
　　和你的所属——我可违背过誓盟?
　　就在如今,我还带着泪和激动
把千年的魂灵从喑哑的墓里
一一唤出:他们正伴着我一起

---

① 雪莱认为,人死后灵魂不死,因为尚有精神底世界在。这里表示"坟墓"不是"一片漆黑",也正是这个意思。
② 或指诗人幼时所读的充满恐怖与激情的传奇故事的主人公。

在爱情或课读的梦苑中，
　　　等待那不仁的黑夜消隐①——
　　他们知道，要让我有欢欣的面容，
　　　除非确信你会给世间
　　　解除它的奴役的锁链，
　　　除非你——呵，庄严的美，
　　将给予文字所无法表达的欣慰！

7

正午过去以后，白日就显得
　　肃穆而恬静；——在秋日的天空
　　有一种色调，秋天有一种乐声，
是人们在夏天所不曾闻见过的，
仿佛那跟夏天根本不配合！
　　因此，我的青春既已
　　承受了自然底真理，
那么，就请你以灵气对我的余生
　　赐予安谧吧，因为我一向
　　崇拜你，和你的每一表相；
　　魅人的精灵呵，是你的美
使我不敢信任自己，却爱全人类。

　　　　　　　　　　　一八一六年

---

① 这里，诗人意指，为了追寻"美底精灵"，他好学不倦地彻夜钻研古人的著述。他的书斋成了"爱情或课读的梦苑"，因为他自己对人类充满了爱情，在梦想着世间解除"奴役的锁链"的那一天的到来。

奥西曼德斯[①]

我遇见一个来自古国的旅客，
　他说:有两只断落的巨大石腿
站在沙漠中……附近还半埋着
　一块破碎的石雕的脸;他那皱眉,
那瘪唇,那威严中的轻蔑和冷漠,
　在在表明雕刻家很懂得那迄今
还留在这岩石上的情欲和愿望,
　虽然早死了刻绘的手,原型的心;
在那石座上,还有这样的铭记:
"我是奥西曼德斯,众王之王。
强悍者呵,谁能和我的业绩相比!"
　这就是一切了,再也没有其他。
在这巨大的荒墟四周,无边无际,
　只见一片荒凉而寂寥的平沙。

一八一七年

---

① 奥西曼德斯,古埃及王,据称其墓在底比斯的拉米西陵中。

"有力的鹰隼"[1]

有力的鹰隼！你高高飞行
在雾气弥漫的山林上空,
  直钻入晨曦闪耀的碧霄,
像一片彩云急急赶路；
而当夜色降临,也不顾
  欲来的狂风暴雨的警告！

一八一七年

---

[1] 据推测,本诗是写给威廉·葛德汶的。他对雪莱早期的思想有很大的影响。

给威廉·雪莱[①]

1

海滩上的波浪围着它跳动,
  这只桅船并不很牢;
海是幽黑的,那锁紧它的云
  阴森森地卷来风暴。
跟我来吧,孩子,跟着我来,
尽管海上的浪涛在澎湃;
就要起风了,我们不能停留,
不然,法律底奴仆会把你劫走。

2

他们夺去了你的兄姊二人,
  使他们不能与你相合;
那眼泪,那微笑,对我如此可亲,
  从此将要干枯、萎缩。
正当少年,他们却被绑为奴,
交给害人的信仰,罪恶的渊薮;
他们将把你我不断地诅咒,

[①] 这首诗是雪莱永别英国之前写的。这时他刚刚败诉,法院把他和前妻所生的一子一女从他的手里剥夺了去,判归外人带养,因为认为他是无神论者,"不宜于"教养子女。威廉是雪莱第二个妻子玛丽所生的,当时尚不及两岁。诗人所以要离英国而去意大利,也和保护这个孩子有关。

因为呵,我们是无畏而自由。

3

来吧,亲爱的孩子,你将会
　　给你的母亲带来快乐,
因为靠在她那焦虑的心怀,
　　还正睡着另外一个,①
她将愿看到你以动人的笑
面向我们自己人,你的同胞,
在那遥远的异邦,这将是
你在游戏中最亲昵的伴侣。

4

别害怕暴君的统治没有完,
　　别害怕那邪说的教士;
他们正站在咆哮的河水边,
　　以杀戮将河水染赤。
滚滚波涛起自千万个山谷,
正对着他们汹涌、澎湃、愤怒;
他们的剑和王笏将被冲走,
像破船漂浮在永恒底时流。

5

歇下吧,可爱的孩子,别哭叫!
　　你可是怕这船的摇颠,
这风暴的怒嚎,寒冷的波涛?

---

① 玛丽在一八一七年九月生一女,名克莱拉。

这儿,坐在我们中间,——
我,和你的母亲——我们很知道
这使你如此颤抖的风暴,
尽管它张着黑口,要把人吞下,
却不及那些野蛮的奴仆可怕:
是他们呵,逼我们以波涛为家。

6

这一刻将成为久远的梦寐
 在你的记忆里存留,
我们就要伴着蔚蓝的海水,
住在恬静的、金色的意大利,
或是希腊,自由底出生地。
 我将教你稚弱的舌头
以古代英雄自己的言语
和他们会谈,并在希腊传说的
火焰中,使你幼年的心成长,
于是你可以凭着他们的辉煌
说你是出生于爱国者之邦!

一八一七年

咏范妮·葛德汶[①]

当我们告别时,她的声音
　　的确在颤抖,但我不知道
那发出这颤抖之音的心
　　已经碎了,因此不曾明了
　　　她的话。哦,灾祸——灾祸,
　　　这世界对你真太广阔!

一八一七年

[①] 范妮·葛德汶是雪莱的妻妹,因长期忧郁而自杀。一说她对雪莱怀有爱情,她的死给了诗人一个很大的震动。

"那时刻永远逝去了,孩子!"

1

那时刻永远逝去了,孩子!
它已沉没,僵涸,永不回头!
　　我们望着往昔,
　　不禁感到惊悸:
希望底阴魂正凄苍、悲泣;
是你和我,把它哄骗致死,
　　在生之幽暗的河流。

2

我们望着的那川流已经
滚滚而去,从此不再折回;
　　但我们却立于
　　一片荒凉的境地,
像是墓碑在标志已死的
希望和恐惧:呵,生之黎明
　　已使它们飞逝、隐退。

一八一七年

咏尼罗河

一月又一月，山中的雨水冲激着
　　那幽秘的埃塞俄比亚的谷溪；
　　冰雪覆盖的峰峦在沙漠中峭立，
那是阿特拉斯①，其中严寒和酷热
奇异地拥抱，田野从而为雪滋润。
　　暴风雨卷着气流和陨星凝聚
　　在尼罗河上空的圆瓮中，不断地
督促河水向远大的途程涌进。
在埃及的记忆之邦，洪水泛滥，
　　而这是你的水，尼罗河！你明白：
凡你流经的地方，既有种种灾难，
　　也有爽神之气；有果实也有毒害。
人呵，记取吧！因为，知识对于你，
正像这广阔的河水之于埃及。

一八一八年

---

① 埃及山名。

亚平宁山道[1]

听呵,听呵,我的玛丽,
你听这亚平宁山的低语,
它落在屋顶上,有如雷鸣,
又像是北国岸边的海声
被地洞里的囚徒听到,
当头上涌来了一片海潮。
显现在日光中的亚平宁
是巨大而灰暗的山岭
在天地之间巍然寄身;
但在夜晚,便是可怕的混沌
在幽暗的星光下铺陈,
亚平宁会和风暴一同出走。

一八一八年

---

[1] 亚平宁是意大利中部的高山。

往　昔

1

你可会忘记那快乐的时刻,
被我们在爱之亭榭下埋没?
对着那冰冷的尸体,我们铺下
不是青苔,而是叶子和鲜花。
　呵,鲜花是失去的快乐,
　叶子是希望,还依然留贮。

2

你可忘了那逝去的?它可有
一些幽灵,会出来替它复仇!
它有记忆,会把心变为坟墓,
还有悔恨,溜进精神底浓雾
　会对你阴沉地低声说:
　快乐一旦消失,就是痛苦。

一八一八年

咏一朵枯萎的紫罗兰

1

这一朵花失去了香味,
　它像你的吻,曾对我呼吸;
那鲜艳的颜色也已消退,
　不再闪耀着你,唯一的你!

2

一个枯萎而僵死的形体,
　茫然留在我凄凉的前胸,
它以冰冷而沉默的安息
　折磨着这仍旧火热的心。

3

我哭了,眼泪不使它复生!
　我叹息,没有香气扑向我!
唉,这沉默而无怨的宿命
　虽是它的,可对我最适合。

一八一八年

招 苦 难

1

来,快活些! 坐在我身边,
你以阴影裹身的"苦难":
羞怯而闪避的新娘呵,
你矜持,沉默,哀伤,
真是神化了的"凄凉"!

2

来,快活些! 坐在我身边:
尽管你看我好似不欢,
我却比你快活得多;
因为呵,小姐,你的额前,
正戴着忧伤底冠冕。

3

我们彼此早已熟悉,
像兄妹一样亲密;
多少年了,我们同住在
这寂寞的家中,而且
还要挨过多少岁月。

4

这运气够坏的,自然,
但我们且勉为其难;
要是相爱不必凭欢乐,
我们就爱吧,直爱到一天
心灵的地狱竟好似乐园。

5

来,快活些! 一片嫩草
正好供你在这儿睡倒,
蝈蝈会在这儿愉快地
歌唱——唯一的喜悦
在我们忧伤的世界!

6

让垂柳作我们的帐篷,
你可以卧在我的臂中;
声音和香味,一度甜蜜,
已经暗淡了,也正好
使我们沉闷地睡觉。

7

哈! 你冰冷的血里跳着
一种爱情,你却不敢说。
你在低语——你在哭泣——
看我火热的心死了,

你的冰心可是在哀悼?

8

吻我吧,你的唇多冷!
你的臂膀搂着我的颈——
它虽柔软,但也似冰;
你的泪滴落在我脸上,
像凝结的铅那样灼伤。

9

快来到新婚的卧榻——
它就铺在坟头底下:
把我们的爱情藏在
黑暗里,再用"寂灭"盖起;
歇下吧,没人会来干预。

10

搂紧我,让我们的心
像两个合并的暗影,
直到这阴森的欢乐
像雾气一样飞腾,
没入那永恒的梦中。

11

在那长眠中,我们可以
梦见我们并没有哭泣;
弃绝生命的"苦难"呵,

正如"欢乐"常梦见你,
你会梦见我和她一起。

12

让我们笑吧,且望着
大地上的阴影取乐,
像狗吠对月夜的云——
那多像是在夜深
团团掠过的阴魂。

13

这一切身外的世相,
像无数傀儡在舞台上
匆匆走过;在你我来看,
这一切都有什么意义?
岂不全是逢场作戏?

一八一八年

在那不勒斯附近沮丧而作

1

暖和的日光,天空正明媚,
　　海波在急速而灼烁地舞蹈,
日午把紫色的、晶莹的光辉
　　洒在积雪的山峰,碧蓝的岛;
　　潮湿大地的呼吸轻轻缭绕,
缭绕着那含苞未放的花朵;
　　像是一种欢乐底不同音调——
听!那轻风,那洋流,那鸟的歌——
城市的喧哗也像发自世外那样温和。

2

我看到海底幽寂的岩床上
　　浮着海草,青绿与紫红交织;
我看到那打在岸沿的波浪,
　　有如星雨,光芒飞溅而消失;
　　我独自坐在沙滩上憩息;
日午的浪潮闪耀着电光
　　在我周身明灭,一种旋律
在海波起伏的运动中浮荡——
呵,多优美!但愿我这感情能有人分享!

3

唉！但我没有希望,没有健康,
　　既没有内在和外在的安谧,
也不似哲人,能够从冥想
　　获得远贵于财富的"满意",
　　让自己活在心灵底荣光里;
我没有声誉、爱情、悠闲、煊赫,
　　却见别人为这些所围起——
他们微笑着,管生活叫欢乐,
然而对于我,呵,这一杯却够苦涩。

4

但现在,绝望却归于平静,
　　有如这风、这海水一样温和,
我可以躺下,像疲倦的儿童,
　　哀哭一下这忧患的生活:
　　我虽已被它折磨够,却还得
继续忍受,直到死亡,像睡眠,
　　临到了我,即或是日暖风和,
而我将两颊变冷,只是听见
海水在我垂死的头上单调地泼溅。

5

等我死了,也许会有人哀悼,
　　正像我,这美丽的一天才消隐,
我欢快的心情立刻就变得
　　苍老了,发出这违时的呻吟;

尽管他们也哀悼——因为我这人
本为人所不喜——他们绝不致
　　像对这灿烂的日子那样情深：
因为这一天呵，虽然日已归西，
还会久久留贮的，像回忆中的欣喜。

一八一八年

"别揭开这画帷"

别揭开这画帷:呵,人们就管这
　　叫作生活,虽然它画的没有真象;
它只是以随便涂抹的彩色
　　仿制我们意愿的事物——而希望
和恐惧,双生的宿命,在后面藏躲,
　　给幽深的穴中不断编织着幻相。
曾有一个人,我知道,把它揭开过——
　　他想找到什么寄托他的爱情,
但却找不到。而世间也没有任何
　　真实的物象,能略略使他心动。
于是他飘泊在冷漠的人群中,
　　成为暗影中的光,是一点明斑
落上阴郁的景色,也是个精灵
　　追求真理,却像"传道者"①一样兴叹。

一八一八年

---

① 《旧约·传道书》载:柯希列(或传道者)说:"凡事都是虚空。"

写于卡色瑞统治期间[①]

1

　　墓中的尸体已经冰冷；
　　大街上的石子无声；
　　胎儿若流产，死在子宫，
他的母亲就惨白——像是阿尔比安
　　　不自由的、死寂的海岸。

2

　　她的子孙是铺路的石块，
　　是一堆泥土，无感于悲哀，
　　被践踏着，却不知移开——
她所流产的胎儿——她枉费的心机，
　　　是自由，早已被刺死。

3

　　践踏和舞蹈吧，刽子手！
　　你的受害者不会自救；
　　你是唯一的主人，拥有

[①] 罗伯特·卡色瑞(Robert Castlereach, 1769—1822)，英国外交大臣，他纠合了欧洲的反动势力击败拿破仑，是各国争取独立自由运动的扼杀者。

她的墓尸、骨骸和死婴——这铺平
　　你到坟墓去的路程。

4

你可听见那一片喧嚣？
"死亡"、"毁灭"、"罪恶"都在欢笑，
"财富"也从里面喊："毁掉"！
这欢乐的筵席使真理只好沉默，
　　这是你的婚礼之歌。

5

呵，快娶来你可怕的妻！
让"恐惧"、"不安"和"纷争"铺起
你的卧榻，在生底大厦里！
暴君呵，和"荒墟"成婚！让"地狱"指向
　　你的新娘的卧床！

　　　　　　　　　　　　一八一九年

给英国人民的歌

1

英国人民呵,何必为地主而耕?
他们一直把你们当作贱种!
何必为你们的昏暴的君王
辛勤地纺织他豪富的衣裳?

2

何必把那些忘恩负义的懒虫
从摇篮到坟墓都好好供奉?
吃饭,穿衣,救命,一古脑儿承担,
而他们却要榨尽你们的血汗!

3

为什么,英国的工蜂呵,要熔锻
那么多武器,锁链和钢鞭,
因而使无刺的雄蜂便于劫夺
你们被迫劳动而得的收获?

4

你们可有闲暇、舒适和平静?

可有住宅、食粮、爱情的温存?
不然,你们整天在痛苦和害怕,
究竟为什么要付这么高的代价?

5

你们撒的种子,别人拿收成;
你们找到的财富,别人留存;
你们织的衣袍,别人穿戴;
你们铸的武器,别人取过来。

6

播种吧——但别让暴君搜刮;
寻找财富吧——别让骗子起家;
纺织吧——可别为懒人织绵衣;
铸武器吧——保护你们自己。

7

钻进你们的地窖、洞穴、陋室里,①
你们装饰的大厦已有别人安居。
为什么要摆脱你们制的锁链?
看,你们铸的剑在把你们看管!

8

就用耕犁、织机、铁铲和铁锄,

---

① 在读这一节时,前面最好加"否则"或"不然",因为它(以及第八节)和前面的意思正是对立的,是诗人愤慨的反讥。

规划和建筑你们的坟墓;
织好你们的尸衣吧,就让
美丽的英国作你们的墓场。

       一八一九年

一支新国歌

1

主呵,请护佑和赐福,
主呵,请从英国的坟墓
　　拯救它被害的女皇!
快将胜利接连胜利
为"自由"铺好了阶梯,
只有她,英国人同意
　　作他们万代的女皇。

2

看,她来了,高居宝座,
以飞驰的时间为辇车!
　　主呵,请护佑女皇!
千百万人都在等待,
他们坚定、敏捷、欢快,
等着她庄严地到来!
　　主呵,请护佑女皇!

3

她是你纯净的灵魂,
掌握着宇宙的乾坤——

主呵,请护佑女皇!
她是你深心的爱情
从天堂向人间莅临,
无论她前来或暂停,
　　　主呵,请护佑女皇!

4

她那些阴险的仇敌,
该让他们作法自毙:
　　　主呵,请护佑女皇!
敢有俗物冒她的名,
那就剥下他的权柄:
国王本都两手空空;
　　　主呵,请护佑女皇!

5

愿女皇的万世之基
只建立在我们心里——
　　　主呵,请护佑女皇!
尽管有一些压迫者
高居在金黄的宝座,
她依然在我们心窝
　　　作我们心上的女皇。

6

由神所触动的嘴唇
齐发出这样的歌颂:
　　　"主呵,请护佑女皇!"

优美得像天使合唱，
像鼓号一样地轰响，
要唤醒世上的群盲——
　　主呵,请护佑女皇!

　　　　　　　　一八一九年

一八一九年的英国

一个老而疯、昏庸、可鄙、快死的王,——
　　王侯们,那庸碌一族的渣滓,受着
公众的轻蔑——是污水捞出的泥浆——
　　是既不见、也无感、又无知的统治者,
只知吸住垂危的国家,和水蛭一样,
　　直到他们为血冲昏,不打便跌落,——
人民在荒废的田中挨饿,被杀戮,——
　　军队由于扼杀自由和抢劫,已经
成为两面锋刃的剑,对谁都不保护,——
　　漂亮而残忍的法律,是害人的陷阱;
宗教而无基督——一本闭紧的书;
议会,——把时间最坏的法令①还不废除,——
　　呵,就从这一片坟墓里,光辉的幻影②
　　或许跃出,把我们的风雨之日照明。

一八一九年

---

① 指歧视天主教徒的法令。
② 指"自由"。

颂　诗

写于一八一九年十月,西班牙人获得自由以前

　　起来,起来,起来吧!
　　不给你们面包的土地流着血水;
　　　让你们的伤口像眼睛
　　为那死去的、为那死去的落泪。
　还有什么方法能倾泻你们的悲伤?
　那岂不是你们的儿子、妻子、兄弟,
　说他们被杀死,在战斗的日子里?

　　醒来,醒来,醒来呵!
　　奴隶和暴君原是双生的仇敌;
　　　把冰冷的枷锁打落
　　在你们的亲人安息的尘土里;
　他们的尸骨会怎样惊醒和跃动,
　一旦听到他们所爱的人的歌唱
　在这神圣的战斗中最为高昂!

　　高高地,高高举起旗帜!
　　自由女神在驰骋,朝向着胜利:
　　　尽管那侍奉她的仆人
　　是"饥饿"和"苦辛",以叹息还叹息。
　而你们,她庄严的车驾的从者呵,
　别为那合伙的打劫伸手支援,
　你们是自由之子,只为她而战。

光荣,光荣,多么光荣!
　谁要是为她受苦,死在沙场!
　　历史上没有一个名字
　能比你们将要赢得的更为辉煌。
过去的征服者所以征服了敌人,
不过克制了他们的仇恨、骄傲、威力。
但你们呵,对敌人将有更多的胜利。

　　哦,给每人的额角扎上
　紫罗兰、常春藤、和松枝的冠冕;
　　用大自然所崇奉的
　优美的彩色遮住那点点血斑:
青色的力量,蔚蓝的希望和永恒;
一切都要,只是不要忧伤的紫堇,
你们受过凌辱,那会使记忆刺心。

一八一九年

颂 天

精灵的合唱

第一个精灵

皎洁之夜的华盖和宫殿!
金色的阳光幽居的乐园!
　你深邃、广阔、无垠,
你给无论"过去"或"现在",
　无论是"时"或是"空",
搭起了一个永恒的住宅;
　多少世纪和行动
　都将以你为圆顶,
　在这庙堂里出生!

你孕育了辉煌的形体,
有地球和地球的伴侣;
　活跃的星斗丛生
在你的幽深洞穴和旷野:
　有流火的陨星,
还有滑行的绿色的世界;
　多少冰洁的月亮,
　多少巨大的太阳,
　点点是强烈的光。

连你的名字都像上帝,

呵,天! 因为你崇高无比,
　　人看见人性就在
你所具有的博大中映出;
　　因此,无穷的世代
都崇拜过你,向你匍伏。
　　他们和他们的神祇
　　已像河水滔滔逝去,
　　留下的,永远是你!

第二个精灵

你不过是头脑的第一层,
稚弱的幻想绕着它蠕动,
　　有如幼虫在洞穴
只是看到石钟乳的光明;
　　但新的欢乐世界
就在你的墓门外移行;
　　它使你鼎盛的荣光
　　不过像是从梦乡
　　把日午的反射瞭望!

第三个精灵

住口吧,尘芥! 对你这猜测,
苍穹只报以轻蔑,淡漠!
　　天是谁? 你又是谁?
你只是它的无垠底瞬息;
　　太阳和天体在飞,
你是那飞行精气底一粒。
　　然而太阳和天体
　　只是从自然底心里

稍稍溢出的血滴！

　天是什么？是露水一珠
　在晨花的眼睛里暂贮，
　　使花的嫩瓣才醒
　就看到一个奇异的宇宙：
　　无数太阳和星辰
　和广大的经纬，都被收留
　　在它那朦胧的领域，
　　亿万颗星在那里丛聚，
　　颤动、闪烁、随即逝去。

　　　　　　　　　　一八一九年

西 风 颂

1

哦,狂暴的西风,秋之生命的呼吸!
　你无形,但枯死的落叶被你横扫,
有如鬼魅碰上了巫师,纷纷逃避:

黄的,黑的,灰的,红得像患肺痨,
　呵,重染疫疠的一群:西风呵,是你
以车驾把有翼的种子催送到

黑暗的冬床上,它们就躺在那里,
　像是墓中的死尸,冰冷,深藏,低贱,
直等到春天,你碧空的姊妹吹起

她的喇叭,在沉睡的大地上响遍,
　(唤出嫩芽,像羊群一样,觅食空中)
将色和香充满了山峰和平原:

不羁的精灵呵,你无处不运行;
破坏者兼保护者:听吧,你且聆听!

2

没入你的急流,当高空一片混乱,

流云像大地的枯叶一样被撕扯
　脱离天空和海洋的纠缠的枝干,

成为雨和电的使者:它们飘落
　在你的磅礴之气的蔚蓝的波面,
有如狂女的飘扬的头发在闪烁,

从天穹最遥远而模糊的边沿
　直抵九霄的中天,到处都在摇曳
欲来雷雨的鬈发。对濒死的一年

你唱出了葬歌,而这密集的黑夜
　将成为它广大墓陵的一座圆顶,
里面正有你的万钧之力在凝结;

那是你的浑然之气,从它会迸涌
　黑色的雨、冰雹和火焰:哦,你听:

3

是你,你将蓝色的地中海唤醒,
　而它曾经昏睡了一整个夏天,
被澄澈水流的回旋催眠入梦,

就在巴亚海湾①的一个浮石岛边,
　它梦见了古老的宫殿和楼阁
在水天映辉的波影里抖颤,

而且都生满青苔,开满花朵,

---

① 在意大利那不勒斯附近,是古罗马的名胜,富豪者居留之地。

那芬芳真迷人欲醉！呵，为了给你
让一条路，大西洋的汹涌的浪波

把自己向两边劈开，而深在渊底
 那海洋中的花草和泥污的树林
虽然枝叶扶疏，却没有精力；

听到你的声音，它们已吓得发青：
一边颤栗，一边自动萎缩：哦，你听！

4

唉，假如我是一片枯叶被你浮起，
 假如我是能和你飞跑的云雾，
是一个波浪，和你的威力同喘息，

假如我分有你的脉搏，仅仅不如
 你那么自由，哦，无法约束的生命！
假如我能像在少年时，凌风而舞

便成了你的伴侣，悠游于太空
 （因为呵，那时候，要想追你上云霄，
似乎并非梦幻），我就不致像如今

这样焦躁地要和你争相祈祷。
 哦，举起我吧，当我是水波、树叶、浮云！
我跌在生活底荆棘上，我流血了！

这被岁月的重轭所制伏的生命
原是和你一样的：骄傲、轻捷而不驯。

5

把我当作你的竖琴吧,有如树林:
　尽管我的叶落了,那有什么关系!
你巨大的合奏所振起的乐音

将染有树林和我的深邃的秋意:
　虽忧伤而甜蜜。呵,但愿你给予我
狂暴的精神!奋勇者呵,让我们合一!

请把我枯死的思想向世界吹落,
　让它像枯叶一样促成新的生命!
哦,请听从这一篇符咒似的诗歌,

就把我的话语,像是灰烬和火星
　从还未熄灭的炉火向人间播散!
让预言的喇叭通过我的嘴唇

把昏睡的大地唤醒吧!要是冬天
已经来了,西风呵,春日怎能遥远?

　　　　　　　　　　　　一八一九年

印度小夜曲

午夜初眠梦见了你,
我从这美梦里醒来,
风儿正悄悄地呼吸,
星星放射着光彩;
午夜初眠梦见了你,
呵,我起来,任凭脚步
(是什么精灵在作祟?)
把我带到你的门户。

飘游的乐曲昏迷在
幽暗而寂静的水上,
金香木的芬芳溶化了,
像梦中甜蜜的想象;
那夜莺已不再怨诉,
怨声死在她的心怀;
让我死在你的怀中吧,
因为你是这么可爱!

哦,把我从草上举起!
我完了!我昏迷,倒下!
让你的爱情化为吻
朝我的眼和嘴唇倾洒。
我的脸苍白而冰冷,
我的心跳得多急切;

哦,快把它压在你心上,
它终将在那儿碎裂。

　　　　　　　　一八一九年

给索菲亚(斯泰西小姐)

1

你多美,陆地和海洋的女仙
　也很少像你这般美丽;
有如适合的衣着,随身联翩,
　这是你那轻柔的肢体:
随着生命在里面的跳跃,
你的肢体总在移动和闪耀。

2

你那深邃的眼睛是一对星
　闪着火焰,柔情而晶莹,
会把最智慧的都看得发疯;
　那煽动火的风是由欢欣
而生的思想,像海上的气流,
它以你荡漾的心作为枕头。

3

要是被你的眼所描绘的脸
　由于狂喜而能变为苍青,
要是昏迷的灵魂最为昏眩,
　只要听到你急遽的琴声;

那么,别奇怪吧:每当你讲到
痴心人的时候,我最为心跳。

4

像是由旋风所唤醒的海涛,
　像是晨风吹拂下的露珠,
像是小鸟听到雷声的警告,
　像是被震撼而无言的生物
感到了不见的精灵,我的心呵
正似这一切,当你的心临近。

一八一九年

爱 底 哲 学

泉水总是向河水汇流，
　　河水又汇入海中，
天宇的轻风永远融有
　　一种甜蜜的感情；
世上哪有什么孤零零？
　　万物由于自然律
都必融会于一种精神。
　　何以你我却独异？

你看高山在吻着碧空，
　　波浪也相互拥抱；
谁曾见花儿彼此不容：
　　姊妹把弟兄轻蔑？
阳光紧紧地拥抱大地，
　　月光在吻着海波：
但这些接吻又有何益，
　　要是你不肯吻我？

一八一九年

含 羞 草

第 一 部

花园里有一棵敏感的植物,
早春的风喂给它银色的露珠,
它扇形的叶子在阳光下展开,
等受到夜之吻,又合拢起来。

春季在美丽的花园升起了,
像爱底精灵,每一处都能感到;
花和草已不再做冬眠的梦,
都在大地的幽暗的怀中苏醒。

可是在花园、田野、或丛莽间,
谁能如此快乐地喘息和抖颤,
像日午感于爱之需求的母鹿?
或是那含羞草,敏感而孤独?

先是雪球花,以后是紫罗兰
挣出了被春雨所润泽的地面,
它们的呼吸和泥草的气息
有如歌声和音乐,融在一起。

以后是斑驳的待风花,高高的
郁金香,还有水仙最为娇丽:

它望着溪水深处自己的眼睛,
直到最后,死于自己的丽容;①

谷中的百合,有似水上的女仙,
热情使她苍白,青春使她娇艳,
我们透过那嫩绿的篷帐
便看到它颤抖的花盅闪着光;

还有紫的、白的、碧蓝的玉簪,
一阵乐音从它那钟铃播散,
这乐音是如此轻柔,动人,优美,
刺进感官,就像是一种香味;

还有玫瑰,像要入浴的仙女,
正在深深解开她艳红的胸衣,
她一层又一层,对着迷醉的风
整个裸露了爱与美底灵魂;

细长的百合像是神女饮醉,
高高举着她月光色的酒杯,
好似一颗白星(那是她的眼睛)
透过清露望着柔和的天空;

温馨的茉莉,甜蜜的月下香,
没有别种花香能够比得上;
还有五湖四海的奇花异草
都在花园里生长,长得繁茂。

---

① 希腊神话,美少年那耳喀索斯爱看自己水中的映影,竟致忘食死去。死后变为水仙花。

一条溪水,水上花枝交错,
它的流动的心胸正糅合着
金黄和碧玉的光,而这光亮
反射过它枝叶覆盖的天堂;

睡莲的花瓣在微微抖颤,
星形的落花闪过了水面,
溪水在落花周围悄悄流着,
水的跳荡发出了乐音和光波。

而青苔和草地间的小径
在花园里曲折弯转,纵纵横横,
有的突然露给阳光和微风,
有的没入花浓叶密的林荫;

小径都长满了雏菊和风铃草,
像乐园里的日光兰一样爱娇,
还有各种小花,等日色西沉,
就铺下白色、紫色、蓝色的亭荫,
给萤火虫搭起了避露的屋顶;

就从这没受到亵渎的乐园,
花朵儿(好似婴儿睁开睡眼
对着母亲微笑,她甜蜜的歌声
先是催眠,最终必使他苏醒),

它们正被天庭的煦风吹开,
像宝石被矿穴的灯照出光彩,
每朵花都对天庭展开笑容,
在温和的阳光下一片欢腾;

因为每朵花都从邻近的花朵
得到了光彩、香味,互相融和,
像是饱含青春和恋情的爱侣
必为彼此的气氛围裹与充溢;

但敏感的含羞草虽爱得真挚,
它从叶到根都结不出果实,
它越是被爱,便越要爱别人,
而别的花只是求索它的爱情——

因为含羞草没有灿烂的花开,
上天没有赋予它芳泽与光彩;
它爱得最深挚,像爱神一样陶醉,
它渴求它所没有的,它渴求美!

轻捷的风从无拘束的翅膀
卸下了无数喃喃悦耳的音响;
多少花朵,像星星,发出光芒,
把缤纷的彩色投射到远方;

有翅的昆虫敏捷地游荡,
像金色的船在日光之海上,
它们满载着光辉和香味,
在碧绿的草的闪烁中飘飞;

露水的隐隐云雾,像是火焰
冒出花盅,而等太阳升上中天,
雾气就像精灵似的漫游天穹,
因为载了过多的香而致昏矇;

饱和着水雾,日午颤动的光炎

像一片海,在温暖的大地弥漫,
在这光波中,每种色、味和声音
像芦苇在一条小溪上移行;

每种物体都像天庭的使者,
给含羞草带来了甜蜜的欢乐,
白昼的时刻在懒懒地移行,
像云彩流过平静无风的天空。

当黄昏从天上向人间降临,
大地安息了,空中充满爱情,
喜悦虽不明媚,但变得深湛,
昼帷消失了,睡眠的世界呈现,

而百鸟、野兽和各类的昆虫
都沉入寂静无声的梦之海中;
那海底为浮沙所铺,海的波浪
虽不自觉,却把波纹印在沙上;

(只有在半空中鸣啭的夜莺,
天越是昏黑,越唱得动情;
它所唱的极乐世界的歌声
断续地融进了含羞草的梦;)

呵,含羞草是最敏感的植物,
早早就把自己向睡乡收束;
像一个孩子,嬉戏得倦了,
它最柔弱,但也最为爱娇,
终于睡进了黑夜的怀抱。

第 二 部

有一种神力在这美妙的园地。
她是伊甸园的夏娃,像上帝
支配着宇宙星辰,她以优美
管辖群花,无论花儿是醒、是睡。

一位女郎,相貌是那样姣丽,
更有优美的精神充沛着形体,
它发散而形现于举止和姿态,
有如海洋下的葵花在张开。

她培植这花园,从早直到黄昏:
每到夜晚,在那月下的天庭,
万千流星就像是空中的灯盏,
在她脚边欢笑,伴她离开人间!

她在人间孤独得没有伴侣,
但当晨光吻去她眼皮的睡意,
那赧红的面颊和微喘就透露了
她梦中有天堂,充满了欢笑。

呵,仿佛有个仙子,趁夜星满天,
离开了天庭来和她会面,
仿佛他始终依恋在她的身边,
虽然有昼幕隔住,使她望不见。

她的脚步像在怜悯被踏的草;
你从她胸部的起伏可以听到
轻风的飘拂会给她带来快乐,

离去了,她又会深深感到难过。

无论她轻盈的脚步落到哪里,
她飘曳的长发都会从草地
扇去轻微的足痕,那乌云一片
像日光下的旋风掠过海面。

我相信,那茂盛园中的花朵
会听到她轻柔的脚步而欢乐;
我相信,花儿会感到一种精气
从她红润的指尖流入它们身体。

有些花草被阳光晒得憔悴,
她就给洒上澄澈的溪水;
有些花盅被暴雨压得太重,
她就把那盅里的积水倒空。

她以纤手轻轻地把花冠直竖,
又用柳枝和木棍把它们支住;
呵,即使花草是她的孩子,
也不会受到更小心的培植!

所有的害虫,只要啃啮草木,
所有状貌丑恶的、讨厌的生物,
她都给装在印度编织的篮中,
直送到远远的荒莽的林丛,——

她总要在花篮里盛满了
最鲜嫩的野花和野草
给可怜的昆虫吃,因为呵
它们虽然有害,本心却无罪。

而蜜蜂和那电光一般闪过的
蜉蝣,以及那亲吻花之唇的
轻盈的飞蛾,因为它们无害,
她就任它们在自己身边徘徊。

还有很多茧子,投生前的蝴蝶,
正在墓里梦想未来的岁月,
她也任它们粘在杉树干上,
在那喷香、光滑而黝黑的树皮上。

就这样,这丽人从早春起,
就在花园里穿行,整个夏季
她都在培植园中的花草,
但在树叶枯黄前——她死了!

第 三 部

整整三天,这园中的花朵
像月亮升起后的星星,或者
(当月亮还没越过维苏威的浓烟)
就像那巴亚的海波一样幽暗。

到了第四日,敏感的含羞草
感到了葬歌在空中缭绕,
还有抬棺者的脚步,迟缓,沉重,
还有哀悼者的哭泣,低沉,悲痛;

还有疲弱的哀声,深沉的呼吸,
送丧者的行列默默地走去;
还有从棺木缝透出的气息,

那么幽冷,阴湿,令人感到窒息;

暗绿的草,和草丛中的花朵,
都闪着泪珠看丧仪走过;
风从他们的叹息获得了悲音,
便坐在松林中,以哀吟回答哀吟。

一度美好的园地变得脏而冷,
正像她——它的灵魂——留下的尸身,
最初还很可爱,仿佛在安睡,
以后慢慢变化,终至烂成一堆,
看了令人颤栗,再也落不了泪。

夏天迅速地流进了秋天,
冰霜在清晨的浓雾里呈现,
尽管日午的太阳还很明亮,
讥笑着秘密的夜晚的劫掠。

蔷薇花瓣,像深红色的雪片,
把下面的草地和青苔铺满。
百合花垂下头,凄然褪色,
像是皮肤惨白的垂死者。

而那吸食甘露的印度花草,
本来色和香都最为美妙,
如今却日复一日,一叶叶地,
变成了一堆黄土,一堆烂泥。

而那棕色、黄色、灰色、红色
和染有死白的叶子,纷纷飘落,
它们像一群阴魂随风卷去,

那呼啸的声音使鸟儿惊悸。

疾风把有翼的种子吹醒了,
它们离开了诞生它们的恶草,
它们附上很多蜜汁的花梗,
那花梗又携带它们烂入土中。

生长在小河里的水仙花,
花瓣已从支持它的茎上落下,
旋流的河水把落花到处追赶,
正如秋风把花瓣在空中扬散。

呵,接着下了雨,断落的花茎
弯折而纠缠地横倒在园径;
那凋落的寄生植物的棚蔓
和一切鲜花,都变为荒凉一片。

在秋风起后,在落雪以前,
最可憎的野草都开始蔓延,
它们的粗叶子斑点密布,
像蟾蜍的背,又像水蛇的腹。

蓟棘、荨麻和毒麦草丛生,
羊蹄草、韭沃斯、茂盛的人参,
都伸出它们空心的长梗,
把风熏臭了,空气也为之窒闷。

还有诗中不宜于指名的植物
给这园地长满了丑恶的灌木,
铅灰的,充满毒汁,刺上便起泡,
星形的露水在上面闪耀。

105

还有蘑菇,木耳,霉和青苔,
像浓雾,都从湿冷的土地出来,
苍白、肥硕,仿佛腐烂的死者
又充满了生之精气而复活!

菌丝,野草,垃圾,污秽的浮渣,
把流动的小河塞得浑浊、喑哑,
在河口,大得像木桩的菖蒲
又以水蛇般的根把河水堵住。

空气是凝固的,每过一点钟
致命的雾气就更浓地升腾,
早晨能看见它,日午能触到它,
入夜后,浓得连星光也难溶化。

在日午,油一般凝固的瘴疠
在枝头上爬行,隐隐地掠去;
它无论落上哪一条树枝,
那枝干就为它的毒氛所腐蚀。

含羞草呢,像被邪魔附了体,
它哭着,它的叶子紧紧闭起,
被那叶片所闭住的泪珠
都变成了冷而粘的胶状物。

叶子很快凋落了,而那枝干
也很快就被疠疫之斧砍断;
汁液从每条孔道流回根须,
正如血液要倒回停顿的心里。

因为冬天来了:风是他的鞭子,
他按在唇上一只裂开的手指;
他把山峰流下的瀑布拉断,
让它像手铐响在自己的腰间;

他的呼吸是锁链,不声不响
就把大地、空气和河水捆绑;
驾着北极的凛冽的风暴,
他坐在宝辇中急急地赶到。

于是恶草,那活着的"死亡",
便逃到地下,躲开了冰霜。
它们的枯萎和急速的逃避
不过像是鬼魂暂时隐去!

而鼹鼠和栗鼠因为没吃食
都在含羞草的根下饿死;
飞鸟在严寒的空中冻僵、落下,
落在杈枒的枯枝上垂挂。

起初有一阵温雨降自高空,
等落在枝上,雨点便凝成了冰;
接着,冷峭的露水向上蒸发,
又变为温暖的雨滴落下;

北方吹来的旋风到处游荡,
像是一只嗅到死婴的野狼,
它摇着结冰的僵硬的树枝,
又用犀利的爪子把它攫去。

等冬天去了,春天又回来,

含羞草已成了无叶的残骸；
可是毒菌,羊蹄草,毒麦,曼陀罗,
却从它们的墓墟里死而复活。

结　语

是否含羞草感到了春天？
是否其他植物(在凋枯前
像精灵似的在枝叶中端坐)
感到了这一变化？我很难说。

是否那女郎的优美的精神
——呵,它已不再有人的外形,
像夜星发散光,发散爱情——
回忆到逝去的欢快,感到伤心？

我也很难说；但我们这一生
既然充满了谬误、愚昧、纷争,
无所谓真实,一切都是表相,
而我们只是梦影在游荡；

至少,让我们怀有一个信念,
这信念呵,会给人以慰安,
那就是:死亡本身也必然
像其他的事物,是一场空幻。

那美好的花园,那动人的女郎,
还有那一切美的形影和色香,
其实并没有消逝；不过是我们
和我们的一切变化了,而非它们。

因为爱、美、和喜悦不会死去，
也不会变化；它们的威力
能超越我们的感官：而这感官
经不住光亮，因为本身太幽暗。

一八二〇年

云

我给干渴的花朵从海河
　　带来新鲜的阵雨；
当树叶歇在日午的梦中，
　　我给予淡淡的阴翳。
从我的毛羽摇落的露珠
　　唤醒了百花的蓓蕾，
等大地母亲绕着太阳舞蹈，
　　它们又都摇摇欲睡。
我用冰雹当打谷禾的枷，
　　又把绿野染成白色，
以后就用雨水把它浸溶，
　　在雷声中笑着走过。

我把雪筛落到一片山岭，
　　老松都被压得呻吟；
这是我的白枕头，一整夜
　　我就睡在风暴的臂中。
庄严地，在我的空中楼阁
　　坐着电闪，我的向导；
而霹雷锁在下面的穴中，
　　不断地挣扎和嗥叫；
这向导轻轻地引我走过
　　陆地和海洋的上空，
他恋于紫色海底的精怪，
　　这恋情使得他游经

多少小河、巉岩、湖水、平原!
　但无论他到哪里,
他所爱的精灵①仍旧留在
　山峰之下,或水底;
蓝天的笑这时就照临我,
　而他却溶解成为雨。②

赤红的旭日揉亮了眼睛,
　又展开火焰的翅膀;
当晨星熄灭了,它就跳在
　我飞行云雾的背上;
好像在地震山摇的时候,
　峭壁上斜出一峰,
一只鹰鹫会暂刻歇落在
　它的金臂的光辉中。
当落日从明亮的海发出
　爱情与安息底情热,
而黄昏的紫红帷幕也从
　天宇的深处降落,
这时,我就卷翅歇在空中,
　静得像伏巢的白鸽。

那圆脸的少女,人们叫作
　月亮的,一身白火焰,
夜风吹拂时,她就掠过了
　我的羊毛般的地板;
只有天使听见她的脚步;
　有时,当她的脚踏裂

---

① 云底精灵,一说即指水气。
② 最后这两行,"我"显然指云底精灵,"他"指电闪和云底形骸。

我的帐幕织得薄的地方，
　　星星就偷窥着世界；
如果有风把帐篷更吹开，
　　它们就像一窝蜜蜂
飞跑出来，我会笑看河水，
　　湖和海，各自铺上星辰
和月亮，就像从我的手里
　　漏下的那一角天空。

我以火带绕太阳的宝座，
　　我给月亮系上珠链，
当旋风展开了我的旗帜，
　　星星就失色，天昏地暗。
从海岬到海岬，我像座桥
　　在汹涌的海上支起，
又像是不透阳光的屋顶——
　　山峰作成它的柱石。
当雄浑的大气被我制服，
　　我就带着雪、火、巨风
一起穿过凯旋的拱门：
　　那正是我的百色弓，
天火在上编织它的彩色，
　　潮湿的地面在欢腾。

我是大地和水的女儿，
　　天空为我所抚育；
我流过海洋和陆地的孔穴，
　　我变化，但不会死去。
因为呵，在雨后，天穹裸露，
　　看不见一点斑痕，
而风和日光以凸的光线

搭起蔚蓝的圆顶，
我就不禁对这墓穴暗笑；
　　我会从岩洞腾起来，
像初生之子，像出墓之魂，
　　我会把我的墓破坏。

一八二〇年

给 云 雀

祝你长生,欢快的精灵!
　　谁说你是只飞禽?
你从天庭,或它的近处,
　　倾泻你整个的心,
无须琢磨,便发出丰盛的乐音。

你从大地一跃而起,
　　往上飞翔又飞翔,
有如一团火云,在蓝天
　　平展着你的翅膀,
你不歇地边唱边飞,边飞边唱。

下沉的夕阳放出了
　　金色电闪的光明,
就在那明亮的云间
　　你浮游而又飞行,
像不具形的欢乐,刚刚开始途程。

那淡紫色的黄昏
　　与你的翱翔融合,
好似在白日的天空中,
　　一颗明星沉没,
你虽不见,我却能听到你的欢乐:

清晰,锐利,有如那晨星

射出了银辉千条,
虽然在清澈的晨曦中
　　它那明光逐渐缩小,
直缩到看不见,却还能依稀感到。

整个大地和天空
　　都和你的歌共鸣,
有如在皎洁的夜晚,
　　从一片孤独的云,
月亮流出光华,光华溢满了天空。

我们不知道你是什么;
　　什么和你最相像?
从彩虹的云间滴雨,
　　那雨滴固然明亮,
但怎及得由你遗下的一片音响?

好像是一个诗人居于
　　思想底明光中,
他昂首而歌,使人世
　　由冷漠而至感动,
感于他所唱的希望、忧惧和赞颂;

好像是名门的少女
　　在高楼中独坐,
为了抒发缠绵的心情,
　　便在幽寂的一刻
以甜蜜的乐音充满她的绣阁;

好像是金色的萤火虫
　　在凝露的山谷里,

到处流散它轻盈的光
　　在花丛,在草地,
而花草却把它掩遮,毫不感激;

好像一朵玫瑰幽蔽在
　　它自己的绿叶里,
阵阵的暖风前来凌犯,
　　而终于,它的香气
以过多的甜味使偷香者昏迷:

无论是春日的急雨
　　向闪亮的草洒落,
或是雨敲得花儿苏醒,
　　凡是可以称得
鲜明而欢愉的乐音,怎及得你的歌?

鸟也好,精灵也好,说吧:
　　什么是你的思绪?
我不曾听过对爱情
　　或对酒的赞誉,
迸出像你这样神圣的一串狂喜。

无论是凯旋的歌声
　　还是婚礼的合唱,
要是比起你的歌,就如
　　一片空洞的夸张,
呵,那里总感到有什么不如所望。

是什么事物构成你的
　　快乐之歌的源泉?
什么田野、波浪或山峰?

什么天空或平原？
是对同辈的爱？还是对痛苦无感？

　　有你这种清新的欢快
　　　　谁还会感到怠倦？
　　苦闷的阴影从不曾
　　　　挨近你的跟前；
你在爱，但不知爱情能毁于饱满。

　　无论是安睡，或是清醒，
　　　　对死亡这件事情
　　你定然比人想象得
　　　　更为真实而深沉，
不然，你的歌怎能流得如此晶莹？

　　我们总是前瞻和后顾，
　　　　对不在的事物憧憬；
　　我们最真心的笑也洋溢着
　　　　某种痛苦，对于我们
最能倾诉衷情的才是最甜的歌声。

　　可是，假若我们摆脱了
　　　　憎恨、骄傲和恐惧；
　　假若我们生来原不会
　　　　流泪或者哭泣，
那我们又怎能感于你的欣喜？

　　呵，对于诗人，你的歌艺
　　　　胜过一切的谐音
　　所形成的格律，也胜过
　　　　书本所给的教训，

你是那么富有,你藐视大地的生灵!

只要把你熟知的欢欣
　教一半与我歌唱,
从我的唇边就会流出
　一种和谐的热狂,
那世人就将听我,像我听你一样。

一八二〇年

自 由 颂[1]

自由呵,你的旗帜虽破,还在飘扬,
像是猛烈的雷雨对风冲击。

——拜伦

1

一个光荣的民族又击起了
　闪过万邦的雷电:在西班牙
自由向天空投出了火苗,
　从心灵到心灵,从楼塔到楼塔,
她在闪耀。我的心摆脱了惊愕底
　　锁链,展开高歌底翅膀,
　　它庄严而有力地翱翔,
像一只幼鹰在清晨的云端上——
　要在诗国寻找它经常的捕获;
　　于是从声誉底高空

---

[1] 西班牙人民在利阿戈和吉罗加的领导下起义,在一八二〇年迫使专制国王菲迪南给予人民权利,实行宪法。雪莱的这首诗就是由这一辉煌的历史事件引起的。它可以称为哲理颂诗。它从万物肇始说起,首先否定了卢骚所歌颂的"自然状态",认为世界的原始时期是"一片混沌和诅咒",接着叙述历史发展的大致情况,指出"自由"是判断光明与黑暗的尺度。诗人看到自由的精神首先降落在希腊和雅典,因而它们的成就是不朽的;罗马在被黄金渎污了它的神殿以前,也一度感受到自由的精神。以后基督教兴起,自由消失了一千年,文艺复兴才又把它带到人间,各国都曾看到它而又失去了它;而现在,西班牙点起自由的火炬,希腊也苏醒了,诗人乃号召英国、德国和意大利起来反抗国王和教会。

精神的旋风团团把它围裹,
　　而流着火焰的巨星
从最遥远的空际也投送光亮;
　　有如在急艇过处,泡沫就汹涌,
　　这儿,我要记下那深渊的歌声。

2

太阳和恬静的月亮跃出空际,
　　燃烧的星斗布满了苍穹。
在茫茫宇宙中的那个岛屿——
　　地球,飘浮在大气的云雾中,
呵,亿兆生命在那上面寄生;
　　但是,这最神圣的宇宙,
　　却是一片混沌和诅咒,
因为呵,这里还没有你,自由:
　　只有禽兽和海底怪物的精神,
　　那由恶而产生的大恶,
　　在这里燃烧;他们彼此纷争;
　　只有"绝望"在世上蓬勃。
他们的保姆被污了,她在呻吟:
　　因为人、兽和蛆虫都在交争,
　　每颗心像地狱的风暴在骚动。

3

人,这至高的形体,逐渐繁殖,
　　在太阳的华盖下代代增多:
宫殿和金字塔,庙堂和监狱,
　　亿万生灵住在那里,就仿佛
山狼以莽石的洞穴为巢居。

这数不尽的芸芸众生
　　　　野蛮,狡猾,粗暴而昏庸:
因为你不在;在世人的荒原中,
　　像一片怒云俯瞰着涛涛海波,
　　　"暴政"高高在上;而下面,
　　被尊奉的是奴主,另一种邪恶;
　　　就往这疫疠的毒氛间
暴吏和教士驱逐着惊吓的人群:
　　他们呵,因为只贪鲜血和金银,
　　污垢早已积满了他们的魂灵。

4

希腊的安睡的海角,碧蓝的岛,
　　起伏的波浪,云雾似的山岭,
正被满光辉,承受天庭的微笑:
　　是从她那灵魅的岩洞
预言的回声投出模糊的曲调。
　　在希腊无忧的荒野中,
　　　橄榄树,五谷和野藤,
还是野生不羁的,不曾被食用。
　　而且,像幼儿脑中孕育的思想,
　　　像海底的花还没有开,
　　像未来在现在的事物里包藏,
　　　艺术底不朽的梦就藏在
培罗斯①的山石中;而诗歌还只是
　　孩子在呷语;哲学正睁大了眼
　　把你寻找;这时,从爱琴海的平原

---

① 希腊塞克来狄斯群岛之一,以产大理石著名。

5

雅典站起来了:呵,像是在天空
　　以云雾的紫色峰峦和银色的塔
所构制的城,最雄伟的匠工
　　也无法和它比拟:海底基石铺下
它的根基,黄昏的天幕是帐篷;
　　在它的城门前,留恋着
　　雷霆的风,每一个城垛
卷着云雾之翼,冠戴着阳光的火——
　　看来多庄严!但雅典更神圣、辉煌:
　　它的拱柱是以人的意志
为基础,像镶在金刚钻的丘上;
　　因为有你在,你的技艺
给一座山留下了长逝者的形影,
　　在大理石的永恒中。呵,那座山
　　就是你最早的宝座,最近的箴言。

6

到如今,在时流上还浮着雅典的
　　波纹荡漾的形象,一如古昔
它不安宁地屹立在那急流中,
　　永远在颤动,但却不会逝去!
你的歌者和哲人的声音像霹雳,
　　还以震醒大地的轰鸣
　　彻响了"过去"底岩洞,
使"迫害"畏缩,"宗教"蒙住了眼睛;
　　那鸣声含有欢乐、爱情与惊愕,
　　直抵"期望"不曾飞达的高空,

能把时与空底幕帷都撕破!
　　云、水、露本都自海洋出生;
天空由一个太阳照亮;是一种精神
　　以生命和爱情不断塑造着混沌,
正如雅典以你的光辉使世界更新。

7

呵,以后有了罗马。她从你的心胸
　　像是狼子从卡德摩斯的教女,①
吸取"伟大"底乳汁;不过,你的这个爱子
　　却没有断绝那极乐园的果实。
有多少可怕的正义之举,由于
　　有了你的爱护而神圣;
　　因为你在笑,有你靠近,
卡米拉一生圣洁,阿蒂利亚死得坚定。②
　可是,当泪水玷污你贞洁的白衣,
　　黄金亵渎了你的罗马神殿,
　　你就展开精灵的翅膀,轻轻地
　　离开暴虐者的议会:他们已然
变为一个暴君的奴隶:帕拉丁③
　　还低回着爱奥尼亚④的歌,但这歌曲
　　你已不愿再听,它怎能算是你的?

---

① 希腊神话,忒拜王卡德摩斯的女儿塞墨勒为雷神宙斯所恋,因她要求宙斯原形显现,而被雷火焚死。遗一子即酒神狄俄倪索斯。此处狼子或指酒神(性残酷)。
② 卡米拉,公元前五至四世纪的罗马贵族,他屡次率领罗马人打败侵略者。阿蒂利亚即雷古拉,公元前三世纪罗马的执政官,他被迦太基人所俘,后来迦太基欲和罗马讲和,派他与使节同去,如讲和成功,即可将他释放,但他抵罗马后,仍劝罗马继续作战,终于自动回返迦太基的囚禁中,而被杀死。
③ 帕拉丁,罗马最高的一个山丘。
④ 爱奥尼亚,小亚细亚一带地方,古希腊属地。

123

8

唉,是从哪个赫凯尼亚①的山谷
  或冰山,从哪个荒远的小岛
或北冰洋上的海角,你发出
  对你倾圮了的王国的哀悼?
并且教给树林,波浪和荒山,
  和每个海神的冰冷的岩洞
  在忧郁而凄厉的回声中
宣讲那最高的知识,为人所不容?
  因为,你既不理北欧歌者梦中的
  奇幻的羊群,也不再走进
朱伊德②的睡眠。虽然你的泪滴
  干得很快,但你却在呻吟,
看加利利③的蛇竟从死亡底大海
  爬出来,在世上放火和杀戮:
  你的世界顿时变为一片荒芜。

9

一千年来,大地在叫:"你在哪里?"
  于是,你的影子翩然而来,落到
阿弗瑞德④的缠橄榄枝的额际;
  呵,有多少战士聚居的城堡

---

① 赫凯尼亚,古波斯地名。
② 朱伊德,古高卢及英国等地僧侣的一个支派。这里指:在中世纪,北欧歌者及僧侣文学已不再歌唱自由。
③ 加利利,《圣经》上常见的地名,附近有一湖,称为加利利海,"加利利的蛇"似指基督教会。
④ 阿弗瑞德(Alfred,849—901),西萨克逊族的国王,以开明及热心发展文学著称。

像从火山内心喷发的岩石,
　　在神圣的意大利崛起,
　　对着国王、教士和奴隶
所构成的一片楼阁,充满敌忾;
　　像无益的泡沫,这暴乱的一群
　　枉然冲击着他们的城角;
　　但从人深心发出奇异的乐音,
　　以爱情和尊严压服了
这不和谐的队伍;不朽的艺术
　　又用魔杖在我们的地面画下
　　美的形象,为了建立天庭的大厦。

10

你比月神还急速的猎人!世间的
　　虎狼的灾星!你弓箭的佩戴者,
像破晓时阳光从东方升起
　　云雾就消散,荷载风暴的"大错"
也能被你阳光似的利箭射穿!
　　路德①看到了你苏醒的目光;
　　那光芒似电,从他的铅矛上
反射出来,融解了睡眠底幻象;
　　那睡眠,像坟墓,禁锢了多少民族!
　　而英国的先知看到你,
　　曾以不朽的乐曲向你欢呼,
　　把你尊为女皇;那是你,
在弥尔顿②的心灵底眼前走过,

---

① 马丁·路德(Martin Luther,1483—1546),德国宗教改革家。他破旧教而立新教。
② 约翰·弥尔顿(John Milton,1608—1674),英国清教徒革命的诗人。他于目盲后写出了《失乐园》等诗。

呵,盲目的诗人!他竟能刺穿
逆境的黑夜,在沮丧中把你望见。

11

热望的时刻和渴盼的岁月
　　仿佛是站在晨光辉煌的高山,
把自己的希望和恐惧都踏灭
　　(它们岂非密如乌云,互相遮暗?),
并且高呼:"自由!"穴居的"怜悯"
　　　这时得到"愤怒"底呼应,
　　　"死亡"在墓中吓得发青,
"祸害"也对魔鬼呼告:"快来救命!"
　　　而你像是太阳在天空升起
　　　被自己的荣光所包围,
　　　从一国到一国,尽追逐你的仇敌,
　　　像追逐阴影;有如日辉
在午夜划破了西方海上的幽暗,
　　人们猛然感到你陌生的眼睛
　　所发的电闪,惊喜交加而苏醒。

12

你人间的天堂呵!魔咒怎能够
　　阴险地将你蔽住?千年岁月
从"迫害"底深潭泥穴里出生,
　　曾给你的银光染上了泪和血,
但你的吉星却以泪把斑污拭净;
　　　看呵,是一群吸血的家伙:
　　　"愚蠢"底戴教冠的一窠
和"毁灭"底执王笏的奴隶,包围着法国!

126

这时有个人,像他们,但更有力,
　　是冒充你的力量的化身;①
他起来了:于是大军投入混战里,
　　像乌云相逢,把神圣的天空
遮得阴暗。他受到"过去"底迫害,
　　已和那逝去而难忘的时代安息:
　　但回忆还使胜利的国王惊悸!

13

英国尚在沉睡中:她岂不曾
　　被唤醒过? 西班牙在对她呼喊;
维苏威的雷声已把伊特纳唤醒,②
　　积雪的山岩被答声劈为两半。
从彼色久莎到彼罗拉,③每一个
　　跃出明波的希腊海岛
　　都在闪烁,呼喊,和跳跃:
"暗淡吧,天庭的灯,我们无须你的光照!"
　　希腊的锁链是金线,只须她一笑
　　就会消融;但西班牙的枷锁
　　却是钢,只有"美德"以利锉锉掉。
　　呵,同一宿命的姊妹! 请对着
遥远的西方,对那宝座上的"永恒"求告;④
　　请把你们所想的、所做的事迹
　　印在我们心上! 时间又怎敢隐蔽?

---

① 指拿破仑。
② 维苏威是那不勒斯(意大利北部)的火山。伊特纳是西西里的火山。
③ 彼色久莎和彼罗拉,希腊的岛屿名。
④ "同一宿命的姊妹"指西班牙和希腊。向"遥远的西方"求援,或指向当时推翻帝制的美国求援。

14

阿敏纳斯①的坟墓呵!把死者交出!
　　让他的灵魂飘游在暴君头顶,
　像是守望台上的旗帜在飞舞;
　　自由底胜利才是他的墓志铭!
德国,"真理"的神秘琼浆之狂饮者,
　　　你呵,虽然被帝王所骗,
　　　却被他的英灵所弥漫。
我们何必恐惧或希冀?你已然
　　　自由了!还有你,这华严的世界
　　　　所失去的天堂!你永恒之岛!
　　你这圣殿,空留给"死寂"拜谒,
她披着美丽的外衣,在拜你的空壳!
　　哦,意大利!振奋起来,打退野兽!
　　　它们正在你神圣的宫殿里逗留。

15

但愿自由人能把这名字:"帝王,"
　　践踏为纤尘!不然,就写在土里,
好使这污渍在名誉之页上
　　有如蛇蝎的足迹,将被风的呼吸
所抹去,被平沙从后面覆盖!
　　　你们已听到了这个预言:
　　　请举起闪耀胜利的剑,

---

① 阿敏纳斯(Arminius,公元前17?—公元21),德国民族英雄,他曾屡次率众抵抗罗马大军,使之不得侵入德国腹地。本节写德国和意大利。

把这污秽字眼的高迪阿的纽结斩断!①
　它虽已弱似残梗,却还能
　　将逼人的棍棒和刀斧
　坚固地扎在一起,使人类惊恐;②
　　这字音含有一种毒素
能使生活腐蚀,邪恶,难以忍受;
　呵,在你指定的时刻,以你的脚跟
　快踩死这还不甘于死亡的蛆虫。

16

哦,但愿智者能以他们的头脑
　照明这幽暗的世界的大厦,
使"教士",这苍白的名字,退缩到
　地狱里:这才是它原来的家,——
它本是魔鬼渎神的一声嘲笑;
　但愿人的思想只跪在
　"理性"底宝座前膜拜,
因为那才是它无畏的灵魂,它的主宰,
　所尊奉的宝座! 但愿隐蔽着
　　思想的文字(有如闪亮的水雾
　把湖中的天空的映影给掩遮),
　　能被剥去它那稀薄的面幕
和本非它的色彩、皱眉或微笑。
　　让文字以"真"与"伪"的赤裸本色
　对着它们的天主,得其所应得!③

---

① 高迪阿,古扶里吉亚(今小亚细亚)国王,他系了一个复杂的纽结,预言说,谁能解开这个纽结,便能成为亚洲的君主。亚历山大王用剑斩断了它。
② 这里指帝王尚有残留的威严,凭以纠集军队,屠杀人民。
③ 这句话似指:教士们经常以美丽动人的语言来掩饰自己的恶行。因此文字被歪曲,已失去了它的真义了,诗人则希望大家不要为"文字"所蒙骗。

17

如果有人教导人类去克服
　　一切阻碍生命进程的东西,
他是把人尊为生命主。但假如
　　人本于自己的意志,愿为奴隶,
尊奉"压制"和"压制者",那一切努力
　　岂非枉然! 即使大地
　　能给亿万人衣食,而权力
原寄存于思想,犹如树木孕于种子!
　　即使"艺术",那热心的和解者,
　　　展开火翼,飞到自然底宝座前,
止住这伟大的母亲对她的抚摸,
　　叫道:"把你对山和海的大权
交给我吧!"假如生活尽在制造贫困,
　　假如你和自然底赠礼要从劳苦者
　　夺去,却千百倍地给予一个人挥霍! ①

18

来吧,但请从人的精神深处
　　把"智慧"也引来,有如启明星
把太阳从伊奥②的海涛上唤出。
　　听! 她的车驾正自动地移行,
像是彩云被自身的火焰所推进;
　　哦,永恒思域底两个国君,③

---

① 这一节的大意似乎是:尽管人能征服自然,创造财富,但若人迷信"奴役",甘愿作奴隶、被剥削,那么艺术(自然和人之间的和解者)和财富的创造又有何益?
② 伊奥,据希腊神话,是司晨曦的女神。
③ 指"自由"和"智慧"。

难道你和她不想来临,
以真理来裁判生底不公允的宿命?
　　裁判"公理"和盲目的爱情,
　　　"过去"的声誉和"未来"的希冀?
　　自由呵!假如你不徒负虚名,
　　　你和这一切怎能够脱离?
假如你和它们的宝藏可以由
　　血和泪换来,难道自由人和智者
　　没有流过血和泪?——庄严的歌

19

至此停顿了:那歌唱底精灵
　　突然沉寂,回到它的深渊里;
于是,像云雀在黎明庄严地飞进
　　电闪的云雾中,突然受到雷击,
便由半空穿过金光堕落下来,
　　　直落在沉闷的平原上;
　　　又像远方的一支烛光
没入黑夜而不见;像夏云在天上
　　把雨水泻完了,自己接着消逝;
　　　像短命的蜉蝣活不过黄昏;——
　　我的歌呵,它的翅膀失去神力,
　　　沉落了;那支持它的伟大声音
已使回音遥遥地没入寂静中,
　　有如才给泅水者铺路的海波,
　　又在嬉戏奔腾中使他连头覆没。

一八二〇年

给——

1

温柔的少女,我怕你的吻,
　你却无须害怕我的;
我的心已负载得够阴沉,
　不致再给你以忧郁。

2

我怕你的风度、举止、声音,
　你却无须害怕我的;
这颗心以真诚对你的心,
　它只纯洁地膜拜你。

一八二〇年

普洛斯嫔之歌

——当她在恩纳草原摘花的时候

1

庄严的女神呵,大地母亲,
　　是从你那不朽的胸脯,
上帝、人和禽兽得到生命,
　　花和叶也都从那儿绽出;
请把你最神圣的生命
传与你的孩子,普洛斯嫔。

2

假如这些年轻的花朵
　　是从你的夜露得到哺育,
因而滋生芳郁和彩色,
　　成了这美好季节的骄子;
请把你最神圣的生命
传与你的孩子,普洛斯嫔。

一八二〇年

阿波罗礼赞

1

不眠的时刻,当我在睡眠,
　从我眼前扇开了匆忙的梦;
又让镶星星的帷幕作帐帘,
　好使月光别打扰我的眼睛,——
当晨曦,时刻底母亲,宣告夜梦
和月亮去了,时刻就把我摇醒。

2

于是我起来,登上碧蓝的天穹,
　沿着山峦和海波开始漫行,
我的衣袍就抛在海的泡沫上;
　我的步履给云彩铺上火,山洞
充满了我光辉的存在,而雾气
让开路,任我拥抱青绿的大地。

3

光线是我的箭,我用它射杀
　那喜爱黑夜、害怕白日的"欺骗",
凡是作恶或蓄意为恶的人
　都逃避我;有了我辉煌的光线

善意和正直的行为就生气勃勃,
直到黑夜来统治,又把它们消弱。

4

我用大气的彩色喂养花朵、
　彩虹和云雾;在那永恒的园亭,
月球和纯洁的星星都裹以
　我的精气,仿佛是裹着衣裙;
天地间,无论是什么灯盏放明,
那光亮归于一,必是我的一部分。

5

每到正午,我站在天穹当中,
　以后我就迈着不情愿的步履
往下走进大西洋的晚云中;
　看我离开,云彩会皱眉和哭泣:
我要自西方的海岛给它安慰,
那时呵,谁能比我笑得更妩媚?

6

我是宇宙的眼睛,它凭着我
　看到它自己,认出自己的神圣;
一切乐器或诗歌所发的和谐,
　一切预言、一切医药、一切光明
(无论自然或艺术的)都属于我,
胜利和赞美,都该给予我的歌。

一八二〇年

秋：葬 歌

1

太阳失去了温暖,风凄苦地哀号,
枯树在叹息,苍白的花儿死了,
　　　一年将竭,
躺在她临死的床上——大地,被枯叶
　　　纷纷围绕。
　　来吧,出来吧,季节,
　　从十一月到五月,
　　穿上悲哀的服装
　　给冰冷的一年送丧,
再像飘忽的幽灵守着她的墓场。

2

凄雨在飘飞,冷缩的幼虫在蠕动,
都为临死的一年:河水充盈,而雷声
　　　不断哀号;
快乐的燕子飞去了,蜥蜴也回到
　　　它们的洞中;
　　来吧,出来吧,季节,
　　让明媚的姊妹奏乐;
　　披上白、黑和黯灰,

把僵死的一年跟随,
为了使墓地青绿,再洒下滴滴的泪。

一八二〇年

咏　月

　　你苍白可是为了
倦于攀登天空,凝视大地,
　　独自漫行得寂寥:
那星群都和你出身迥异——
因而你常变,像忧伤的眼睛
找不到目标值得它的忠诚?

一八二〇年

自　由

1

喷火的山峰彼此呼应，
　　轰隆的巨声远远地回旋；
汹涌的海洋已彼此唤醒，
　　看！在那冬之宝座旁，冰山
　　　听到台风的警号而抖颤。

2

只要有一块云闪出电光，
　　千万个岛屿都被它照明；
地震虽只把一座城火葬，
　　一百座城市都为之战惊，
　　　地下传过了一片吼声。

3

但你的视线比电闪锋利，
　　你的脚步比地震更迅速；
海洋的愤怒能被你压低；
　　你亮过火山，太阳的明度
　　　在你看来是鬼火的雾。

4

从大气层，从高山，从海波，
　　阳光射过了巨风和水雾；
从心到心，从一国到一国，
　　你的晨曦直射到每间茅屋，——
呵，一碰到你的曙光的前锋，
　　暴君和奴隶就成了夜影。

一八二〇年

饥饿底堡垒

这里是一个城的荒墟,它也曾
是一个摇篮,而今却变为坟墓
葬着一个绝灭的民族:只有"怜悯"

对寂灭之波上的碎船在哀哭;
就在这里,屹立着饥饿底堡垒。
它筑在囚人的家庭上,他们都

渴求面包、黄金和杀戮:和犯罪
相联的"痛苦"搅动着生之火焰,
直到灯油耗尽,或因泼撒而中辍。

堡垒屹立着,周围是神圣的宫殿
和楼阁;每座大理石筋的屋宇,
那荫蔽每注孤寂财富的亭园,

那铜门的庙堂,和风雨不透的
意大利的阴暗天空下的回廊,
都在堡垒下失色:——它们正孤立

而自保——因此,世界一片荒凉;
仿佛有一个围裹着恐惧的幽灵
悄悄走过一群美貌的姑娘,

它最美,像是把她们的美集中

反映出来；它吸取了她们的发、
她们的色泽和眼睛里的生命
及其一切错误，终至使她们石化。

一八二〇年

世间的流浪者

告诉我,星星,你的光明之翼
在你的火焰的飞行中高举,
要在黑夜的哪个岩洞里
    你才折起翅膀?

告诉我,月亮,你苍白而疲弱,
在天庭的路途上流离飘泊,
你要在日或夜的哪个处所
    才能得到安详?

疲倦的风呵,你飘流无定,
像是被世界驱逐的客人,
你可还有秘密的巢穴容身
    在树或波涛上?

一八二〇年

"你匆匆进了坟墓"

你匆匆进了坟墓!要把什么寻找?
　以你不息的意志,活跃的思想,
和为尘世役使的无目的的头脑?
　呵,你那热情的心,对苍白的希望
所假扮的一切美景,如此急跳!
　还有你那好奇的精神,枉然猜想
生命是从哪儿来?要到哪儿去?
你要知道人所不知道的信息——
　唉,你究竟何所向往,如此匆匆
　走过了生之葱绿可爱的途程,
避开欢乐,也避开悲伤,只一意
　在幽暗的死之洞穴里寻求安身?
心呵,头脑和思想!是什么东西
你们期望在那地下的墓穴承继?

一八二〇年

给一个评论家

唉,好朋友,你能有什么好处,
恨一个像我这样不恨的人物?
要是只有一方在火气填胸,
憎恨也无味道:你白白想熨平
你的皱眉,这里毫没有抗拒,
在这微笑里,甚至没有蔑视
(和憎恨相关联)可以使你开心。
快压下你无法满足的热情!
因为对于这,我比那在冬季
最冷酷无情的少年或少女
还更腼腆。假如我是你的"憎恨"
所见到的那耳喀索斯①,你尽可
由于恨我,憔悴成一片音波。

一八二〇年

---

① 那耳喀索斯,据希腊神话,是一个美少年,由于爱慕自己在水中的映影而憔悴致死,死后变为水仙花。本诗最后一句话的意思似乎是,"假如我是你的憎恨之映影,也就是说,假如你是为了爱憎恨而憎恨,那你尽可像那耳喀索斯一样,放纵自己,毁于自己的热情,那终将与我无关,而你的骂声不过成为一片噪音而已。"

长逝的时流

有如一个死去好友的鬼魂,
　　呵,长逝的时流。
是一段永远沉寂的乐音,
一片希望,去了不再回首,
如此甜蜜的爱情,但不持久,
　　这是你,长逝的时流。

有过多少甜蜜的美梦,埋在
　　长逝的时流中;
不管那是忧愁还是欢快:
每天都向前投下一个幻影
使我们愿望它能够长存——
　　在长逝的时流中。

有过悔恨,惋惜,甚至怨责,
　　怨责长逝的时流。
仿佛一个父亲凝视着
爱子的尸体,直到最后,
美,和记忆一样,漾在心头,
　　漾自长逝的时流。

一八二〇年

一年的挽歌

1

孤苦的时刻,一年长逝了,
　　前来叹息吧,前来流泪!
但快乐的时刻,何必哭嚎,
　　这一年只不过是在安睡。
看,她一面睡,一面微笑,
嘲笑着你过早的哀悼。

2

好像地震摇撼着尸体,
　　因为逝者已埋进了墓园,
那粗鲁的保姆,白色的冬季,
　　也摇着冷冰冰的一年;
阴沉的时刻呵,快放悲声:
你的母亲已裹在尸衣中。

3

好似无羁的风把树下的
　　婴儿的摇篮不断地摇颠,
这些时日的粗暴的呼吸
　　摇着这一年,——但且莫慌乱,

颤抖的时刻呵,她的眼睛
还会睁开,重新闪着爱情。

4

阴霾的正月到这儿坐下,
　　像教堂的执事守着她的坟,
二月来了,抬着她的尸架,
　　三月在高声呼号和悲吟,
四月在哭泣,——然而,好时光呵,
来吧,你尽可携带五月的鲜花。

一八二一年一月

咏　夜

1

快快踩过西方的海波，
　　黑夜之精灵！
一整天你都在洞中藏躲，
编织着欢愉和恐惧的梦，
这使你可怕而又可喜；
从你漫雾的东方的洞里，
　　呵,快快地飞行！

2

请披上一件灰黑的斗篷，
　　星辰镶在里面！
用头发遮住白日底眼睛；
不断吻她吧,直到她困倦；
请越过城市、海洋和陆地，
让一切在你的魔杖下昏迷——
　　来吧,我的所恋！

3

每当我起身,看见晨光，
　　我对你兴叹；

每当太阳高升,露水消亡,
日午浓密地聚在花丛间,
疲倦的白日需要休息,
却像讨厌的客人还不离去——
　　呵,我对你兴叹!

4

你的弟兄"死亡"来了,叫道:
　　你要不要我?
你的孩子"睡眠",眼涂着胶,
像日午的蜜蜂,嗡嗡地说:
我能否在你的身边歇下?
你要不要我?——但我回答:
　　不,不要下落!

5

等你去了:呵,只嫌过早——
　　死亡就降临,
睡眠等你飞逝也就来到;
它们没有什么使我倾心,
我只要求你,亲爱的黑夜——
请你飞翔得快速一些,
　　哦,快些来临!

一八二一年

时　间

幽深的海呵！年代是你的浪波；
时间底海呵，充满深沉的悲伤，
你被眼泪的盐水弄得多咸涩！
你的波流浩荡无边，在你的水上
潮汐交替，那就是人生的界限！
你已倦于扑食，但仍在咆哮无餍，
把破碎的船吐在无情的岸沿；
你在平静时险诈，风涛起时可怕，
　　呵，谁敢航行一只小船，
　　在你幽深难测的洋面？

一八二一年

给——

音乐,虽然消失了柔声,
却仍旧在记忆里颤动——
芬芳,虽然早谢了紫罗兰,
却留存在它所刺激的感官。

玫瑰叶子,虽然花儿死去,
还能在爱人的床头堆积;
同样的,等你去了,你的思想
和爱情,会依然睡在世上。

一八二一年

歌

1

你很少,很少找我了,
　喜悦底精灵!
为什么这许多日子,
　你不来访问?
呵,你已经和我离别
多少个忧闷的日夜!

2

像我这种人,怎么能
　再把你招到?
你和欢愉的人一起
　对痛苦只嘲笑。
负心的精灵!你尽对
不需要你的人谄媚。

3

你看见悲伤就吃惊,
　仿佛是蜥蜴
看见了颤动的叶影;
　连悲哀底太息

也责备你不肯挨近,
但责备呵,你怎肯听?

4

让我把这哀歌扣上
　　快乐的曲调,
你不肯为怜悯而来,
　　只为了欢笑;
等来了,再让怜悯割除
你残酷的翅膀,你会留住。

5

你所爱的我都热爱,
　　喜悦底精灵!
新披上绿叶的大地,
　　秋日的黄昏,
星光灿烂的夜,和清晨
看金色的雾霭初升。

6

我爱雪,和各种形状的
　　闪亮的冰霜;
我爱波浪,轻风,雷雨,
　　只要没沾上
人世的苦难,我几乎
爱自然间的一切事物。

7

我喜爱静谧的孤独,
　和一圈友伴——
他们安静、明智、善良;
　呵,在你我之间
有什么区别?但你确有
我所无的,一直在追求。

8

我爱爱情,虽然它像光,
　会展翅飞去,
但除此而外,精灵呵,
　我最热爱你——
你是爱情和生命!来吧,
请再在我的心中住家!

一八二一年

无 常

1

今天还微笑的花朵
　明天就会枯萎；
我们愿留贮的一切
　诱一诱人就飞。
什么是这世上的欢乐？
它是嘲笑黑夜的闪电，
　虽明亮，却短暂。

2

唉，美德！它多么脆弱！
　友情多不易看见！
爱情售卖可怜的幸福，
　你得拿绝望交换！
但我们仍旧得活下去，
尽管失去了这些喜悦，
　以及"我们的"一切。

3

趁天空还明媚，蔚蓝，
　趁着花朵鲜艳，

趁眼睛看来一切美好，
　还没临到夜晚：
呵，趁现在时流还平静，
做你的梦吧——且憩息，
　等醒来再哭泣。

一八二一年

伟　政

不是幸福、声名、权力、尊严，
　　也不是文艺、武略或和平，
使这群人甘于暴政的驱遣；
　　历史是他们的无耻底投影，
诗歌不能激荡他们的心弦；
　　艺术赶紧遮起了她的明镜，
因为，当这群盲人奔向永劫，
　　她怕玷上他们污秽的形影。
由暴力或习惯促成的音乐
　　怎能动听？人要想成为人，
必须能统治自己；他的王座
　　必须设在他挫败的意志上，
　　要能征服他的忧惧和希望，
他就开拓了一个真正的"我"。

一八二一年

阿齐奥拉①

1

"你可听到阿齐奥拉在喊叫?
　我想她必是在附近了,"
　　玛丽说;正当黄昏,
我们坐在幽暗里,还没有星光
　　和烛火;于是我想:
阿齐奥拉必是个讨厌的妇人。
　我问:"阿齐奥拉是谁?"
　原来它不是人,我多么快慰!
它不像我似的会恐惧和憎恨;
　　玛丽体会到我的心,
就大笑说:"不要为此而不安吧,
　它只是个小小的夜枭呵。"

2

忧郁的阿齐奥拉!很多晚上
　　我听到你的歌唱
在树林和水边,草坪和山坡,
　在田野和广阔的沼泽,——
它如此激动人心,为琵琶、歌喉、

---

① 阿齐奥拉,夜枭名。

  轻风和鸟所不及；
它远胜过它们，比它们都更甜蜜。
忧郁的阿齐奥拉呵！从那时起，我
  就爱上了你和你的歌。

一八二一年

哀　歌

哦,世界！哦,时间！哦,生命！
我登上你们的最后一层,
　　不禁为我曾立足的地方颤抖;
你们几时能再光华鼎盛?
　　　　噢,永不再有,——永不再有！

从白天和黑夜的胸怀
一种喜悦已飞往天外;
　　初春、盛夏和严冬给我的心头
堆满了悲哀,但是那欢快,
　　　　噢,永不再有,——永不再有！

　　　　　　　　　　　　一八二一年

忆

1

比夏日还飞得轻捷,
快速甚于青春的喜悦,
有似良宵,不稍停歇,
　你来去如此飘忽——
像是大地,叶已不存,
像是深夜,不能入梦,
像是欢乐已逝的心,
　呵,我剩给了孤独。

2

飞燕的夏日会重返——
夜枭的夜也将再现——
但天鹅的青春只愿
　和负心的你同飞。
我的心天天盼清早,
睡眠已被忧伤换掉,
我的冬天呵,即使借到
　一叶春光也白费。

3

如果百合是为新婚——
玫瑰花该戴给妇人——
紫罗兰是为了哀吟
　一个死去的少女：
那么,就请洒下紫堇①
在我这活着的尸身,
绝不要有一个友人
　对我流泪,或忧喜。

一八二一年

---

① 紫堇,象征忧思、回忆。

给——

1

有一个字常被人滥用,
　我不想再滥用它;
有一种感情不被看重,
　你岂能再轻视它?
有一种希望太像绝望,
　慎重也无法压碎;
只求怜悯起自你心上,
　对我就万分珍贵。

2

我奉献的不能叫爱情,
　它只算得是崇拜,
连上天对它都肯垂青,
　想你该不致见外?
这有如飞蛾向往星天,
　暗夜想拥抱天明,
怎能不让悲惨的尘寰
　对遥远事物倾心?

一八二一年

音　乐

1

我的心渴求神圣的音乐，
　　它已干渴得像枯萎的花；
快让旋律如美酒般倾泻，
　　让音调似银色的雨洒下；
像荒原没有甘露,寸草不生,
呵,我喘息着等待乐音苏醒；

2

我要啜饮那和乐底精神,
　　饮吧,饮吧,——我贪得无厌；
一条蛇被缚在我的心中,
　　让乐声解开忧烦底锁链；
这融化的曲调从每条神经
流进了我的头脑和心灵。

3

有如一朵盛开的紫罗兰,
　　在银色的湖边流溢香泽,
日午把它盛露的杯饮干,
　　也没有雾气能给它解渴,

于是花儿死了;呵,却有芬芳
驾着风之翼,浮游在碧波上,——

4

有如一个人从金杯啜饮
　　闪耀的、泡沫喃喃的美酒,
因为魔女已把神圣的吻
　　送到杯沿,等他把爱情享受……

一八二一年

明　天

你在哪儿,可爱的明天?
　无论贫富,也无论老少,
我们透过忧伤和喜欢,
　总在寻求你甜蜜的笑——
但等你来时,我们总看见
我们所逃避的东西:今天。

一八二一年

"生命可以转移"

合唱队前半

生命可以转移,但不会飞跑;
希望可以消失,但不致死掉;
真理尽管被遮蔽,仍旧在燃烧;
爱情被驱逐——但又回来了!

合唱队后半

然而,生命会是一个停尸房,
希望和绝望都在里面安放;
真理会是一个神圣的谎,
爱情不过是肉体的欲望——

合唱队前半

要是自由不给生命以光明,
希望不给它欢乐底彩虹,
真理不给它先知的袍穿戴,
爱情不许它给予和忍耐。

合 唱 队

在伟大的开天辟地的早晨,

上帝的神灵对着一片混沌
威武地展开了自由底大旗,
　　于是混沌的魔魅一齐逃遁,
好像是面对地震的进逼
　　从伊梅阿斯①逃跑的鹰群。
同样,从时间底暴风雨的破晓,
自由底光辉迸发和照耀:——
色茅霹雳和马拉松②沾上了
跃升的火焰,像烽火点亮的
　　一片山峦。——飞翔的"荣耀"
轻轻歇落在菲利派③战地,
　　像一只巨鹰降落在海角。
她不倦的翅膀能够煽动
米兰④的从未熄灭的灰烬。
从世代到世代,从人到人,
　　她的光辉不灭,依次点燃
　　佛罗伦萨,瑞士,阿尔比安。

以后是黑夜;可是,从西方
她重振起烈火似的翱翔;
呵,轻捷的"自由",不管天道
　　和命数,竟从黑夜里冲出,
是另一个太阳,火焰缭绕,
　　在燃烧,照明,给人鼓舞。

---

① 伊梅阿斯是古代地理学家给予亚洲一大山岭的名称。
② 色茅霹雳是希腊一栈道。公元前四八〇年,希腊人在这里抵抗过波斯军队的入侵。马拉松是雅典近郊的平原,公元前四九〇年曾在此击败波斯人。
③ 菲利派,马其顿的地名。公元前四二年,奥克大维和安东尼在此击败布鲁塔斯,详见莎士比亚的"凯撒大帝"。
④ 米兰,意大利城市。文艺复兴的发源地之一。

从极西岛①,她新生的光线
有力地逐开魅影和梦幻。
法兰西虽然蒸发着鲜血,②
　　只能遮蔽,却不能将自由扑灭;
　　从德国北端直到西班牙,
　　她射穿阴云,将荣光洒下。

像一只鹰隼饱食一清早,
不管激荡的风雨的预兆,
直朝向它那山中的巢——
　　朝那柏树的发梢上飞行,
而一窠雏鹰,忍着饥荒,
　　也在等待它翅膀的振鸣
从风涛传来:——正是这样,
"自由"回到了今天的希腊;
希腊的暗淡的荒墟闪着光,
像东方的峰峦浴满日光;
　　在她的羽翼的荫蔽下,
她复苏的养子们在争食;
　　在"真理"炫目的电闪下,
他们以光明把眼睛洗拭。
哦,放任"自由"吧——让她飞翔,
任她飞到荒墟,或者天堂:
　　让美丽的和勇敢的人们
　　享有她的荣耀,或者坟茔。

摘自《希腊》,一八二一年

---

① 极西岛(Atlantis),古代传说是欧洲最西的岛屿,在地震中沉没大西洋中。这里指当时取消帝制的美国。
② 似指拿破仑战争。

"世界从新生到衰落"

世界从新生到衰落
　　永恒地运转不息,
有如河流上的泡沫,
　　闪耀,破灭,流去。
但是,世界仍旧不朽,
　　虽然匆匆地往返奔走
从东方的生之门,到死底暗穴里,
　　给自己不停的飞翔
　　暂披上尘土和光亮;
在来去之间,每个世代还尽可以
　　编造一些新的样式,
　　信服新的神和法律,
它光辉或暗淡,全看在死底肋骨上
　　上次穿的是什么衣裳。

　　一个普罗密修斯式的
　　　征服者由上帝派来,
　　他踩着死亡与耻辱的
　　　荆棘,胜利地走来。
　　在他看来,人的形象
　　　就像被东方的太阳
以光明赋予活力的幽暗的云彩;
　　地狱、罪恶和奴役出现,
　　　像一群驯服的猎犬,
无论猎取什么,都要等神主不在;

穆罕默德的新月
升起了,必会下跌:
而十字架,像竖立在日午的天庭,
将引导着世代前行。

像一个人才梦见天堂,
　那光辉灿烂便倏然逝去,
只剩下白日茫然的光亮
　使他睁开了眼睛哭泣;
同样,天地间的灵气
也一样迅速、模糊、美丽,
发自伯利恒黄昏时分的星斗:①
　阿波罗,牧神,爱神,
　甚至奥林普②的雷神
都暗淡了,因为"真理"照在他们上头;
　我们的湖海和山川
　都被剥去了梦幻,
它们的露滴变为泪,河水变为血,
　哀悼那黄金的岁月。

摘自《希腊》,一八二一年

---

① 耶稣诞生伯利恒,是在黄昏的时候。这里指基督教的兴起使异教灭亡。
② 希腊山名,希腊神话指为众神居住的地方。

"世界的伟大时代重又降临"

世界的伟大时代重又降临,
　　黄金的岁月回来了;
大地像一条蛇,焕然一新,
　　她陈腐的冬衣都已脱掉:
天空在微笑,宗教和帝国
像是残梦的遗迹在闪烁。

一个更灿烂的希腊让山峰
　　在更恬静的波上出现,
一条新的比尼阿斯①在滚动
　　它的浪涛,在晨星下面。
敦陂②是更美丽的,遍野花开,
赛克莱群岛守着更明媚的海。

一艘更高的阿葛③行驶海上,
　　载回了新剪的金羊毛;
另一个奥尔菲④又在歌唱,
　　爱呵,哭呵,然后死掉。

---

① 比尼阿斯,希腊河名。
② 敦陂,希腊的山谷,以幽美著称。
③ 希腊神话,阿葛是一只大船,一群英雄曾乘坐它去找寻金羊毛。
④ 希腊神话:奥尔菲是诗人和音乐家,他的琴声能感动草木和禽兽。他的妻子死后,他到地狱去寻她,以歌声迷住了地狱的神,因而允许他将妻子带回世间,但有一个条件,就是他不得在路上回视。他因太爱妻子而回视了,使她又消失在阴间。

一个新的尤利西斯①在飘泊,
为着故乡,又离开了卡吕普索。②

何必再写特洛亚的故事,③
　如果大地只是死底画幅!
也别再将自由给予人的
　欢欣,混杂以雷亚④的愤怒:
即使有更玄奥的斯芬克斯⑤
将死亡底奥秘向人类显示。

另一个雅典将要跃起、兴盛,
　她会给遥远的世代——
像沉落的太阳之于天空,
　遗下她青春的光彩;
她将遗下一切灿烂的东西,
只要人间能拿,天庭能赐予。

大神萨杜恩⑥和爱情将挣脱
　长期的睡眠,善良,光辉,
胜过泯灭的众神,或复活的一个,⑦

---

① 尤利西斯是荷马史诗《奥德赛》中的主人公。他是战争中的英雄,战后返家,曾在海上飘泊多年。
② 希腊神话:卡吕普索是海上女仙,她将尤利西斯在海岛上拘留了七年。
③ 荷马史诗《伊利亚特》即描述特洛亚战争者。
④ 雷亚是希腊忒拜国王和俄狄浦斯之父,神的预言说俄狄浦斯将弑父娶母,果如所言。这里表示俄狄浦斯虽然是"给予人以欢欣",却也遭受到不幸。
⑤ 斯芬克斯,据希腊神话,是一种人面狮身的怪物,它给行路的人出谜语,凡猜不中者就被杀死。俄狄浦斯猜中了,怪物自杀,从而除掉了世人的灾患。
⑥ 萨杜恩是黄金时代的天国的主宰,以后被其子宙斯所推翻。萨杜恩和爱情象征纯真和快乐。
⑦ "泯灭的众神"指"希腊、亚洲和埃及的众神","复活的一个"指"耶稣,他的出现使异教世界的信仰受到打击"。——雪莱注

也胜过未被征服的同辈:①
他们不要黄金和鲜血为祭,
而是要鲜花和信仰的泪滴。

哦,打住! 难道恨和死必须返转?
　难道人类必须拼死厮杀?
打住! 别把这杯甘美的预言
　一饮而饮到杯底的苦渣。
这个世界已经厌倦了过去,
但愿它终于死亡,或者安息。

摘自《希腊》,一八二一年

---

① 指中国、印度、美洲土人及南太平洋群岛上所崇奉的神。——雪莱注

"当一盏灯破碎了"

1

当一盏灯破碎了,
它的光亮就灭于灰尘;
当天空的云散了,
彩虹的辉煌随即消隐。
要是琵琶断了弦,
优美的乐音归于沉寂;
要是嘴把话说完,
爱的韵味很快就忘记。

2

有如乐音和明光
必和琵琶与灯盏并存,
心灵弹不出歌唱
假如那精气已经消沉:
没有歌,只是哀悼,
像吹过一角荒墟的风,
像是哀号的波涛
为已死的水手敲丧钟。

3

　　两颗心一旦结合，
爱情就离开精制的巢，
　　而那较弱的一个
必为它有过的所煎熬。
　　哦，爱情！你在哀吟
世事的无常，何以偏偏
　　要找最弱的心灵
作你的摇篮、居室、灵棺？

4

　　它以热情颠疲你，
有如风暴把飞鸦摇荡；
　　理智将会嘲笑你，
有如冬日天空的太阳。
　　你的巢穴的橡木
将腐烂，而当冷风吹到，
　　叶落了，你的华屋
就会把你暴露给嘲笑。

一八二二年

给珍妮：一个邀请[①]

出来吧，最明媚、最秀丽的！
你远胜过这美好的天气；
和你一样，爱慰人于忧患，
她是来对这坎坷的一年
道一声早安，趁它刚才
在树丛底摇篮上醒来。
仿佛是未出生的春光
一直在冬之岁月里游荡，
终于看到和煦的早晨
被霜白的二月所诞生，
于是她充满蔚蓝的欢乐，
从天上斜身吻大地的额，
又对静默的大海微笑，
使冻结的河水泛起春潮；
叫醒泉涧，让流声潺潺，
又轻轻吹过冰雪的高山；
她像是五月底预言家，
给荒凉的道旁洒满了花，
她使冬之大地看来像你
报以微笑的人，亲爱的珍妮！

去吧，离开城市和人群，
去到草原，到清幽的树林——

[①] 珍妮是雪莱友人爱德华·威廉斯的妻子。以后雪莱和威廉斯泛舟海上，同归于尽。

在那儿,一切如此荒寂,
心灵不必为了怕难于
在别人的心中引起回音,
便也抑止了自己的乐音,
因为经过自然底触摸,
心和心就会交感、融合。
我要在门前留个字条,
对每个经常的来客写道:
"我已经到田野去漫步,
享受这一刻带来的幸福;
'沉思'呵,你可在明日来访,
和'悲伤'一起坐在炉旁。
'绝望'呵,你的账单还未付,
'忧烦'也别尽把诗歌朗读,——
我要在墓中再偿付你——
等'死亡'去聆听你的诗句。
还有'期望',你也快走路!
'今天'对自己已经够满足;
'希望'呵,不必老是嘲笑着
'灾难',也不必到处跟我;
我固然长久吃你的甜食,
但在长期痛苦后,我终于
找到了片刻幸福,这是你
虽然爱我,却从未提示的。"

呵,美好时令底光辉的姊妹,
起来吧!出来吧!别再沉睡!
去到平原和那丛林里,
那儿有水塘,有冬天的积雨
映照出它绿叶的屋顶;
那儿,松树以暗褐的野藤

和干细的叶子编织花冠，
绕着没吻过日光的枝干；
那儿有一片草地，有牧场，
沙石的小山朝着海洋；
在那儿，溶化的雪正沾湿
一片好似星星的雏菊；
还有待风花和紫罗兰，
它们给这羸弱的一年
缀上彩色，虽然还没香味；
但是黑夜早已远远隐退
在广阔而幽暗的东方，
蔚蓝的日子正在头上；
而在陆地和海洋的交界，
波浪正在我们脚前喋喋，
在这普遍的阳光底下，
万物多像是万众一家。

一八二二年

给珍妮：回忆

1

如今，既然那一串日子
（都和你一样美丽、明朗）
已经以最美的一日告终，
来呵，记忆，快写下赞颂！
来呵，快像你经常那样，
给逝去的好景刻下碑石——
因为，大地如今变了颜色，
天庭也正在皱起前额。

2

我们一同踱进了松林，
　　它就坐落在海波之旁，
轻柔的风歇在巢里，
　　暴风雨留在自己家乡。
喃喃的海波安歇了，
　　云彩都各自去游荡，
天空的笑颜就映在
　　海洋的蔚蓝的胸上；
看呵，这一刻好像是
　　从碧霄外飘来的时光，
弥漫在这儿的日辉

也仿佛是来自天堂。

3

我们伫立在松林中,
　苍松像巨人似的矗立,
那枝干经过风吹雨打,
　像交缠的蛇一样扭曲,
而树顶在蔚蓝的空中
　受到每阵轻风的抚爱,
也变得和轻风一样柔:
　好似一片乐音和色彩;
现在,林梢被吹拂得
　睡着了,像海上的碧波,
又像深海里的树林
　那样静止,那样沉默。

4

呵,多么静!这片静穆
　竟被锁得如此严紧,
连啄木鸟不断啄木
　所发出的得得的声音,
也丝毫不曾把它冲破;
　静谧笼罩在我们周身,
平和的呼吸的颤动
　反而加浓了静的气氛。
这一片空间,从那远方
　冰雪覆盖的山野荒峦,
直到我们脚前的花草,
　似乎都为灵气所弥漫;

一个精灵向它倾注了
　　欢乐而沉默的生命,
于是它使我们暂时
　　平息了人性内的纷争,
呵,我能感到那魅力
　　发自一个美丽的形影,
这方圆之内的大气
　　由于她而充满了爱情。

5

在树林的枝叶下,我们
　　在一片水塘前站住,
每摊水都像是小小的
　　一隅天空,被地面绊住;
呵,在幽黑的大地上
　　有了光辉灿烂的天穹,
它看来比夜还深邃,
　　比晴和的白日更纯净——
葱绿的树木映在水里
　　好像是生长在半空中,
但它却比空中的树木
　　颜色更美,形态更动人。
在那水里,有一片草地,
　　还有透过幽暗的树林
闪耀的阳光,很像晨曦
　　洒漏出一块乌黑的云。
我们在这地面的世界
　　所难看到的美好景物,
都由于水对这片树林
　　一往情深而被映出。

183

在水里,一切都渗透着
　　好似极乐园的光辉,
那空气没有一丝风,
　　那日辉看来更为柔美。
这景色好似为了爱情
　　投向水的幽暗的胸怀,
它的一草一叶都被
　　更加真实地表现出来;
直到嫉妒的风吹来了,
　　像是令人不快的思想,
它从内心忠实的眼膜
　　抹去了那可爱的形象。
唉,虽然你雍容可亲,
　　虽然这树林永远碧绿,
雪莱的心上却不常有
　　那片水所凝聚的静谧。

一八二二年

给珍妮,并赠吉他

是阿瑞尔致意米兰达:①
拿去这音乐的奴隶②吧;
为了他(就是您的仆从),
请在这乐器上,尽可能
教这心悦的精灵放歌,
因为只有您能使它欢乐,
直到欢乐过于丰富,
难以承受了,变为痛苦;
可怜的阿瑞尔由于您的
菲迪南王子③的准许,
这才赠送沉默的吉他,
表达他未能启齿的话。
呵,这阿瑞尔,您的护灵,
他岂非世世都把您侍奉?
因为只有当您快乐,
他才能将他的快乐获得。
据那伟大的诗歌记载,
是他引您渡过了海:
从普洛斯伯的魔洞
直到那不勒斯的王宫,

---

① 在莎士比亚的戏剧《暴风雨》中,阿瑞尔是空中的精灵,被妖魔拘于一海岛的松树干中。米兰公爵普洛斯伯带着女儿米兰达流落到该岛,将阿瑞尔释放,因此阿瑞尔便为普洛斯伯服务。米兰达以后和漂流而来的菲迪南王子相爱,同返意大利。
② 指吉他。据神话称,乐器中有乐灵,所以能发和谐之音。
③ 指珍妮的丈夫。

像一颗流星在飞掠，
他在您的船头翱翔。
当您死去了，即使明月
在晦隐时期悄悄昏厥，
她那悲伤怎比得过
孤单的阿瑞尔的深刻？
而当您又在世上复生，
像一颗不见的宿星，
阿瑞尔就引导着您
在生活的海洋上航行。
自从您和菲迪南开始
爱底途程，呵，多少世事
在变幻，但阿瑞尔仍旧
侍奉着您，跟在您身后；
可是现在，您一切如意，
这桩事已不再记起；
而不幸，这可怜的精灵
竟为了一点过错受禁
在形骸之中，像埋在墓里，
他只有冒昧请您赐予
（为了他的忧伤和忠诚）
今天一笑，明天一歌声。

塑造这乐灵的琴师
为了传达和谐的情思，
从悬崖砍下了一棵树，
那是正当冬眠的林木
在风扫的亚平宁山岭，
享受着庄严的宁静；
有的梦见逝去的秋景；
有的梦见春天的来临，

四月的花苞,四月的雨;
还有的梦见七月里
林间的歌声:一切梦着
爱情;因此,这树虽砍落,
(但愿我们能死得相同!)
却死在梦里,没有苦痛,
以后又借更美的形骸
而复生;就是以这木材,
在良辰吉日,艺术家
制造了这可爱的吉他,
并且教会它与人唱和,
只要人对它不太冷漠;
那语言似你一般温柔,
它会迷恋地低低倾诉
林与谷的甜蜜的音信,
和幽静的斗室的夏风;
因为它呵,从原野和天空
学会了怎样发出和声,
它会模拟树林和高山,
还有万马奔腾的泉涧;
它发出的,有山谷的回音,
有鸟歌,有蜜蜂的嗡噌,
有河滩的轻柔的倾泻,
有夏日海水的喋喋,
有雨滴,有露水的呼吸,
还有黄昏的风;它还熟悉
那奇异而神秘的乐声,
就是在日日的行程中
我们的地球航行于
无涯的时流所发出的。
它熟知这一切,但不愿

对不会探问的门外汉
把乐灵的心事显示；
它只按照对方的机智
而吐诉；也曾有人在过去
宣泄了它昔日的秘密，
以后便怎样诱惑它，
也不再听到更多的话；
然而，对娴熟的弹弄
它却会曲意地奉承，
它只把最神圣的一曲
留给我们可爱的珍妮。

一八二二年

哀　歌

狂风呵,你在高声哀呼,
　悲痛得不成歌声;
风呵,你使阴沉的云雾
　整夜都在敲丧钟;
暴风雨,你流泪也枉然,
枯树呵,你高伸出枝干,
幽暗的洞,凄凉的平原——
　哭吧,为世上的暴政!

一八二二年

"我们别时和见时不同"

我们别时和见时不同,
　　心绪重重,但表露不多;
我胸中有难言的沉重,
　　你却充满对我的疑惑:
　　只一刻就丧尽了欢乐。

那一刻是永远地去了,
　　像电闪才现便消亡——
像雪絮坠落河中而溶消——
　　又像是阳光射在潮水上,
　　接着就被暗影隐藏。

那一刻从时间里提出,
　　成为痛苦生涯的起头;
那欢乐之杯从此变苦——
　　呵,幻景虽好,但不持久!
　　太美了,怎能再为我有?

甜蜜的嘴唇呵,这颗心
　　但愿能瞒住它是被你
所压碎,想你就不致严禁
　　它的真诚,因为它只愿意
　　在你的咸露里死去。

一八二二年

岛

有一个绿草如茵的小岛,
草坪像嵌花细工,缀满了
　秋牡丹和紫罗兰;
岛上空是交织的叶和花,
夏日的轻风在其间穿过;
阳光或风雨都不能透落
到那松林和高耸的树下,——
　树顶像宝石在发闪;
无尽的碧波把小岛围绕,
云和山就以水波铺起了
　一湾蓝色的深渊。

一八二二年

阿拉斯特[①]

或"遁世的精灵"

前　记

　　这首名为"阿拉斯特"的诗可以说是影射到人的最耐人寻味的一种精神状态。它写一个情感纯真、才华不羁的青年如何认识到优美和高贵的一切，如何放纵热炽的、纯净的想象而耽缅于宇宙的冥想中。他畅饮过知识之泉，但并不因此而满足。大千世界的庄严和美色深深渗入了他的意识界，给他的意识以无穷尽的陶冶。只要有超然的物象来满足他的渴望，他就能快乐、平静、别无他求。可是，后来这种物象不能使他满意了。他的心灵倏然觉醒，竟想要和极限的灵智互通。他力求悟得他所爱的至高的生命。他既经常冥想着最庄严最完美的事物，他所想象的至高生命的形象自然也就包括了诗人、哲学家和恋人所能想及的一切神奇、智慧和瑰丽。在别人身上，智力、想象和感觉只要各行其是就可以了。但本诗所写的诗人却要它们合一起来，并以这一切来冥想一个形象。他找不到符合于他的冥想的原型。失望摧残了他，他年纪轻轻就进了坟墓。

　　这描绘对世人来说是不无教益的。诗人的自我中心的遁世倾向终于惹来了不可抗拒的热情之魔，逼得他迅速身亡。但是，神灵在高贵的心灵中唤醒了对神力的过分敏感后，固然又会很快地把它扑灭；平凡的心灵如果完全无视那一灵界，也是注定了要逐渐腐蚀而亡的。后者的命运该是更悲惨而不足取，因为他们的怠惰是更可鄙而有害的。有些人从来没抱过善意的错觉，从来没有对可疑的知识作过庄

[①]　"阿拉斯特"在希腊文中意即"复仇者"。

严的追求,灿烂的执迷骗不了他们的心,他们对这世上的一切都不爱,对另一个世界呢,也无所期望;他们漠视自己的同类,既不乐人之所乐,也不悲人之所悲——这些人以及诸如此类的人们,也正有他们命定的一份惩罚。他们会因为自己的人性得不到共感而沮丧。他们在精神上僵死了。他们成不了朋友、恋人、父亲、世界的公民或祖国的救星。心地纯良的人就在麻木过活的人群中,由于在追寻共感时过于急骤和热烈而死去,这种人的死是会使人突然感到空虚的。其他一切人,自私、愚昧而麻痹,他们是那些肤浅的芸芸众生,连自己在内构成了世间长期的苦难和孤独。凡是不爱同类者,尽其一生必是贫瘠的,而且到老只有一个凄惨的坟墓在等待着他。

　　好人首先死去,
　　心灵枯干得像夏日尘土的人,
　　才会将生命拖到最后!
　　　　　　　　一八一五年十二月十四日

　　陆地,海洋,天空,亲爱的弟兄们!
　　要是我们伟大的母亲赋予了我
　　些微自然的灵性,使我能感到
　　你们的爱情,并能把我的爱情相报;
　　要是垂露的清晨,浓郁的日午,
　　落日的黄昏连同它那辉煌的仪仗,
　　以及午夜刺耳的寂静迷醉过我;
　　要是我爱听秋季在枯树林中的
　　深沉的太息,爱看冬季以白雪
　　和闪亮的冰花覆盖死草和枯枝;
　　要是我一直向往于春季的风
　　飘来的初吻,和她那情欲的悸动;
　　要是我从不愿意伤害鸟兽和昆虫,
　　而是当作同类一样珍惜和爱护,——
　　那么,亲爱的弟兄呵,就请原谅
　　我如此大言不惭地称呼你们吧,

也请继续给我以热情的关注!

还有你,这谜一般的宇宙的母亲!
请振奋我的歌吧,因为我所爱的
一直是你,也只有你;我观察过
你的影子和步履所过的地方,
唉,我的心总想测知你的神秘底
莫测的底蕴。为了想从一些游魂
获得你的信息,我岂不曾睡在
停尸房里——在那黑色的死亡
记录从你赢得多少战利品的地方,——
因为我常想探听人究竟是什么。
在万籁俱寂的夜间,静得仿佛
连寂静本身也是一种怪异的声音,
那时呵,我会像炼丹的术士
把一切希望都寄予他的魔法上,
我岂不曾把全部爱情都灌注在
我那探问的目光和灵语中?
我的眼泪和热吻曾使黑夜心软,
从而吐露了你寄藏于她的音信……
固然,你还没有把你深奥的内殿
显示给我,可是我已经从神异的梦、
从夕阳的幻景和日午的深思中
有所省悟:呵,这是一点灵光
照耀在我的心里,使我阒然静止,
仿佛我是一只被遗忘的竖琴
悬挂在一所神秘而荒凉的
庙堂的大殿中;伟大的母亲呵,
我正等待你的呼吸吹拂,好使我
可以配合空气的喃喃细语、
树林和海洋的波动、万物的音籁、

以及日和夜合奏的赞美曲,
并扣着人的深心发出我的歌声。

有过一个诗人,未成年就死了,
他不是由敬爱的手掩埋起来的,
而是荒野上回旋的秋风给他
堆起了一座枯叶的金字塔:
可爱的青年!——但没有悲哀的少女
捧着枯萎的花或盟誓的柏枝环
奉献在他孤寂的永眠之榻前,
他温和,勇敢,慷慨,——但没有诗人
对他不幸的命运发过一声咏叹;
他在孤寂中活着,死去,唱他的歌。
陌生人因为听到他热情的歌
而流泪,少女们看他陌生地走过去,
也曾不断思念从他那困惑的目光
所透露的痴情。唉,但他的眼中
一团柔情的火焰已经熄灭了;
寂静太喜爱他的声音,如今已把
他飘逝的乐音锁在它的洞穴中。

他从幼小起,就由庄严的幻象
和温柔而灿烂的梦所培育。
大地和天空的每一景象,每种声音,
都给他的心灵以最精微的激动。
神圣的哲学之泉源没有逃过
他干渴的嘴唇,他熟悉庄严的过去
以故事或论理所宣示的一切
真的、美的和善的。少年流去了,
他离开了与他隔阂的家,要到
陌生的远方去寻求奇异的真理。

呵,他无畏地走过了多少荒原
和丛林的幽径!凭着他那美好的
声音和目光,他能从野蛮人
获得食物和栖息。像自然底影子,
他跟踪着自然底最秘密的脚步,
也许到那火山赤红的烟雾
所笼罩的冰雪垒积的荒原;
也许到沥青的湖水上,看它那
迂缓的波浪拍击着峥嵘的石岛;
也许穿过火溪和毒川,那幽秘的
为虚荣和贪婪所达不到的岩洞,
看那钻石般的、金光闪闪的圆顶
罩在无数宏大的厅上,还有多少
水晶的柱石、珍珠堆砌的神龛
和耀目的碧玉宝座在那些洞中!
但比金玉更辉煌的———一片碧野,
或瞬息万变的天空的华盖,
更使他爱慕和赞叹;他会久久地
徘徊在幽谷中,仿佛这是他的家,
以至松鼠和鸽子都熟悉了他的
容貌和善意,敢从他的手里取食吃,
而野羚羊,原来一听见灌木丛中
有黄叶飒飒响,就会惊慌逃去的,
现在也停下怯懦的脚,要看看
这比它还优美的形貌。
　　　　　　他只是
听从高贵心声的指向而游荡,
他访问了古代的庄严的遗迹:
雅典,泰尔,巴尔贝克,①和耶路撒冷

---

① 泰尔和巴尔贝克在今之黎巴嫩和叙利亚。

所留下的荒墟;他看过巴比伦的
倾圮的楼堡,孟菲斯和底比斯,
远古的金字塔,和乳色方尖石上
所刻的那些奇文和异象,也看过
碧玉雕饰的墓陵,残缺的人面狮,
和埃塞俄比亚荒漠中的隐秘。
他尽自在倾圮的庙宇、高耸的
廊柱和古怪的塑像中间徘徊,
看那些大理石的妖魔守望着
黄道十二宫的铜像:看古人如何
把沉默的思想显示在沉默的壁上。
在炎热而漫长的白日里,他对着
世界初始的这些遗迹,这些静物,
不停地默默沉思,直看到月影
已飘进神秘的殿堂,还是不肯离去;
终至他脑中像是有天灵一闪,
似已使他悟到时间原始的奥义了。

一个阿拉伯少女曾把她自己的
一份食物,从帐篷里拿给他吃,
并且以自己的毡子给他当卧榻,
还偷空跑出来陪着他漫游,——
她爱他,可是由于深深的敬畏
又不敢向他吐诉爱情;呵,每一夜
她就守望他睡眠,看他的两唇
在纯净的梦中微微张开,吐出了
平匀的呼吸;——她要看到朝霞
使苍白的月亮更加苍白了,
才惶然失色、喘吁吁地跑回家去。

年轻的诗人继续游荡,游过了

阿拉伯,波斯,荒凉的加尔曼沙漠,①
他快乐而兴奋地走过崇山峻岭,
看印度河和奥克沙斯②河的源流
从一些冰封的岩洞迸涌出来;
他游历到克什米尔③山谷,探到了
它最幽静的处所,那儿有香花
在悬崖下结成一个天然的亭荫,
他便在那儿,在明亮的涧水旁,
歇下他疲倦的肢体。他睡着了,
一个幻象来到梦中,呵,那是他
从未想望过的梦景。他梦见有个
戴面幕的少女坐在身边,向他
低声絮谈,那声音就像在他冥想时
由自己的心灵所发出的,又好似
轻风和溪水交奏的乐曲,久久地
把他的心灵俘获在它色彩绚烂的
声调之网里。知识、真理和美德
是她所谈的,还有他所最珍爱的
对神圣的自由之崇高的希望;
她也谈到诗,因为她是诗人呢。
这崇高的心情很快地在她全身
燃起纯净的火焰,于是她唱起了
热情的歌,那歌声被哀情所抑制,
又被轻泣时时噎住;她露出
秀丽的手,在奇异的琴上拨着
奇异的乐曲;在手背的脉纹里

---

① 加尔曼,古波斯省名。
② 印度河是流经西藏和印度北部的河。奥克沙斯河在帕米尔高原。
③ 克什米尔,印度省名。

急流的血讲出了多少难言的衷情!
在乐音的旋律中,可以听到
她的心跳,她的呼吸也紧扣着
那歌声的起伏的风暴。突然间,
仿佛这心灵的重压难以忍受了,
她站起来,他看见她红润的肢体
在回旋的轻风所舞弄的纱衣下,
发散着温暖的生命的光彩;
他看到她伸过来赤裸的手臂,
她黑色的卷发在夜风里飘扬,
她的目光闪闪垂下,她张开的唇
苍白、突出、而又热情地颤动。
爱的狂潮淹没他的心。他支起了
抖颤的身躯,屏住急促的呼吸,
张开双臂去迎接她悸动的心胸……
她迟疑片刻,但又拒绝不了欢乐,
终于猛烈地、发着短促的呼叫
把他整个抱在她火热的臂中。
现在,黑暗蒙住了他晕眩的眼,
夜吞没了他的梦景;昏沉的睡眠
像是片刻被阻的黑色的浪潮,
重又冲进了他空茫的脑中。

这冲击惊醒了他,他起来看见
破晓正透出寒冷的白光,铅灰的月
低垂在西方,明媚耀眼的山峰、
清晰如画的溪谷和空林在他周身
向远处伸展开去。哦,哪儿是
昨晚树荫上空的天庭的彩色?
还有那催眠他的音籁:大地的
神秘、庄严和喜悦哪里去了?

他阴沉而迷惘地望着一片空旷,
好像海中的月影望着天上的月亮。
对他这鄙弃过爱之赠礼的人,
甜蜜的人间爱情竟把一个形影
送给他的睡眠。为了热情地追寻
那飘忽的影子,他越出了梦境,
甚至不顾生死。唉!唉!躯体、呼吸、生命,
为何如此骗人地捏塑在一起?
去了,去了,那美丽的影子永远消失
在幽暗的睡乡之无路的荒漠上了!
睡眠呵,死亡底幽黑的门可通向
你神秘的乐园?彩虹所搭的拱门
和平湖中倒悬的山野难道只通向
污黑的水底?而那恶气缭绕的、
让幽灵的眼避开可憎的白日的
幽暗的墓穴,却能达到你的仙境吗,
睡眠?这疑惑一旦涌上他的心,
无餍的希望复苏了,像绝望一样
啮咬着他。

   诗人和他的心灵
整日在默默交谈。到夜晚,热情
有如一场乱梦中的恶魔袭来,
扰得他不能安歇,他宁愿走向
黑暗的去处。——就像一只被绿蟒
缠住的鹰,它的心胸受到啮咬,
毒热灼痛着它,使它不顾目或夜,
也不管风雨晴阴,只疯狂而昏眩地
飞凌到广阔的空气的荒原中:
同样,这被美梦里的光灿的影子
所迫害的他,在静夜的冷眼下,
穿过了泥沼和陡峭的山谷逃去,

一路惊起了月下安歇的蟒蛇。
红色的晨曦把生命的色彩
染上他惨白的面颊,他继续游荡;
他从彼特拉悬崖看到了奥诺斯①
像广阔的云层低悬在地平线上;
他走过巴尔克,②走过帕细亚,③看到
它那荒凉的皇陵中的尸灰
已经随风而飘扬;日复一日地
他踯躅着,总怀着那损耗他残生的
刻骨的思念。如今,他已经消瘦了,
他那蓬散的、被痛苦底秋季
所摧枯的发在风中唱着哀歌;
他的手髊鹋、干皱,无力地摆着;
生命的光辉只从他的黑眼眶里,
像炉中的火焰,闪烁着。乡民们
在接待他食住时,都又诧异
又畏惧地看着这飘忽的过客。
山民遇到他那幽灵似的形影
在眩神的峭壁时,看他目光似电、
呼吸急促、脚步扬不起雪尘,
还以为是风神下界了;小孩子
见他两眼灼灼,会吓得把脸
躲在母亲裙中,并且会很多次
梦见那怪异的光;只有少女们
本于天性,会看出那消损他的悲哀
多半为了什么,她们会假称他
朋友或弟兄,临别时还会握住

---

① 彼特拉,在巴尔克之北。奥诺斯,在阿富汗兴都库什山北麓。
② 巴尔克,阿富汗北部城名。
③ 帕细亚,古国名,在波斯东北部。

他苍白的手,并且站在家门前,
含着泪,久久望着他走去的路途。

最后,在寥廓的克拉斯密海边①
他停下了,那是一片腐草污积的
广阔的沼地。他一时冲动,便走向
海岸。一只天鹅正落在污水旁的
一丛芦苇中。他走近时,它飞了,
有力的翅膀直飞到无垠的海上,
越飞越高,赶着它光辉的路程。
他目送它翱翔。——"呵,你有一个家,
美丽的鸟儿!你向家飞去了,
你柔情的伴侣会把它的毛颈
和你的交缠,并且眼里闪着喜悦
迎接你的回返。可是我呢,白白
唱得比你濒死的歌更动听,白白
有这更美的形体,更广阔的心灵,
为何我却停留在这儿,把才华
都虚抛给空际、大地和天空?
它们怎能闻见,或与我的心共鸣?"
一丝凄惨而绝望的笑掠过了
他颤抖的嘴唇。因为,他知道,睡眠
不轻易给予它的珍宝,而死亡
可能和睡眠一样骗人,它的诱惑
是不真实的,它的微笑可能是伪装。

想到这里,他一惊,环顾四周,
既不见娇丽的魅影,也听不见
她的声音。这一切不过是在他脑中。

---

① 克拉斯密在咸海沿岸。这里的"克拉斯密海边"应指里海沿岸。

一只小船漂到岸边,吸住了
他游荡的视线。小船久已被弃,
船边有很多裂缝,脆弱的接合处
随着水波的起伏而摇颤。他心中
涌来了一阵激情,他要登上船
去到茫茫的海上去会见死亡;
因为他知道,死亡底巨灵
是爱住在海底泥污的洞窟里的。

那是晴和的一天,海洋和天空
都染有明媚动人的光泽,而风
从岸上猛吹着,吹黑了海浪。
游荡的诗人依从内心的渴望
跳上船,把他的斗篷挂在桅杆上,
便独自坐下来;在平静的海面,
小船飞驶得像飓风追赶的云彩。

像是做着平静的梦,任随熏风
把它在光辉的云间吹去,这小船
扬着帆,飞驰在黑浪翻滚的海上。
一阵狂飙吹它越过怒海的白峰。
浪头扬起来,它们凶猛的脖颈
在风暴的鞭挞下越抬越高,
好似群蟒在鹰爪下挣扎扭动。
波浪击碎波浪,风追着风猛袭,
黑黝黝的波涛不顾一切地
向旋涡扑去:他只平静地坐着,
欣赏这可怕的混战:他掌好舵,
仿佛自然底精灵就是要引导他
去找寻那妩媚的明眸的使者。
黄昏来了;在从他头上飞掠的、

给他一路搭起华盖的片片浪花间,
高悬着夕阳的彩霞;黄昏从东方
缓缓升起来,她的发越结越暗,
终至遮暗了白日底秀额和眼睛;
夜来了,缀满了星星。在每一方,
海上的狂流好似万马奔腾,越来
越可怕地互相冲击,雷一般轰响,
好像在讥嘲平静的星空。小船
仍旧被风吹着走,仍旧奔跑着,
像泡沫被冲下冬季的浅滩,
一会停在裂开的巨浪的边沿上,
一会又把碎浪和痉挛的海水
远远抛在后面:它安全逃去了,
仿佛船中疲弱而憔悴的人
就是管辖自然的上帝。
　　　　　　　　到了午夜,
月亮升起来:看!高加索的峭壁
高耸云霄,那冰雪的峰顶像阳光
在群星间闪耀;围着山基的岩洞,
浅滩和波浪总在泼溅、回旋、
愤怒地喧哗。——谁能援救他?——
小船继续奔去,——浪涛冲着它,——
巉岩以嶙峋的黑臂拥抱过来,
碎裂的山峦蹲伏在海面上,
而小船快速得为人力所不及,
被一波推送着。一个洞窟张着口,①
海水就冲进它崎岖下陷的谷道。
小船继续飞驶。——"梦呵!爱情呵!"

---

① 据布莱德雷(A. C. Bradley)解释,这不是一般所谓的洞窟,而是山峰自顶至脚裂开,形成深谷,其上有覆盖。

诗人高声叫道,"我已看见了
你隐去的途径。睡眠和死亡不会
把我们分隔很久了!"
　　　　　　　　小船进入
山中迂回的水道。终于,白昼的光
照临到那阴郁的河流;在这儿,
没有波浪的冲击,小船缓缓地
在水面滑行。在高加索山脚前,
有一处山峰开裂,使蔚蓝的天
照见洞窟,海水的洪流就在那儿
发出震动山岳的轰响,倾跌进
巨大的地穴;层层的水卷上来,
打着急旋,又有节奏地冲击着
那在水面伸出巨干的老树的根。
涡流的中心是一片看来平静
而实则旋转的水,它歪曲了
映出的云姿。帆船被卷进了
上流的水,昏眩地转着,转着,转着,
越过水浪的一峰又一峰,终于
来到了旋涡的外沿;那儿的石岸
有一个缺口,从而积存了一湾
晶明的、平静的水:小船颤栗地
停下来了。呵,它可会沉入渊底?
是否折回的水力还会把它吞没?
一阵西风鼓满了小船的帆,
看! 它又移动了,在青苔坡岸间
和绿叶覆盖下缓缓滑行。听呵!
那可怕的浪涛在远方的喧腾
还混合在林中轻风的乐音中。
有一处树林退开,一湾碧绿的水
汇集在两岸交叉的地方,

一些黄花被映在明镜的水中，
像永远注视着自己低垂的眼睛。
但小船推来的波纹扰乱了
她们的沉思；在平时，这是只有
游荡的鸟或风、或飘落的野草、
或她们自己的枯雕才能扰乱的。
诗人很想用黄花的鲜艳来点缀
他枯干的发，但因为复感孤寂
而作罢了。他内心的强烈的意愿①
还只隐藏在他那弱质、赤颊、
和低垂的目光中：好像电闪
隐藏在浓云间，要在混沌的夜
吞没它以前才闪烁。
　　　　　　现在，树林
被午日照成一片错综的光与影——
一片被狭窄的溪谷所拥抱的
朦胧的色彩了。突出半空的岩穴，
巨大而幽暗，永远在仿效河水的
低吟，不断地轰鸣。不知是爱情、
还是梦、上帝、或更顽强的死，
在引导诗人去寻求秀丽的景色——
寻求一块高地，那自然底摇篮，
和他的神龛。一路上，树木的枝叶
交织成一片昏黄。越往前行，
树荫越暗了。橡树以巨大的手臂
围抱着山毛榉。高耸的杉木
弯下枝干，搭成最庄严的屋顶，
像金字塔一般；低低的在下面，
槐树和刺槐有如蓝天上的白云，

---

① 前一行"枯干的发"指死后的发，这里"强烈的意愿"也指的是死底意愿。

苍白而颤抖地浮荡。开花的藤蔓
像全身闪着火焰和彩虹的蛇
盘绕着褐树干,又像在父母心上
交织着的婴儿目光,温柔、天真、
而又顽皮,它们以嫩枝紧紧缠着
纠结的树枝;密叶把暗蓝的日辉
和澄净的月色变为网状,那形态
变幻得像多姿的云。就在这华盖下,
有一块铺满青苔和芳草的高地,
小小的美丽的花朵点缀其间,
还有从最幽暗的谷中飘来的
素馨和麝香蔷薇的馥郁,更令人
感到忘情的幽美。静谧和朦胧,
这双生的姊妹,就在这儿守着日午,
并且像雾影似的在荫翳间穿行;
旁边有一泉涧,幽暗、闪烁而澄澈,
清晰地照出了上空缤纷的枝叶
和其间一隙碧空上流逝的白云。
再没有其他映照在这泉水里了,
除了偶尔透过枝叶闪烁的星星,
或者在月光下睡眠的彩色的鸟,
或静静浮在水面上的花斑的虫
(它因为不知白日来临,所以还不曾
展开翅翼朝正午的阳光飞去)。

诗人就朝这儿走来了。他从那
幽黑而寂静的泉水似乎看到
在几丝枯发间他灰暗的眼睛,[①]
这有如心灵沉思地俯视墓穴时,

---

① 意指:似乎看到自己死后的形象。

会看到自己的假象。他听见了
树叶的悸动,草的惊跳,不禁环顾,
呵,不熟识的生命使他战栗;他听见
来自那幽秘的泉水的一条小溪
扬起了声音。一个精灵似乎就站在
他的身边——不是全身发着神光,
集世上的一切优美、庄严和神秘的
那种精灵;他只是觉得波动的树林、
寂静的泉水、欢跳的小溪和逐渐
使林荫变黑的黄昏,都是它的语言
在和他交谈,仿佛在这儿存在的
只有它和他,——不过……热情的思念
使他不禁抬头仰望……呵,一对眼睛,
一对晶莹的眼睛正闪烁在阴沉的
思想底天空中,仿佛以清朗的笑
在向他招呼。
　　　　他任凭心灵的指使,
沿着崎岖的路游荡。无羁的小河
在树林下盘过了许多绿谷。有时候
它没入藓苔间,唱出低沉的歌;
有时在光滑的石上跳跃,一面流
一面像孩子般欢笑;以后又平静地
滑过平原,给垂视它的一花一草
映出影子。——"哦,河水呵!你的源流
深不可测,你神秘地向哪里流去?
你反映了我的一生。你的幽寂,
你耀眼的波浪,你喧腾的深涧,
你难寻的源泉,你莫测的途径,
都和我相像:岂非只有广阔的天空
和无垠的大海,才能说出你的水
来自哪个泥泞的岩洞,哪一片云?

正像我:只有宇宙才知道这情思
来自何方,这僵涸的肢体何时
能躺在你的花朵上,何时枯烂
在浮掠的风中!"
　　　　　　他顺着小河边的
青苔地走去,因为他火热的肢体
在颤抖,他的脚步也随着轻颤,
很像患重病的人由于什么喜事
而走下床来,但又不能像他似的
由于狂喜,便忘记在欢乐的火焰
耗尽了以后,他将进入的坟墓。
在树荫下,他沿着喋喋的小河急走。
现在,树林上空已变为黄昏的
透明一色的天幕了。青苔渐稀,
灰黑的岩石露出来,把冲击的水
拦住;野草在嶙峋的石坡上投出了
细长的影子,只有光秃无枝的古松
以多节的根扒住贫瘠的泥土。
这儿正经历着迟缓而凄凉的变化!
因为,岁月荏苒逝去,它平整的额
迭皱了,它的额发已脱落、变白,
那为朝露所润的光灿的眼睛
如今成了石孔:所以,他走过的地方
既没有鲜艳的花,也没有浓荫下
树林的熏风和飒飒的乐音。静静地
他走着;小河流过迂回的谷中,
水量多了起来;但等到谷坡陡落,
它就流得疏而急。现在,在他两边
山石奇形怪状地矗立,峭壁遮暗了
黄昏的山谷,只有在山顶乱石间
映出了一些幽黑的岩洞:它们把

209

河水的喧哗回荡成万千种音调。
呵,看! 这隧道向前劈开了高山,
那累累的巉岩仿佛在俯览着人间:
当然,在这昏星和弦月的照耀下,
也还有那广阔的、岛屿密布的海,
还有青山、巨流、和被傍晚的朦胧
所笼罩的原野,还有那在天际外
和夕阳的霞光融成一片火海的
火山的烈焰。那广大的世界
并不像这儿似的单调而肃穆。
在这儿,一株站在岩石上的松树
向半空伸出摇摆的枝干,对着风
只发出一种单音;在风停顿时,
它就与流水的嘶吼和低鸣混而为
一支平凡的曲子;而那河水
在它坎坷的河床上滚沸奔腾后,
就倾进无底的深渊,把它的水花
飞溅给飘流无定的风。
　　　　　　但这湍流,
这苍松,这黝黑的峭壁并不是一切;
这儿也有恬静的一隅:它就在
峻岭边沿的一堆碎石和老根上,
它静静地俯视着黑色的大地
和四垂的星空,竟仿佛在恐怖怀中
它还在微笑似的。这儿有常春藤
紧抱着欲裂的岩石,并且以绿叶
和黑色的果实围起了一片
幽静、平和的空间:秋风的孩子
到这儿嬉戏时,常常会带来绿叶,
它们枯萎而变为红、黄、或青苍,
好似夏日的葱郁。是的,凡是微风

都爱来到这里,它们轻柔得使原野
也向往于幽静了。只有一人的脚步
前来扰乱过这儿的平静,这儿只
回荡过一人的声音:就是这声音
现在在风中引导着那最美的人形
朝这儿来了,为了好把他生命的
一切美质、一切庄严交给这山野,
好把它的乐音散播给漠然的风,
再把那两颊的色泽,洁白的胸
和忧郁的眼睛交给腐叶和洞苔:
呵,那培养红花和阔叶草的保姆!
朦胧的半圆月低垂在地平线上,
一片光海溢满了山峦。黄色的雾
弥漫在空间,几乎遮尽薄暗的月色;
没有星星,一切寂静;连悬崖的风
也在"险峻"底怀中安息了。哦,死亡!
你无形的风暴冲进了这茫茫夜;
巨大的骷髅呵,凭着你的淫威
你指挥着所向无敌的风暴前行;
你是这脆弱人间的主宰:从血染的
战场上,从发恶臭的病院中,
从爱国志士神圣的卧榻,稚子的
雪白的床上,从绞架和皇位,——
一个巨声在呼唤你。是"毁灭"
在召唤兄弟"死亡"。他环行世界,
为你找到了稀有的、高贵的祭品:
吞下去吧,你会满足的;那世人
就会像花朵或卑贱的蛆虫一样
进入坟墓,不再把一颗碎裂的心
作为被轻蔑的祭品向你献出。

游荡的诗人才走进葱绿的谷中,
就感到面临死亡了。可是,在死前,
他还要使他崇高而圣洁的心灵
重温一下庄严的过去的形象;
现在,它们停留在他的生命中,
有如携带乐音的风流进了
有窗格的暗室。他以瘦弱的手
把住古松的树干,他疲倦的头
靠在披满藤蔓的石上,整个身子
就在那幽涧旁的平滑的草地
歇了下来;——就这样,他躺着,
听任他弥留的生命最后的安排。
那折磨人的希望和绝望宁息了;
再也没有痛苦或恐惧来扰乱
他的平静,只有感官和他那
越来越弱的、失去了痛苦的生命
还静静地搅动他的意识;终于,
他躺得很静,泛起了一丝微笑:
他最后看见弦月在西天的边际,
它那暗淡的光辉似乎已和幽黑
融为一色了。过了一会,它落在
参差的峰峦上;等它逐渐沉没,
那总是与自然的变化起共鸣的
诗人的血液也逐渐衰退;而当
月亮沉落得只剩两端的微光时,
他微弱的气息连这迟滞的夜
都颤动不起来了:但他的脉搏
还和月辉一样弥留着。它才停,
又颤动了一下。但是天空终于
变为漆黑,一片拥来的暗影
便把一个死寂而冰冷的形体

当作泥土和空气一样吞没了去。
现在,那形体没有知觉、运动、神性,
好似一片云气被夕阳的霞彩
所充溢过,——好似一只脆弱的琴:
呵,天庭的风曾在那弦上吹出乐音;
又像一条明亮的溪水,也曾一度
发出浪花繁复的音响;唉,你被夜
和时间永远吞没的青春的梦,
从此安静、漆黑、枯萎、永被遗忘了。

哦,但愿我有美狄亚①的魔法,
能使冬之土地复苏、枯枝开花!
但愿赐人以死亡的上帝能把
长命仙丹不只给予一个人(就是他②
承受着永生的惩罚,一点感不到
宽赦的欣慰,永远独行踽踽
像一个活死人!)哦,但愿魔法师
在幽洞中,尽力要从丹炉的火灰
取得生命和权力:——并不全是人间的
一场空梦!唉,但你已经飘逝了,
像雾霭被裹入金色的朝霞;你去了,
勇敢、温和、美貌,你优雅与天才之子!
在这世间,有多少残酷的言行
还在继续,有多少虫豸、人和禽兽
还在活着:这世界从多少山涯、海角、
城市和乡村,还依旧低沉或欢乐地
发出庄严的祷告!——然而你去了,

---

① 希腊神话,美狄亚能使人返老还童,起死回生。
② 指阿哈苏埃拉斯(Ahasuerus),或"游荡的犹太人",据称在耶稣去上十字架时,他曾催促耶稣快走,因而受到天罚,永远在世上游荡,将游到耶稣复活为止。

你不能再看到或喜爱这现象界的
纷纭表象：它们辅助过你；它们还在，
而你却去了！在那已沉寂了的
动人的苍白的唇上，在那还仿佛
安睡着的眼睛和还没有被蛆虫
摧毁的形体上，别让悲思的泪
黯然垂落吧。当那高贵的容颜只能
在这单纯的歌的微弱的旋律中
保存些许痕迹时，但愿崇高的诗、
绘画和雕刻，不要以无力的形象
作冷冷的哀悼吧！唉，但艺术、语言，
这世上的一切形式怎能表达出
对这巨大损失的哀伤！这悲痛
深沉得哭不出来，它只令人觉得
似乎一切崩陷了：呵，那以灿烂的光
照耀世间的非凡精灵已经不在：
它给未死者留下的不是悲吟、哀泣——
不是一线残余希望的激烈的骚动；
而是苍白的绝望，冷漠的平静，
自然底广阔和荒凉，人寰的纠缠，
和失去了意义的诞生和死亡。

一八一五年秋

"虐政"底假面游行

——为曼彻斯特的大屠杀而作①

1

当我在意大利睡着了，
从海上传来一片声音，
它有力地引导我
走进了诗歌底幻境。

2

我在路上碰见"谋杀"，
他戴着面幕，像卡色瑞，
文质彬彬，但极其冷酷，
七只恶犬在后面跟随：

3

恶犬都很肥；自然，
这并不是没有原因，
因为从他的宽袍里
他摸出过不少人心，

---

① 一八一九年八月十六日，曼彻斯特有八万工人为争取生活权利举行示威游行。反动的英国政府竟以骑兵镇压这次游行，杀死十五名工人，四百人受伤，造成历史上著名的血腥事件。雪莱对此事异常愤慨，因成此篇。

都掷给恶狗——去啃。

4

接着碰见"欺骗",他像是
艾尔顿①,穿着法官的外衣,
他的眼泪,因为他会哭,
大颗大颗地往下滴。

5

一滴下就变为磨石。
孩子们在他脚前笑闹,
还以为眼泪是珠玉,
可——被砸碎了头脑。

6

以后来了"伪善",很像是
西德马斯②,骑着鳄鱼,
他披着"圣经",当作灵光,
却又躲在夜的暗影里。

7

在这阴森的假面行列中
还有许多恶魔出现:

---

① 他是当时英国的首席检察官,雪莱的两子女就是被他判交给别人带管的。
② 他是当时英国的内政大臣,曾没收雪莱的《无神论的必要》小册子。并派密探监视雪莱。

他们都装扮起来,像是
主教、律师、贵族或密探。

8

最后来了"虐政"①,他骑着
一匹白马,血染着全身;
他连嘴唇都很苍白,
很像"启示录"里的死神。

9

他的头上戴着王冠,
手里的王笏在闪亮,
他的前额这样写着:
"我是上帝,法律,和国王!"

10

他庄严而又迅速地
走过了英国的土地,
把一群膜拜的人民
都践踏成一摊血泥。

11

一支大军在他身边,
士兵的步伐使地动山摇,

---

① "虐政",原文是 Anarchy,意为"无政府状态",但雪莱使用这个字是为了指明资产阶级政权的暴虐特征的,和"无政府"的意思相去很远,故译为"虐政"。

每人都挥着血腥的剑
为这共同的主子效劳。

12

闪着胜利的光辉,
他们骑马走过英国,
骄傲,欢腾,像喝醉了酒,
他们痛饮的是灾祸。

13

这行列畅达无阻地
走遍全国的田野和城镇,
一路撕毁、或者践踏,
直到最后,来到了伦敦。

14

听到了"虐政"的欢呼
和他胜利的进军,
每个居民不由得恐慌,
呵,惊悸充满了人心。

15

因为,为了隆重地欢迎他,
一群雇佣的刽子手
披戴血和火焰,都出来唱:
"我们等了你已经很久!

16

"我们孤独而瘦弱地等你,
你呵,上帝,法律,和国王!
我们的钱袋空空,剑也冰冷,
请给我们血,黄金和辉煌。"

17

律师和教士都纷纷
以苍白的前额点地,
像是作着亏心的祈祷,
低声说:"你是法律和上帝。"

18

大家都异口同声地嚷道:
"你是国王,上帝,和主人!
'虐政'呵,我们都对你匍伏,
愿你的名字从今神圣!"

19

而"虐政",这架骷髅,
也对每人微笑和躬身,
他的教养是这样好,
好似国家为此花了万金。

20

因为呵,他已经很清楚,
我们的皇宫都归他有;
他将有王冠和王笏,
还有金袍和整个地球。

21

于是,他派出他的奴隶
去占据银行和监狱,
并且做出准备,要在
领津贴的国会主席;

22

而这时,一个狂女飘过,
她名叫"希望",她自称;
但她看来更像"绝望",
我听见她凌空的呼声:

23

"我的父亲'时间',因为等待
更好的一天而老弱;
看呵,他呆呆地站在那儿,
他麻痹的手正在摸索!

24

"他的孩子一个接一个,
他们都埋在尘土中,
只有我还没有死——
不幸呵,真正不幸!"

25

于是她躺在大街上,
她躺在马足的前面,
用忍耐的目光期待着
"虐政""谋杀"和"欺骗"。

26

在她和她的敌人之间,
升起了雾,光,化为形体,
起初细小,微弱,模糊,
像是谷中腾起的雾气:

27

好像云雾遇风而滋长,
变为尖头的巨人飞行,
目光发出不断的电闪,
语言是天空的雷鸣,——

28

这形体也滋长：全身盔甲，
比毒蛇的鳞更光亮，
它的翅膀轻柔得
像太阳下雨点的闪光。

29

远远都能看见，有颗星
像晨星，指引它行去；
它的羽翼洒下的光
有如一片赤红的雨。

30

像风一样轻，它走过了
人的头上——它的步履
这样快，人们都能感到，
但仰望时——却只见空虚。

31

有如花，被五月的脚踏醒，
有如夜的发摇出的星，
有如急风唤起的波浪，
它的脚过处，思想便滋生。

32

匍匐的人群在望着——
而"希望",那恬静的姑娘,
脚踝没入在血泊里,
却走得那样安详;

33

而"虐政",那可怕的怪物,
一路把死亡不断累积;
有些谋杀者落在后面,
死亡之马和风一样迅急,
马蹄就把他们踏成了泥。

34

人们突然感到了一片
灿烂的云光的流丽,
还听到知觉轻微的苏醒,
终于发出忧和喜的言语:

35

仿佛是愤怒的大地
(是她给了英国人以生命)
感到额角染着儿子的血,
不禁像母亲一样痛心,

36

于是颤栗地把每滴血
(血滴滴淌下了她的脸)
化为不可抗拒的声音,
仿佛英国的心脏在呼喊:

37

"英国人民呵,荣誉底后代,
未写出的历史的英雄,
一个伟大母亲的养子,
是她的希望,又把希望回赠;

38

"起来吧,像睡醒的狮子,
你们多得无法制服;
赶快摇落你们的锁链,
像摇落睡时沾身的露——
你们人多:他们是少数。

39

"何谓自由?——你们知道了
什么是奴役,呵,太熟悉——
因为这名字已经成为
你们的名字的代替。

40

"奴役就是劳作和获得
工资,刚够天天来维持
四肢的气力,住着茅屋
好随时准备给暴君支使;

41

"因此,你们便是他们的
锄头,铲子,剑和织机,
不管是否情愿,你们
得把暴君保护和养育。

42

"那就是当冬风凛冽时,
看你们的儿女饿着肚子,
他们的母亲也在悲泣——
我说话时,他们正等死。

43

"那就是乞求这种食物:
富人在他的欢宴中
不断地扔给脚前的狗,
而肥狗已经懒得去碰;

44

"那就是让黄金底鬼魂
从劳动盈利,比黄金自己
在古代的专制统治下,
拿到千倍还多的东西。

45

"呵,钞票——不过一纸
伪造的地产契据,
你们怎么以为它抵得
大地的产业的价值?

46

"那就是灵魂被奴役,
那就是对自己的愿望
无法掌握,而变为
别人要你怎样便怎样。

47

"而最后,要是你埋怨,
即使那怨言怯懦、枉然,
暴君的助手们也会
向你的一家抡起皮鞭——
血,像露水,就把青草洒遍。

48

"以后呵,那就是痛切地
渴望复仇,感到必须
以血还血,以牙还牙,——
你们要是强大,怎会如此?

49

"鸟儿有小巢,可以休息,
假如它们已飞得疲倦;
野兽在林中储有食物,
并不怕空中风雪飞旋。

50

"驴和猪都有个草窠,
它们吃着适当的食品;
万物都有各自的家——
可除了你,英国的人民!

51

"这就是奴役——连野人
或穴居的野兽都不会
有你们这种耐心:自然,
他们何从受这种罪?

52

"你是什么,自由?呵,如果
那活在坟墓里的奴隶
能够答出——暴君们
就会像梦影一般逝去;

53

"你并非像骗子所说,
一个不能持久的幻影,
一种迷信,一个名字,
从声誉之穴传出的回音。

54

"对于工人,你是面包,
是摆着美食的餐桌,
等他每日下工回来,
家庭整洁而且快乐。

55

"对于被践踏的群众,
你是衣服,食粮,炉火,——
噫,在自由的国家里
谁曾见到这样的饥饿,
像我们今日的英国!

56

"对于富人,你是一种克制;
若是他的脚任意践踏
受害者的颈项,你就会
使他好像踩上一条蛇。

57

"你是公理——不为黄金
出卖正义的法律,
像英国那样,——你保护大家,
不论他们地位高低。

58

"你是智慧——自由人知道
他们尽可不受教士的摆布,
不信教士的胡说八道
也不会招惹上帝的愤怒。

59

"你是和平——和暴君不同,
他们为了合起来扑灭
你在高卢的烽火,①浪费了
我们多少财富和鲜血!

---

① 指欧洲国王联合干涉法国大革命。

60

"但即使英国的血和汗
河水似的涌流,那又怎样?
自由呵,这只能把你
遮暗,但不能使你灭亡。①

61

"你是爱情——富人也吻过
你的脚,跟随过基督,
他们曾把财富给予自由人,
在险恶的世界只把你追逐。

62

"也有的把家产变为武器,
为了你,攻击财富、战争、欺骗:
本来他们是从这一切自肥,
现在又反身向它们作战。

63

"科学、诗歌和思想,
是你的明灯;是它们
使居于陋室的人心安,
不再想到诅咒命运。

---

① 意指:法国虽被击败,使君主得以复位,但自由之火并未熄灭。

64

"你是一切能使人幸福
和优美的:精神,儒雅,耐心,
呵,让事迹,别让文字
表现你是多么动人。

65

"让无畏而自由的人们
汹涌地往一处聚集,
只要是在英国的土地上,
一片平原,辽阔无际。

66

"头上有蔚蓝的天空,
脚下是你踏过的草坪,
让一切永恒的事物
为这庄严的一举作证。

67

"来吧,让他们来自英国
最遥远的乡村和城镇,
在那儿,人们已为了
自己或别人的不幸
在痛苦的生活中呻吟;

68

"从工厂和牢狱里来吧,
在那儿,老弱和妇孺
已苍白得像行走的死尸,
痛苦得号叫,冻得哀哭——

69

"还从多少生活的角落来吧,
那里,人们和饥寒、和贫困
每一天都在进行搏斗,
终于使心灵沾上毒菌;

70

"最后,也从大厦里来吧,
在那儿,忧惧的低语
在回荡,像是风声
从遥远的地方扬起,

71

"并盘旋在时尚与财富底
宫殿中,使得有些人
对于同胞的辛酸与悲叹
不禁感到颤栗和同情——

72

"呵,生活在苦难中的人,
你们也许感觉,也许看见,
你们的祖国已经被买卖,
鲜血和黄金是她的价钱——

73

"让广大的人群聚集吧,
并且以庄严的辞句
宣告说,你们本来是
上帝的造物,自由、不羁——

74

"愿你们单纯有力的语言
像磨光的剑一样尖利,
让这语言大得像靶子吧,
那它正好把你们荫蔽。

75

"就让暴君们惊叫一声,
把满挂勋章的军队
迅速地在身边散布,
多得像泛滥的海水。

76

"尽管让骑兵进袭,
使死寂的空气好像
充满了车轮的辚辚
和马蹄得得的声响。

77

"尽管让装好的刺刀
闪耀着欲望,一心想要
把尖锋润以英国人的血,
像是饥者在渴望面包。

78

"尽管让骑兵的弯刀
挥舞,旋转,像降落的煞星
想以死亡和眼泪的海
隐蔽天上星火的光明。

79

"但你们屹立,沉静,坚决,
像一片密密沉默的树林,
以交叠的手臂,以容颜,
进行着必胜的战争;

80

"让'恐慌'以急速的步伐
(它快速得超过骑兵)
在你们镇定的方阵里
飘过:一个被漠视的阴影。

81

"让你们本土的法律,
无论好坏,在你们中间
一视同仁地屹立,
为你们的纠纷作裁判;

82

"呵,那古老英国的律条
虽然老得花白了头,
却是较好时代的孩子;
它那庄严的声音依旧
是你的回声——自由!

83

"无论谁首先破坏了
这神圣的祖国的护卫,
就让他们(绝不会是你们)
承担那必受惩罚的血罪。

84

"而如果暴君竟胆敢
叫他们在你们中间
骑着马冲闯,劈刺,砍杀,
好吧,那就随他们的便。

85

"你们只须插起双臂,
以坚定的目光观看,
没有恐惧,更没有惊讶,
直等他们杀得疲倦。

86

"那他们就会羞愧地
回到他们自己的地方,
而这屠杀所流的血
将赧红地写在他们颊上。

87

"这土地上的每个女人
将要用手指着他们——
他们将不敢在大街上
和他们的朋友候问。

88

"那些身临过战争的
真正勇敢的战士,
将会和自由的人们为友,
而耻于这些卑鄙的伴侣。

89

"那一场屠杀传遍全国,
必然要激发起灵感——
雄辩的、预言的灵感呵,
像远远听到的火山。

90

"而这句话必将成为
击毙'迫害'的雷声,
要对每颗心、每个头脑,
不断轰鸣——轰鸣——轰鸣:

91

"起来吧,像睡醒的狮子,
你们多得无法制服;
赶快摇落你们的锁链,
像摇落睡时沾身的露——
你们人多:他们是少数。"

一八一九年

心 之 灵[①]

——献给被禁于××修道院的一位高贵
而不幸的女郎爱米丽·维×××

我的歌呵,我担心你会发见
没有多少人了解你的议论,
因为你的立意是如此艰涩;
所以,假如不幸有浅陋的人
碰上了你(事情往往是这般),
他们不知道你说的是什么,
请别伤心吧,我最后的欢乐!
要告诉他们,他们太愚蠢,
要教他们承认:你唱得动人。

---

① 雪莱在一八二一年末住在意大利的皮萨,认识了当地圣安娜修道院中的少女爱米丽·维维安妮,她被继母虐待并幽禁于修道院中,雪莱和妻子玛丽访问了她几次,本诗即此而作。原诗题名 Epipsychidion,意为"灵魂中的灵魂",或"心之灵",因为诗人把爱米丽看作精神之美底化身,故尊之为一切心灵之上的心灵。本诗表现了诗人对爱情的理想,他所要爱的,是"美底精灵",也就是自七一至一二九行中所描述的"她"。一三〇行以后,他继续对爱米丽描述这种爱情的性质,以及它和人生一切理想及追求(如将"这乐园大地的草莽开垦"的理想及斗争)的联系。以后,诗人叙述他追求这"崇高的生命"的过程:他以前是在"青春之洞穴"的幻觉中去找她,以后跳出了这洞穴,在广大的世界中去追寻她,终于经过种种错觉和悲伤,找到了爱米丽(太阳,至高理念的象征)。本诗最后的二百余行写出诗人愿与爱米丽逃往的小岛及理想的生活。自然,这写的只是理想,因为实际上,在本诗完篇前,爱米丽即已逃出修道院,与人结婚了。

心 之 灵

美丽的心灵！你是那孤女的姊妹，
她的帝国只剩了名字，使你伤悲；①
我要在内心的庙堂向你奉献
由凋枯的记忆所编起的花环。

被俘的鸟儿呵！你从窄小的笼中
唱出美妙的乐音，仿佛要感动
你的禁闭者，好使他们恶毒的心
（要是还能感于乐音）化为洁净。
我这支歌愿作陪伴你的玫瑰，②
我的夜莺！虽然它的花瓣已经枯萎，
但这枯萎的花却温柔而芬芳，
它没有刺，不会使你的心受伤。

高贵的、以灵为翼的心！你枉然
不断扑击着那无情的铁栏，
直扑得你辉煌的思想底翅膀
（你凭它在这幽暗的尘世上翱翔）
折断了，而你喘息的、受伤的胸
以珍贵的血染上了无情的牢笼！
我流着无益的泪：血不及它苦，
唉，我宁愿流血，要是这有所帮助！

---

① 雪莱妻子玛丽早年丧母，故称"孤女"。"她的帝国"指雪莱。"帝国只剩了名字"，而致使爱米丽伤悲起来，这是因为玛丽对雪莱已失去爱情的支配力量了。
② 西方一则寓言说，一只夜莺因爱玫瑰，直至秋天玫瑰枯萎而变为有刺的枯枝时，还不肯离去。

天庭的使者！你美好得不似凡人，
在那青春的女子容貌下，你包含
一团丰富的光辉、爱情和神性，
呵，你那弱质怎竟又如此丰盛！
你独处于永恒诅咒中的福泽！
在漆黑的人间你隐蔽的灯火！
你云层之上的明月！在死者群中
有生的形体！你风雨上空的星星！
你呵，奇迹，美和惊惧底化身！
你是造化底完美之作，是明镜：
像是太阳给一切带来了光芒，
凡是你照临的都显得辉煌！
呵，连这无力的文字也似电闪，
虽然它触到你只能给你污斑；
我只好请你以清泪（像神赐的露，
它从你灵魂的两扇明窗涌出）
把这忧郁的歌洗净，洗去一切
它所容纳的瞬息之物和错觉；
哭吧，哭到忧伤能变为欢欣，
然后再对歌微笑，使它永生。

我从没有料到，我死前能遇上
如此完美的青春的形象。
爱米丽呵，我爱你；尽管这世界
将以龌龊之名把这爱情隔绝，
借以保持其自身的卑鄙。呵，但愿
我是你的亲兄！或者再婚一遍，
就使我的妻的名义也加于你，①

---

① 这里原文是："或者，但愿我的心借予另一人（指雪莱妻）的名姓能够成为她和你之间的姊妹联系。"

让永恒底两条光融会在一起!
但即使前者果真,后者合法,
这些珍贵的名目也不能描画
我是多么命中注定了属于你。
不,不是属于你:我们本是一体!

美丽的明灯呵! 我的飞蛾般的诗灵
已烧毁了翅膀;否则,就让年轻的爱情
像垂死的天鹅一样,把你的一切
唱给灰色的时间吧。你多么纯净无邪;
幸福本该归于你,再由你的手播散!
你可不就是充满秘密欢乐的井泉,
它幽秘得像融化喧嚣和幽暗的
一片优美的乐音和光辉? 你岂不正是
运转的天宇中的一颗星,独自静止?
岂非愁颜中的微笑? 喧哗声中的
温柔的语言? 你岂非可爱的光明?
一个避难的港湾、桃源和仙境?
岂非一只琵琶,爱情教人把它弹弄,
于是它发出的乐音使风暴平静,
又使痴情的悲哀宁息? 你可不就是
埋藏的珍宝? 长存的欢乐之情思
所出生的摇篮? 或悲伤底坟墓,被紫堇
所覆盖? 我曾经在幻想之邦去找寻
像你的人——但我只看到了我的优柔。

她在坎坷的生之路途上和我邂逅,
并领我向甜蜜的死亡走去,像白日
引导黑夜,春天引导冬天,飞驰的
希望引导忧伤,去找光明、生命

与平静。① 呵,一只羚羊腾跃在半空
也没有这般轻灵:神圣的生命之光
颤动地流过她的四肢,有如月亮
在夜雾的包围下散发一轮光晕,
独自运行在六月平静的天空:
优美绝世,周围是灿烂的星体
放射光明。她的嘴唇像充满甘露的
玉簪花,从那儿滴下晶莹的音波,
热情得令人恍惚,又甜蜜得
像人出神时所听到的天宇的乐声。
星星的精灵就在她双目的柔光中
舞蹈,这光辉呵,只要心灵有电闪,
就自那深处跃出——深得很难
用思想或感官的测锤来测量。
她生命的光华从那儿发出,碰上
死寂而冰冷的空气,就把爱、光、动,
结合而成的温暖而透明的形影
送到世间了:其中有强烈的性灵
向外散发,无所不入而又恬静:
她波动的线条在流动中融化,
那不断循环的血液在她的面颊
和指尖上泛着红润,(血在悸动,
好像在白云所铺絮的天空中
晨曦的殷红的脉搏不断抖颤)
这形影不断地在空中扩展,
终至完全消失,融进了普在的美,

---

① 这一整句话的意思似乎是:我在幽暗的生活中看到了对我是陌生的"美"("她"显然并不指任何具体的人,只是美底理念而已),她领我走向死亡,有如白日领黑夜走向光明、春天领冬天走向生命、希望领忧伤走向平静一样。这是"甜蜜的死亡",因为真实而美好的生活一旦开始,就意味着幽暗生活的终结。本诗后面很多地方谈到的死亡,多是指这个意思。

两者合而不分,渗入万物的精髓,
拥抱并且充满了这个凡尘。
一片温香好像是从她的衣裙
和她的散发飘下;她灵活的动作
有时使她的一束发髻松落,
于是缕缕芬芳便随风掠过;
触到它,心灵会感到稀有的馨香,
这是感官所难体会的;它像太阳
晒热的露,直溶进冰清的蓓蕾胸中。
你看她站在那儿!是人的外形,
饱含着爱情、生命、光辉、神性、
和活力(这活力只能变迁,而不死亡)。
她是永恒底一种光辉的形象,
是一个金色的梦影,是从金星
降落的仙子,是那永恒的爱之象征——
月亮的映影(就由于月亮的运行,
生命的死寂的海才能波动);
她是春天、青春和早晨的隐喻;
她像四月的化身,以微笑和泪滴
警告冰霜把它那解剖刀埋进
夏季底坟墓里。

　　　　　　呵,苦恼的人!
我竟在做什么?还要攀到多高?
我怎能下来而不跌死?我也知道,
爱情对万物一视同仁;我听过
我自己的心就曾把这真理解说:
别轻视那泥土中蛆虫的精灵吧,
在爱与崇敬时,它也和上帝交融。

伴侣！姊妹！天使！我命运的向导！①
这命运一直如此不幸,噢！我知道,
我爱你已太迟,又崇拜得太急骤！
因为呵,我的精灵本该在永恒之域,
在此生前,就膜拜你的精灵——
那神圣国度中的神圣的生命；
不然,就该在这世上傍近你而行,
从你诞生起,就作你实体的映影；
而不像如今这样：我爱你；是的,
我感到我的心灵之泉从此封闭,
既然它那泪水能给你欣慰,
我要为你而保持它晶洁的光辉。
我们呵,——我们岂不正像是音谐,
虽然彼此不同,却合成一种音乐？
不同,但不是不调和,正好凑成
美的乐音,一切精灵会对它颤动,
有如树叶颤动在不断的微风里。

你的智慧在我心中,叫我敢于
到那跌碎多少高贵心灵的山头
去设置灯塔。② 呵,我从来没持有
一般人所抱的信条：我不认为
每人只该从人世中找出一位
情人或友伴,而其余的尽管美丽
和智慧,也该被冷落和忘记——
这就是今日的道德规范,它成了
许多可怜的奴隶所走的轨道：
他们在世俗的通衢,以疲倦的脚步

---

① 指爱米丽。
② 这里是象征的说法,"灯塔"当指真理底灯塔。

直走向死人堆中的家——坟墓,
总曳着一个友伴,甚至是一个仇人,
看呵,这旅途多漫长,又多么阴沉!

真正的爱情不同于黄金和泥土,
它不怕分给别人,越给越丰富。
爱情像是理智,照临的真理愈多,
就愈辉煌;它也像是你的光波,
呵,想象!因为你从地面和天空,
并且从人的幻想深处放出光明,
有如千万个棱镜,使宇宙充满
灿烂的光辉,像万发日光的箭
把你的电闪反射出来,杀死了
"错误"那蛆虫。噫,这生存多么狭小:
假如用心只爱、用脑子只思索、
生命只消磨于、精神尽力在雕塑
一个物象,一个形体,于是给爱情
建立了永远埋葬它的墓陵。

心灵不同于它的物象,有若
幸福之于悲惨,善之于恶,
高贵之于卑贱,或晶莹而持久的
事物之于不洁而脆弱的东西。
假如你把痛苦和渣滓分予别人,
它越分越少,终至于完全散尽;
但若是分散爱情、思想、快乐,
那岂非越分越多,每一份都超过
整体?只要是多一份可以给人,
那就不知能增加多少欢欣,
减少若干痛苦!圣哲们都是从
这一真理汲取了希望底光明,

它虽不被世俗珍视,但是有些人
却把它奉为生存底金科玉律:
这些人觉得:现世有如荒芜的
花园,他们要为未来而斗争,
好将这乐园大地的草莽开垦。

以往,我的精灵在梦幻的游荡中
常常遇见一个崇高的生命,①
她出现在我金色的青春之晨的
明空中,在仙岛上晴和的草地,
在魔魅的山峦间,在神仙所居的
岩洞里,又在奇异的梦所消失的
空气的波纹中,她就轻轻踩过
它那颤动的波纹;呵,她和我
在幻想的岸沿,在一个海嵎的
灰岩嘴下相遇了,但她全身闪耀,
使我无法看清。在孤寂中,我听见
她的声音来自低语的林间,
来自泉水,来自花朵的芳郁
(这花朵像人的嘴唇,在睡梦里,
还呓语着那催它入梦的爱吻,
空气听到的只是"她",也为之昏沉),
来自微风,无论高吟或低语,
来自每片流云的雨,来自夏季的
鸟的歌唱,来自一切声音和寂静。
她出现在古诗和传奇的故事中,
在形、声、色中;——哪儿的风暴沉寂,
使残破的"现在"不再窒息"过去",
哪儿便有她;她在最好的哲学中,

---

① 这一整节诗描述诗人在少年时如何在脑中构成了美底精灵的概念。

能使这冰冷的地狱——人生，
成为火的殉道一样光辉的宿命；
那真理的乐音就是她的精神。——
于是，从梦幻的青春之洞穴
我跳了出来，像穿着火翼的鞋，①
朝我的目标，朝我唯一的愿望
奔去；像昏眩的灯蛾，我的飞翔
是黄昏时分一片枯叶的飞腾，
因为我要往金星落处的天空
去求灿烂的死，②去找那火的墓陵，
好似飞蛾扑往世间的一盏灯。——
可是对她，祈祷、眼泪有什么用？
她去了，像翱翔星座上的神灵
扑着火焰之翼加速地飞去，
没入人生阴森的圆锥阴影里。③
剩下了我，为巨大的丧失而惊惶，
我竟要一直追随她，也不管道上
坟墓在张口，等待着吞没幽灵。
而这时，一个声音说："呵，痴心的人！
你所追寻的幻影就在你身旁。"
我问"在哪儿？"——世界也发出回响：
"在哪儿？"在这种死寂和绝望里，
我询问每阵吹过我悲凄之楼的
无言的风，问它可知道那幻影
飞到哪儿，那我心中的魂灵；
我不断念着一些名字和符咒，
希望能将命运的煞神制住。

---

① 在希腊神话中，神的使者赫尔墨斯是穿着有羽翼的鞋而飞行的。诗人此处所谓火翼，似指热情之羽翼。
② 与精神的美（远居于思想高空中的美）拥抱，即意味现世丑恶生活的死亡。
③ 人居于地球与月球之间所构成的圆锥形的阴影里。

但无论咒语或祈祷,都不能驱逐
那隐蔽她的黑暗,也不能消除
混沌中的这一世界:①我和我的所思
(她就是主宰这一思域的神祇,
这儿充满了崇拜她的思想);
因此,我便走去,怀着恐惧和希望,
每种优美的感情都奄奄待毙,
支持我的只有"期望"底呼吸,
就这样走进了生命底冬林中,
和其中的错误作着枉然的斗争;
在疲惫或匆忙的时候,也跌一跤,
有时候,又被别的形影所困扰;
我只想从林中那无知的人群
找出一个形似她的丽人,
谁知道?她也许就在那儿寄隐。
呵,在那儿,有一个,②发着靡靡之音,
她坐在井边,在蓝色的龙葵③荫下;
她那虚伪的嘴唇像幽香的花,
她的触摸像热毒的电,她的顾盼
发出了灼入我骨髓的火焰,
从她玫瑰色的面颊和胸脯
飘来诱惑的香气,像毒汁刺入
我青绿的深心,并且留在心房;
又像是白发覆盖在年轻的额上,
这一切呵,以过早的时间底荒墟

---

① "这一世界"指"我",此处把人的内心比作一个小世界。
② "一个"原文是字头大写的 One,似语意双关,既指诗人看到了一个人(她),又指他所看到的不是她,而是美底本体,是柏拉图哲学中的"一"。这含义在译文中是看不出来了。从这一整节诗看,自然,这个"她"证明诗人是找错了爱底对象。"她"指何人,不悉。
③ 龙葵是麻醉而有毒的植物,在英国文学中有时用作荡妇的象征。

积压在我未开放的青春的心里。

在很多人形中,我曾轻率地找寻
我念念不忘的偶像的幻影。
有些是美的——但美很快地逝去,
有些是智慧的——但甜言将人背弃;
只有一个人真心①——但不是对我。
于是,像被追袭的鹿,不能逃脱,
我疲弱、受伤、喘息,却反身站定,
对我的思想怒目而视。日子寒冷
而颤抖,似在怜悯我的挣扎和痛苦。
这时呵,像日午的光霞,突然闪出
我的救星。② 一个人站在我的途中,
有如我所梦见的光辉的倩影;
她像天空的明月,盈亏变化
都由于永明的太阳的光华;
呵,冰洁的月亮,灿烂之星群的
皇后,凡受你照临的都变为美丽,
你运行的神龛,充满了柔情
而冰冷的火焰,万变而又有恒,
只照耀而不发热。她年轻,美丽,
好似下降的月神,把我荫蔽,
又好似月光笼罩着夜的幽暗,
使我恬静的心灵底天地间
一片光辉;有如轻风载着云雾,
她领我去到荒原的一个洞窟,
并在我身边坐下,她低垂的面庞

---

① 所指何人,不悉。一说或指最早与诗人解除婚约的格鲁夫小姐。
② 指玛丽,自此至本节终都是谈及她的,并把她比作月亮。雪莱在最后四年中,感到与玛丽的结婚生活不够满意,由"冰洁的月亮"的比喻也可以看出。

照耀着我的睡眠,好似月亮
在恩狄米安①的头上盈而又亏。
于是,我的精神和身体都在安睡,
我的整个生命有时暗,有时明,
一如夏季海洋上月亮的映影,
全看她是对我皱眉,还是微笑;
就这样,我在一张床上卧倒了,
孤独,凄凉,既不死也不生,——
因为她给唤来了死亡和生命,
"生"和"死"忘了彼此经常的敌意,
却装扮成为双生的姊弟,
(是弃绝母体的游离的希望)
他们没有翅膀,穿过洞窟飞翔,
并叫道:"去吧,他不是和我们同道。"
我哭了;尽管这是个梦,我哭了。

以后,又是怎样的风暴搅动着②
我睡眠之海!它遮住明月,仿佛
在月蚀期间,月亮在暗淡、萎缩。
呵,我的心像一片没灯火的海涛,
又是谁引起了那一时的风暴!
而当她,那一刻的星辰,沉落了,
怎样的冰霜覆上那一片海洋,
直到我整个生命的起伏的波浪
埋进冰冷的死亡,全被冻结——
以后又是怎样的地震使它开裂!
而皎洁的月亮一直照耀它:

---

① 希腊神话:恩狄米安是一牧童,为月神狄安娜所恋;月神使他长睡,好静静欣赏他的美。
② "风暴"指诗人第一个妻子海瑞特·威斯特布鲁克的自杀。

但这些不必提了;恐怕每句话
都会把弱者的眼泪勾引出。
可是,为我欣幸吧,别为我哀哭!

我终于挨过了耻辱和悲伤
在幽林中找到我寻求的幻象;
她一举一动都闪出晨曦的光
掠过冬日的荆棘的荒原上,
生命从她所在的地方发散,
流过灰色的大地,杈枒的枝干;
因此,她的道路似锦,她的头上
开满鲜花,温柔得像初恋的思想;
从她的呼吸流出优美的音调
像光,所有其余声音都充满了
这乐音的安恬的小小的精灵,
连狂暴的风也在四周倏然停顿;
沁人心脾的温香从她的发间流下,
流入严寒的空气,把寒冷融化;
呵,温柔得像太阳化身(假如阳光
能变为爱情),她的光辉的形象
飘进了我睡卧的洞窟,并在招呼
我的精灵,于是这梦寐的泥土
便为世间梦寐的真实所扬起,
像火扬起了烟;我处在她的美的
光辉之中了,感到我的长夜已尽,
晨曦给我注入了生气勃勃的光明:
哦,我知道,这正是我多年违别的
被隐蔽的幻象,这正是爱米丽!

姊妹天体①呵,你们照明了这被动的

---

① 指日和月,亦即爱米丽和玛丽。

地球,这爱底世界,这"我";你们唤起了
大地的花与果实,并且将磁力
注入它的中心,扬起了它的波涛
和云雾,又凭永恒的法则引导
每阵风或每一次海潮去找寻
它适当的云彩,它归依的岩洞;
你们使风暴平静,寂然睡进了
那使它出生的岩穴;你们引导
驾虹的雨雾没入幽香的树荫;
而且,像那日月交织的光,从天庭
洒下来,以温柔的睡眠和辉煌
裹住漫游的地球,像给穿上衣裳,
它们繁复的力量交融在一起,
和谐中有变化,都为了同一目的,——
同样,荣耀的支配者呵,你们轮流
日以继夜地支配我生命之星球!
一个并不轻视转借来的光,①
另一个也不肯遮暗较远的光;②
从春季起,直到枯竭的秋天,
你们照耀过三个季节的幽暗;
请照耀它吧,照它进入冬之坟墓,
它也许转化为更灿烂的花簇。
还有你,呵,美丽而强烈的陨星!③
你吸引过这脆弱的世界④的心
趋近于你的;终于,那引致爱与恨

---

① 此处意谓:爱米丽(太阳)不轻视玛丽(月亮),虽然月亮的光辉是从太阳转借来的。
② 此处意谓:月亮(玛丽)虽然更接近地球(雪莱),但并不拦挡太阳的光辉(爱米丽)。
③ 陨星指自杀的海瑞特。
④ "脆弱的世界"指雪莱。

不断更替的痉挛毁了你的心,
你的心误入迷途,碎为两半;①
噢,请再游到我们蔚蓝的中天!
会有爱情的金星伴着你回转;
太阳将从瓮中倾出金色的火焰
来喂养你,月亮将遮起她的角,
好让你露出你最后的微笑;
晨昏将以芬芳的呼吸,光和暗影,
来膜拜你,有如生与死之星
被那不驯的姊妹"恐惧"与"希望"
所膜拜一样——是的,此刻,在这心上,
正摆着她们的祭品,——但对于你,
这神圣的祭礼应该以大地
作为它的祭坛。

  我的女郎,②
别轻蔑这思想之花吧,它才放
便已凋残;但是,从这花心深处
将有像乐园果树一样的植物
滋生和结果;这果实呵,因为受到
你的明眸的照耀而更为美好。

就要有一天,你我将悠然远行。
你仍将像修女一样来纠正
我那不洁的人性的一面,
但你却将和我的深刻、庄严
而不朽的因素(不,不是我的,
而是我)结合,像新娘,承受和给予
欢乐。那时刻就来了,命宿的星

---

① 海瑞特在与雪莱分居后和自杀前,生活一度堕落。
② 指爱米丽。

已经升起,就要照见你的囚室已空。
墙壁虽然高,门虽然牢固,守卫
虽然森严,但真正的爱情怎能被
墙壁所幽禁?它能突破一切樊篱,
有如电闪,将以不可见的威力
冲出它的牢笼;它像天风的浮荡,
你用手握住也是枉然;又像死亡,
它驾驭着思想底车驾,能穿越一切
庙堂,楼塔,宫廷,队伍的行列:
但爱情比死、比那一切更有力量!
因为它能突破死底墓屋,能解放
那痛苦中的心,那被束的肉身,
那拘于泥土和混沌中的灵魂。

    爱米丽呵,
现在,一只船正泊靠在港口,
一阵风正在海峒上空飘流;
在蔚蓝的海上有一条路径,
那条路还从来没有船只航行;
在平静的海岛边,翠鸟在孵卵,
莫测的海洋已放弃了它的凶险,
快乐的舟子们自由而无虑:
我心灵的姊妹,你可要和我驶去?
我们的船像一只海鸥,可以飞往
那迢遥的伊甸,那紫色的东方;
我们将坐在她的双翼间,看日夜,
风雨,晴和,不断地更替交接,——
就让这一切,在辽阔的海上
引导我们吧,让我们悄然飞翔。
那是希腊天空下的一个海岛,
它优美得像是乐园的一角,
因为它的港湾危险,不易停泊,

这片土地本该是荒芜而寂寞,
幸而有土生的居民,他们从
乐园般灿烂而纯净的空气中
吸取了辉煌的古代的精神,
因而活跃、天真、勇敢而单纯。
蓝色的爱琴海环绕这理想的家,
海的声、光和泡沫永远在变化,
它不断吻着细沙和古老的岩洞;
而沿海游荡着的阵阵的风
都随着起伏的海潮而起伏,
还有密密的丛林,禽兽在那儿居住;
还有泉水,池沼,潺潺的小河,
那水和纯净的钻石一样清澈,
又似早晨的空气一样清新;在远处,
由山羊和鹿所踏出的青苔路
(乡间的牧童每年只行走一次)
没入林荫,岩洞,和由常春藤枝
所搭的洞府,其中有瀑布照明,
喧腾的水声伴着歌唱的夜莺;
呵,一切隅落都充满甜蜜的音响;
柠檬花的香郁重压着海岛上
澄澈的空气,香味迷离而飘忽,
像是携带隐隐风雨的云雾,
落在眼皮上,又像轻柔的睡眠;
在青苔地,一片紫罗兰和黄水仙
在窥探,并把它们的香刺进头脑,
那美妙的刺痛几欲令人昏倒。
每种颤动,光线,声音和香气
都与那灵魂中的灵魂所发的
深邃的乐音相和谐——好像是
生前梦境的回声。那海岛就居于

天空、大地、气层和海水之间，
像悬在透明的平静中的摇篮，
一任空气的柔和而澄碧的海洋
把它冲洗，它像晓星一样明亮。
那真是个福地呵。无论饥荒，虫灾，
瘟疫、战争或地震，从未降落在
它的山脊上。而盲目的恶鹰，
它们总是命定往更远处飞行；
生翼的风暴把狂吼的赞歌
总唱在别处，使一角蔚蓝的晴和
留在这岛上，或者就哭出甘露，
使岛上的田野和丛林得以保住
它们那碧绿的、金色的不朽。
缕缕透明的水气，灿烂而温柔，
从海上升起，又从天空降落，
这形成了雾层，每层都藏着欢乐，
只等太阳、月亮或轻风给揭开，
于是这岛屿的美姿和娇态
就会像赤裸的新娘，赫然呈现，
越是娇羞和颤抖，越令人爱怜；
可是，在这美岛的心中，也并不少
一颗像灯火的灵魂隐隐地燃烧，
它是永恒之一粒，它展示了
永恒底微笑，你能感到这微笑
在那苍老的岩石、树林和碧波上，
你感到它在这一切之间荡漾。
不过，这山野中最奇丽的一景
是一所孤立的房舍，连岛民
也不知是谁所建、怎样建造的：
它不是堡寨，但却高于周围的
树林；想必是某个智慧的岛君

在世界初始,当人类还没有发明
罪恶以前,为了游乐而建立的;
它必是那个纯朴时代的珍奇,
为各岛所盛赞的一所华屋,
只有国王的内眷才能居住。
如今,这古迹不像是由人所建立,
倒仿佛是泰坦①使它先在地底
具有雏形,然后从山石中生出,
于是它成了高大而明亮的洞府;
如今,它上面一切古代的浮雕
和史实的刻绘,都已不见了,
在墙壁上,只有常春藤和野蔓
把枝叶盘结了一圈又一圈;
寄生的花朵以露水的明珠
照耀着幽暗的洞;当花儿枯凋,
从这冬之帐幕就漏下一角天空,
带着片片月光,或星斗的晶莹,
或白日恬静而强烈的光亮,
在大理石地面拼出斑驳的花样。
无论日夜,从那亭台和楼顶来看,
大地和海洋像彼此拥抱而眠,
并且在梦着波浪,花朵,云彩,树丛,
岩石,以及我们从它们的微笑中
所能看到的、并唤作现实的事物。

这个岛和房舍是我的,我宣布
你就是领有那山野的女郎。
在那儿,我已经修好了住房,
使它面向东方金色的天空,

---

① 泰坦,据希腊神话,是一群强有力的神。

并且高齐海空中流动的清风。
我已运去了书、乐器、和一切
可以怡情的东西,使精神愉悦
(崇高的精神岂非就凭它们
从摇篮中唤醒"未来",从墓门
唤出"过去",并使"现在"永远保持
那只在永恒中沉睡、而不会死的
思想与欢乐?)。让我们满足于
这朴素的生活吧;高贵的乐趣
绝不需要那无益的努力"奢侈"
来破坏它爱的景色;也就因此,
自然和自然之子仍旧喜爱山居。
斑鸠仍旧在常春藤的枝叶里
唱她的恋歌,夜枭仍旧绕着黄昏的
钟楼而飞翔,初生的星星透过
蝙蝠的向晚的疾舞而闪烁。
还有花斑鹿会卧在我们门前,
在清幽的月光下安详地睡眠,
它们的呼吸流入迂缓的静夜。
让我们一生在这儿吧;而当岁月
以它的许多时刻,像枯萎的叶子,
堆在我们身上时,我们会像是
这天宇的明光,这仙岛的灵魂,
让我们也自觉的,合一而不可分。
但此刻,在这蔚蓝的希腊天空下,
我们尽可同起同坐,享受闲暇,
或者在草地上漫游,或者攀登
那翠绿的山,看蔚蓝的天穹斜身
以最轻柔的风吻着它的所恋;
或者我们就徘徊在碎石的海边,
看海波吻着它,又急又轻柔,

而它多么狂喜地闪耀和颤抖!
在幸福底恬静的怀抱中,我们就
拥有一切,又被其中的一切所拥有;
我们也拥有彼此,无论爱与生活,
都是一体。或者在日午,我们也可
去到古老的岩洞,在那儿,仿佛
月光还在安睡,白日无法漏过;
呵,这岂不正是隐蔽我们的幕帷?
浓得像夜,让你真纯的光安睡;
睡吧,它对疲倦的爱情是爽人的
甘露,又是滴在热吻上的雨滴。
我们还将谈心,直到思想的乐音
优美得难以吐露,随语言而消隐,
却出现在神态上,把动人的情调
投入无言的心中,使静寂显得美妙。
我们的呼吸将交融,我们的心胸
互相靠紧,我们的脉搏一起跳动;
我们的嘴唇将以无言的激情
遮暗了燃烧在它们之间的灵魂;
在我们生命内部沸腾的源泉,
呵,那最隐秘的生命的源泉,
将为热情的灿烂的光所激起,
有如山溪遇到朝霞。我们将同一,
使两个躯体含有一种精神,——
噢,为什么是两个?该是一种热情
在一对心中,它滋生又滋生,
直到像光焰扩大的两颗流星,
两个充满热情的生命一旦碰到,
便变化,同一,融合,但仍旧燃烧,
永不熄灭:他们将从彼此的生命
得到滋养,因为这生命如此光明,

像是灿烂、纯净而轻盈的火焰,
岂能以劣品为食粮?它们面向天,
永不逝去:它们是怀有同一希望的
两个意志,是一个意志在两颗心底,
一个生,一个死,一个地狱或天庭,
一个永恒,一个寂灭。唉,不幸的人!
这诗呵,我的灵魂原想凭它而飞进
爱之宇宙的稀薄的高空,
谁知它的火翼反而被铅链缠绕——
哦,我喘息,我沉落,我颤抖,我完了!

无力的诗句,去吧,对你们的主人①
跪下来说:"我们主宰着你的奴隶,②
不知你要我们和他做些什么?"
然后把你们的姊妹③唤出寂灭之洞,
一起高唱:"爱情的痛苦也似甘蜜,
它的报酬须在华严界里获得——
那一界呵,要是不能在这儿建立,
必在坟墓的那边。"所以,等我离去,
愿你们生存,并且掠过人的心,
快去见玛琳娜、凡娜、普利玛等人,④
嘱咐他们彼此相爱,祝他们快乐:
叫他们要离开那谬误而责人的一群,
到我这儿来做客吧:我属于爱神。

一八二一年二月

---

① 指爱米丽。
② "奴隶"指诗人自己。
③ 指类似但丁和彼特拉克等诗人所写的恋诗。
④ "玛琳娜"指诗人之妻玛丽,"凡娜""普利玛"指诗人之友爱德华·威廉斯夫妇。

阿 童 尼

——一首哀歌,哀悼"恩狄米安"及"海披里安"
等诗的作者约翰·济慈之死

前 记

  我想在这首诗的伦敦版本上附带谈论一下,本诗所哀悼的诗人有权利居于我们时代的最高天才作家之列。大家知道,我不赞同他的几篇早期作品所依据的狭窄的美学原则,这至少证明了我不是偏袒的论客。我认为"海披里安"的片断是不逊于本世纪任何一个作家所写的东西的。

  约翰·济慈因患肺病死在罗马,时为一八二一年一月一日,享年二十四岁;他葬在该城新教徒的幽雅而僻静的墓地,在西斯蒂阿斯墓陵的金字塔下,周围是古罗马角斗场的巍峨高墙和楼塔,但如今已经荒凉倾圮了。这墓园是在废墟间的一片空地上,冬天则长满了紫罗兰和雏菊。想到能埋葬在这种幽雅的地方,人们会觉得死也是很值得向往的。

  我这篇不成样的诗所追忆和哀悼的人,他的天性既美丽而又脆弱;当然,在毒虫蔓生的地方,何怪乎年轻的花朵未放苞而即凋残?"每季评论"对他的"恩狄米安"的粗暴批评,在他敏感的心灵上造成最强烈的印象;由此而生的激动使肺叶的血管崩裂了;肺病很快地发作起来,这种无理的损伤连此后较公正的批评家们对他的真实而伟大的才能所作的赞许也无法挽救了。

  有理由认为,那些卑鄙的人们简直不知道他们在做什么。他们肆意诋毁和诽谤,不管他们的毒箭是落在久经战斗的坚韧的心灵上呢,还是落在一颗像济慈那样弱质的心灵上。据我所知,他们那伙人中有一个是极其卑鄙的、无所忌惮的诽谤家。至于"恩狄米安",不论这首诗有怎样的缺点,难道那些人们能以不同程度的自满和奉承,把什么"巴里斯",什么"女人",什么"叙利亚的故事",洛凡努夫人,巴瑞特先生,华尔特·培因先生以及一长列不知名的大人先生们都拿来歌颂的时候,有权利来对它表示轻蔑吗?岂不就是这些人,凭他们那种利欲熏心的天性,认为密尔曼牧师和拜伦爵士是同等的吗?他们在这儿岂不等于是吞了那许多骆驼之后,在应付蚊蚋吗?哪个最无耻的文妓竟无耻到对不贞的妇人投石?可怜的家伙!你呵,最卑鄙的,你无理地摧毁了上帝最高贵的造物之一。你是个杀人的凶手,即使说你用的只是舌剑,而非真剑,这也减不了你的罪恶。

  关于可怜的济慈的临终情况,直到这篇哀歌行将印行的时候我才知道。据说,他敏感的心灵除了被"恩狄米安"的评论刺伤而外,还有一种知恩不报的痛苦感觉在折磨着他;这可怜的人仿佛是被人们从生命的舞台上喝走了,这些人不只包括不了解他的天才的展望的人们,也包括白受了他的物质与精神照顾的人们。他是在赛温先生的陪同下去到罗马的,卧病临终时也是由他服侍;这位赛温先生是一位极有前途的青年艺术家,我听说他"勤劳不倦地服侍他垂死的友人,甚至不惜冒生命之险,并且不顾自己的前途。"要是我在写完这首诗前就已知道这些情况,我必添上几句赞扬,尽管我的赞扬是无力的,因为,这位忠厚的人将在回忆他的行为动机时,找到要比我的赞扬持久得多的慰安。赛温先生尽可不必从"制成梦的材料"取得报酬。他的行为成了他未来事业的光辉的预兆,——但愿他的著名友人的不朽精神不断鼓舞着他的笔触,并协助他的名字向"寂灭"抗争吧!

1

我为阿童尼①哭泣——他已经死了!

---

① 据希腊神话,阿童尼是库克罗普斯王的儿子,为美神阿佛洛狄忒(即维纳斯)所爱,但为野猪咬伤身死。诗中以阿童尼比济慈。

噢,为他哭泣吧! 虽然我们的泪珠
融解不了那冻结他秀额的冰霜!
而你,忧郁的时刻,却被岁月挑出
来承担我们的损失;请向你的同辈①
传授你的悲哀吧:你该说:"阿童尼
是和我一同死的;要是'未来'不敢
遗忘'过去',他的命运和名声必是
一线光明,一种回音,增添到永恒里!"

2

伟大的母亲呵,那时你在哪里,
当你的儿子倒下,为暗中飞来的箭②
所射穿? 呵,当阿童尼逝去的时候,
可怜的乌剌尼亚③在哪儿? 她正闭眼
坐在天国里,而在回音④的缭绕中,
她听到有个回音以轻柔的颤栗
重新唤起了一切消逝的乐音;
他正是以此美化死亡底侵袭,
有如坟头的花掩盖下面的尸体。

3

噢,为阿童尼哭泣吧——他已经死了!
醒来,忧伤的母亲,快醒来哀恸!
但又有什么用? 还是把你的热泪

---

① 同辈,指"忧郁的时刻"的同辈,即其他时刻,或未来。
② "暗中飞来的箭"隐指这一事实,即:济慈是被一篇匿名的批评所伤害的。
③ 乌剌尼亚是九缪斯(诗底女神)之一。乌剌尼亚·阿佛洛狄忒是精神之爱的主宰者,阿童尼即其子。
④ 指阿童尼的歌声的回音。

在火热的眼窝烘干,让你嚎啕的心
　　像他的心一样,默默无怨地安息;
　　因为他死了,已去到一切美好事物
　　所去的地方;噢,别以为那贪恋的阴间
　　还会把他向人生的地界交出;
死亡正饕餮他的静默,讥笑我们的哀哭。

4

　　最感人的哀悼者呵,再哭一哭吧!
　　再哀悼一下,乌剌尼亚!——他①死了!
　　他,一节不朽的乐章的创造者,
　　目盲,衰老,孤独,一任他祖国的荣耀
　　被教士、奴才和自由底扼杀者
　　以淫欲和血所奉祀的种种邪恶
　　践踏和污蔑;他去了,去到死之深渊
　　无所畏惧;但他那光明的魂魄
仍高悬人间;他是光辉之子的第三个。②

5

　　最感人的哀悼者,再哭一哭吧!③
　　不是每人都敢攀登那光辉的位置;
　　凡是能在时间底暗夜里自满的人
　　有福了,因为,虽然太阳已经消逝,

---

① 指英国十七世纪诗人弥尔顿,清教革命的拥护者。革命失败后,在复辟期间,他开始写作《失乐园》等诗篇;"教士、奴才和自由底扼杀者"指复辟后查理二世的宫廷。
② 雪莱认为,史诗诗人第一为荷马,第二为但丁,第三是弥尔顿(见《诗辩》)。
③ 这一节论述三种诗人。第一种是小诗人,在伟大的诗人(太阳)沉没后,满足于以烛光照耀人世;第二种诗人即如济慈者,早年夭折;第三种诗人似指拜伦。

他们的烛光却在燃烧;另有一些
崇高的人,被人或神的嫉妒的愤怒
所击倒,在灿烂的盛年归于寂灭;
更有的还活下去,跋涉着荆棘之途,
任劳任怨,走向美名底恬静的居处。

6

而今,你最年轻、最珍爱的儿子死了——
他是你寡居时①的养子,他好像
悲哀的少女所珍爱的苍白的花,
是被真情的泪,而非露水所滋养;②
最感人的哀悼者呵,再哭一哭!
你最后的、最可爱的希望已成泡影;
他是一朵鲜花,花瓣还没有张开
便受到寒气,没有结实而丧了命;
百合被摧折了——风暴也归于平静。

7

他已去到高贵的都城,在那儿③
庄严的死神正主持他的宫廷
在美与凋残中。他以最纯净的呼吸
换得了一个万古流芳者的墓茔。
快来哭吧,趁他的躯体还美好地
躺在意大利的蔚蓝的天空下面,

---

① 指诗坛衰落之时。
② 见济慈的叙事诗《伊莎贝拉》,其中伊莎贝拉以泪灌溉花朵(泥土下面埋着她的恋人的头)。
③ 指罗马,济慈葬于罗马城郊的古迹荒墟中(美与凋残中)。

静静地,仿佛凝结的露水在安睡,
　　别唤醒他呵!他定是抛下一切忧烦,
正享受他那一份深沉而静谧的安恬。

8

　　他不会醒来了,噢,永不再醒了!
　　在那朦胧的尸房中,迅速地铺下
　　苍白的死之阴影,而在门口
　　隐身的"腐烂"正窥伺,等着引导他
　　最后一步抵达她幽暗的住所;
　　女魔"饥饿"在坐待,但"怜悯"和"敬畏"
　　消减了她的欲火;除非无常和黑暗
　　把死之帷幕拉下,遮住他安睡,
否则,她怎敢把如此美貌的俘虏撕毁?

9

　　噢,为阿童尼哭泣吧!——灿烂的梦,①
　　以热情为羽翼的思想底使者,
　　这些是他的牧群,在他年轻心灵的
　　蓬勃的泉水边得到喂养,并获得
　　爱情,他那心灵的乐音;但如今
　　已不再在激动的头脑之间漫游;
　　她们在出生地萎缩,尽围着变冷的心
　　自叹命苦,因为在甜蜜的诞生之痛后,
她们不再获得力量,永远失去家的温柔。

---

① 从这一节到第十三节,叙述济慈生时所有的诗思和梦幻、以及他的"欲望""信念""忧伤"和"欢乐"等都来哀悼他。

10

有一个梦还紧抱住他冰冷的头,
并用月光的羽翼不断扇他,叫道:
"我们的爱情、希望、悲伤,并没有死;
看,他那黯然无光的眼睛的睫毛
正挑起一滴泪,像睡花瓣上的露珠,
这必是哪个梦在他脑中留下的。"
呵,天堂倾圮了的不幸的天使![1]
她岂知那正是她自己的泪;她终于
消逝了,像哭干泪雨的云,不留痕迹。

11

另一个梦以一杯晶莹的露水
洗涤他的四肢,像在敷洒香膏;
又一个梦剪下她蓬松的卷发
编织为花环,给他在头上戴好,
花环闪着冻结的泪,而不是珍珠;
还有一个梦过分悲伤,立意折断
她的弓和箭,仿佛要以这较轻的
损失,噎住她的哀伤;又为了减缓
那箭上的火,就把箭放在他的冰颊边。

12

有一个辉煌的梦落在他的唇上,

---

[1] 指济慈脑中的梦幻;济慈已死,他的"梦"所以无家可归,成了"天堂倾圮了的天使",并且终于"消逝了"。

从那嘴里,她往常每吸一吸气
就会取得力量,从而刺穿了偏见,
并且进入听者的激荡的心底
带着音乐和电闪;但阴湿的死亡
已把她在他唇上的吻变为冷冰;
呵,好像在寒夜的凝聚中,月光的
苍白的雾环被陨星突然照明,
她流过他苍白的肢体,接着便消隐。

13

还有些别的幻象……"欲望"和"崇奉",
有翅的"信念"和遮面幕的"宿命",
辉煌和幽暗,还有"希望"和"恐惧"的
闪烁的化身,和朦胧的形影;
还有"忧伤",带着她的一家"叹息",
还有"欢乐",为泪所迷蒙,不是眼睛
而是临死的微笑引导她前来的——
这一切排成了华丽的一列幻影,
有如秋日小溪上的雾,缓缓移行。

14

一切他所爱过的,并化为思想的:
优美的声音,形状,香味,色彩,
都来哀悼阿童尼。"清晨"正走上[①]
她东方的瞭望台,她的头发散开
(那上面缀满尚未落地的露珠),

[①] 自此至节尾,指出清晨、雷声、海洋、狂风,都来哀悼阿童尼。以后更有"回音"和春天来哀悼他。

遮暗了照耀白日的空中的眼;
在远方,沉郁的雷正在呻吟;
暗淡的海洋不能安静地睡眠,
而狂风四处打旋,惊惶地呜咽。

15

凄迷的"回音"①坐在无声的山中,
以尚能记起的歌滋养她的悲痛,
她不再回答风,不再回答泉水,
也不回答牧人的角号,日暮的钟,
或是栖于嫩绿枝头的鸟的恋情;
因为她已学不了他的歌了,这歌声
比那美少年②的话语更令她珍爱
(是他的轻蔑使她变为一片朦胧),
因此,樵夫若不作歌,便只闻哀哀之吟。

16

年轻的春天悲伤得发狂,她抛开
她灿烂的蓓蕾,好像她成了秋天,
或蓓蕾成了枯叶;因为呵,她既已
失去欢乐,何必唤醒这阴沉的一年?
风信子哪曾这样热爱过阿波罗?
水仙花又何曾爱过自己,③像如今
这样爱你?它们暗淡而干枯地

---

① "回音"指阿童尼的诗歌的余响,这里也拟人化了。据罗马神话,"回音"本是山林中的仙女,因爱饶舌、总是人云亦云而被罚诸转化为声音。她曾与美少年那耳喀索斯(水仙花)相恋。
② 指那耳喀索斯。
③ 水仙花即那耳喀索斯。

立于它们青春的沮丧的伴侣中，
露珠都变成泪，香味变成了悲悯。

17

你的心灵的姊妹，那孤独的夜莺
不曾如此幽怨地哀悼她的伴侣；
哪像你一样能够高凌太空的，
并且在太阳境内以朝气滋育
健壮的幼子的鹰隼，尽管绕着
她的空巢飞翔和嚎叫，也不曾
像阿尔比安①这样哀悼你：诅咒吧，
谁竟然刺伤了你纯洁的心胸，
吓走了其中的宾客，你天使的魂灵！

18

呵，我真悲痛！冬天来了又去了，
但悲哀随着四季的运转而来临；
轻风和流水又唱起欢快的调子；
蚂蚁、蜜蜂和燕子又在人间穿行；
新的花和叶装饰了四季的墓；
热恋的鸟儿在每个枝头上结伴，
并且在田野荆棘中搭起了青巢；
绿色的蚯蜴和金蛇，像是火焰
从昏睡中醒了过来，都向外面奔蹿。

---

① 英国古称。

19

从大地的心脏,蓬勃的生命之流
川流过树林,河水,田野,山峰和海洋,
有如自宇宙开始,上帝降临到
混沌以后,生命就带着运动和无常
周流过一切;天庭的无数灯盏
没入生命之波里,更轻柔地闪射;
一切卑微之物都充满生底渴望,
它们要散发自己,要在爱情中消磨
那被复活的精力赋予它们的美与欢乐。

20

腐烂的尸体触到这阳春之气
便散发为花朵,吐出柔和的气氲;
而当日光化为芳香,这些花朵
有似地面的星星,将死亡燃得通明,
并讥笑那土中欢腾蠕动的蛆虫;
一切死而复活。难道唯有人的头脑
要被无形的电闪击毁,像是一柄剑
反而毁于剑鞘之前?[1] 呵,只一闪耀,
热炽的原子[2]就在寒冷的寂灭里融消。

21

唉! 我们所爱惜他的一切,要不是

---

[1] 西俗通常把剑比作灵魂,剑鞘比作肉体。
[2] 指构成人的精神的物质。

由于我们的悲伤,竟仿佛未曾存在,
而悲伤又怎能永延?哦,多么痛心!
我们从何而来?为何而生?要在这舞台
作什么戏的演员或观众?无论尊卑,
终必把生命借来的一切交还死亡。
只要天空一朝蔚蓝,田野一朝碧绿,
黄昏必引来黑夜,黑夜必督促晨光,
月月黯然更替,一年唤醒另一年的忧伤。

22

他不会醒来了,唉,永不再醒了!
"醒来吧","苦难"喊道,"丧子的母亲呵,
从梦中醒来!用眼泪和叹息
抒发你的比他更伤痛的深心。"
一切伴着乌剌尼亚眼睛的幻象,
一切原来为听她们姐姐的歌声
而静默的"回音",现在都喊道:"醒来!"
像思想被记忆之蛇突然刺痛,
失色的"辉煌"①从温香的梦中猛然惊醒。

23

她起来了,像是秋夜跃自东方——
呵,阴惨而凄厉的秋夜,接替了
金色的白日,因为白日已经展开
永恒的翅膀,有如灵魂脱离躯壳,
使大地变成了死骸。悲伤和恐惧
如此打击和震撼乌剌尼亚的心,

---

① 指乌剌尼亚。

如此愁惨地包围她，竟像一片
　暴风雨的云雾，只催促她飞奔，
奔向阿童尼所静静安息着的墓茔。

24

　她从安静的天国跑了出来，
　跑过营帐和钢石竖立的大城，
　跑过人的心灵，这心呵，对她的
　轻盈的脚步毫不软缩，却刺痛
　她无形的、柔嫩的脚掌；她还跑过
　多刺的舌头，和更为刺人的思想，
　它们阻挡不了她，便把她刺破，
　于是像五月的泪，她神圣的血流淌，
把永恒的鲜花铺在卑微的道路上。

25

　在那停尸房中，有一刻，死亡
　因为看到这神圣的活力而羞愧，
　赧红得无地自容；于是阿童尼
　又似有了呼吸，生之淡淡的光辉
　闪过了他的肢体，呵，这在不久前
　她如此疼爱的肢体。乌剌尼亚叫道：
　"别离开我吧，别使我悲凄、狂乱，
　像电闪所遗下的暗夜！"她的哭嚎
唤醒了死亡，死亡便一笑而起，任她拥抱。

26

　"等一等呵！哪怕再对我说一句话；

吻我吧,尽一吻所允许的那么久;
那句话,那个吻,将在我空茫的心
和热炽的脑中,比一切活得更久,
悲哀的记忆将是它们的食粮;
这记忆呵,既然如今你已死了,
就像你的一部分,阿童尼!我情愿
舍弃我的生命和一切,与你同道!
但我却锁联着时流,又怎能从它脱逃!

27

"噢,秀丽的孩子!你如此温和,①
为什么过早离开了世人的熟径,
以你博大的心而却无力的手
去挑逗那巢穴中饥饿的妖龙?②
你既然无所防护,那么,哪儿是
你的明镜之盾'智慧③',和'轻蔑'之矛?
假如你能耐心等待你的心灵
像新月逐渐丰盈,走完它的轨道,
那么,生之荒原上的恶魔必见你而逃。

28

"那一群豺狼只勇于追袭弱者;④

---

① 这一节指济慈因舍弃伪古典主义的途径而遭受反动批评家的毒手。但假如他能智慧地无视恶评,让自己的天才成熟起来,"走完它的轨道",那么恶评家们就会奈何不了他的。
② 指恶评家,他们是为口腹而写作的。
③ 希腊神话,珀耳修斯去杀怪龙墨杜萨时,以明镜为盾,使他不必直视对方,免为所害,因为墨杜萨的目光能将人变为石头。
④ 这一节写恶毒的批评家都是胆小卑鄙的。"这时代的阿波罗"似指拜伦。

那邪恶的乌鸦只对死尸咶噪;
鹰隼只忠心于胜利者的旗帜,
'残败'踏过的地方,它们才敢骚扰,
并从翅膀散下疫疠来;呵,你看,
只要这时代的阿波罗以金弓
微笑地射出一箭,那一伙强盗
就逃之夭夭,不但不敢再逞凶,
而且一齐阿谀那踏住他们的脚踵。

29

"太阳出来时,多少虫豸在孵卵;①
等他沉落,那些朝生暮死的昆虫
便成群地沉入死亡,永不复活,
唯有不朽的星群重新苏醒;
在人生的世界里也正是这样:
一个神圣的心灵翱翔时,它的欢欣
使大地灿烂,天空失色;而当它沉落,
那分享或遮暗它的光辉的一群
便死去,留下精神的暗夜再等巨星照明。"

30

她才说完,山中的一些牧童来了,②
他们的花圈枯了,仙袍也撕破;
首先是天国的漫游者,他的声名

---

① 这一节指出虫豸和昆虫等(指恶评家们)都是靠太阳或巨星(指天才诗人)而生活的,它们分享它的光辉,而又遮暗了它。
② 这一节说到其他的诗人(牧童)来哀悼阿童尼(阿童尼原是牧童)。"天国的漫游者"指拜伦;最后三行指爱尔兰的爱国诗人托玛斯·摩尔(Thomas Moore)。

像天庭一样在他的头上复落,
呵,一个早年的、但却持久的碑记,——
他来了,他的歌声的异彩被遮没
在哀伤里;爱尔兰从她的乡野
派来她的苦衷底最婉转的歌者,
而"爱情"使"悲伤",像乐音,从他的舌间迸落。

31

在声名较小的来人中,有一个①
羸弱得像是幽灵;他独行踽踽,
有如风雨将息时最后的一片云,
雷就是他的丧钟;他似已倦于
像阿克泰翁②一般望着自然的美,
而今他迷途了,他疲弱地驰过
世界的荒原,因为在那坎坷之途上
他正追随他自己的思想,像跟着
一群猎犬,他就是它们的父亲和俘虏。

32

是一个文豹般的精灵,美丽,敏捷——
是貌似"绝望"的爱情,——是一种神力,
全身却缀满"脆弱",他简直不能
把压在头上的"时刻"之重负担起;
他是将燃尽的灯,已落下的阵雨,
他是碎裂的浪花,就在说话的此刻

---

① 自这一节起,雪莱指他自己。
② 据希腊神话,阿克泰翁是一个猎人,因偷看狄安娜女神入浴而被处罚,变为鹿,终至被猎犬噬死。

岂不已经碎了？致命的太阳微笑地
晒着憔悴的花;生命尽管用血色
点燃面颊,但其中的心可能已经残破。

33

他头上扎着开过了的三色堇
和凋谢的、蓝白相间的紫罗兰,
他手里拿着木杖,上端是柏枝,
周围缠以幽黑的常春藤的枝蔓,
还不断滴着日午树林的露珠;
木杖颤抖着,因为那跳动的心
在摇动他无力的手;这个悼亡者
是最后来到的,他哀哀独行,
像是离群的鹿,被猎人的箭所射中。

34

所有的人站开了,听到他痛苦的
呻吟,都含泪而笑,因为他们知道,
他之以异邦语言[①]歌唱新的悲哀,
未尝不是借别人的不幸来哀悼
他自己的;乌剌尼亚看到这来客的
丰采,喃喃说:"你是谁?"但他不语,
只用手突然撩开三色堇,露出了
被烙印烫伤的、为血凝固的额际,
看来像该隐或基督[②]——呵,但愿如是!

[①] 雪莱的语言是英文,对乌剌尼亚说来自然成了"异邦语言"。
[②] 该隐的脸上被烙上诅咒(见"圣经")。基督被钉十字架上,有血凝固在额际。

35

是谁的温和声音在对死者哀悼?[1]
谁以黑斗篷遮上了自己的前额?
是谁的影子对白色的尸床
郁郁地弯下,像墓碑一样静默?
他沉重的心悲怆得发不出声音。
既然他来了,他,最儒雅的智者,
教过、爱过、安慰和赞誉过亡故的人,
我岂能再以唐突的叹息打破
他那心中为死者安排的祭礼的沉默。

36

我们的阿童尼饮下了毒鸩——哦!
哪个耳聋的谋杀者竟狠心
给青春的生命之杯投一剂灾祸?
现在,那无名的蛆虫[2]却要否认
自己的罪恶了,因为连他也感到
那乐音一开始就使嫉恨与邪恶
(除了在一个心胸中[3]还咆哮不休)
都沉寂了,令人只想听优美的歌,
呵,但那弹奏的手已冰冷,金琴已崩破!

---

[1] 这一节写英国诗人李·汉特(Leigh Hunt)来哀悼。李·汉特是济慈的好友,济慈早期的诗作曾受到他的影响,并得到他的鼓励。
[2] "蛆虫"指恶评家。
[3] 指那个"蛆虫"恶评家的胸中。

37

活下去吧,诽谤变不成你的名声!
活下去! 别怕我给你更重的谴责,
你呵,在不朽的名字上无名的黑斑!
但你须自知:是你在散播灾祸!
每临到你的良机,由你任意地
吐出毒汁吧,让那毒牙把人咬遍:
悔恨和自卑将会紧紧追踪你,
羞愧将燃烧在你隐秘的额前,
你会像落水狗似的颤抖——一如今天。

38

我们又何必为我们心爱的人
远离世上这群食腐肉的鸢而悲伤?
他已和永恒的古人同游同睡了,
你[①]又怎能飞临到他所憩息的地方?——
让尘土归于尘土! 但纯净的精神
必归于它所来自的光辉的源泉;
作为永恒之一粒,它将超越时续
和无常,永远发光,永远守恒不变,
而你寒冷的尸灰将堆在耻辱的炉边。

39

呵,住口,住口! 他没有死,也没有睡,
他不过是从生之迷梦中苏醒;

---

① 指害死济慈的恶评家。

反而是我们,迷于热狂的幻象,
尽和一些魅影作着无益的纷争,
我们一直迷醉地以精神的利刃
去刺那损伤不了的无物。我们像
灵房中的尸身在腐蚀,天天被
恐惧和悲哀所折磨;冰冷的希望
拥聚在我们的泥身内,像蛆虫一样。

40

他是飞越在我们夜影之上了,
嫉妒和诽谤,憎恨和痛苦,还有
那被人们误称作"欢愉"的不安,
都不能再触及他,令他难受。
他不会再被浊世逐步的腐蚀
所沾染了,也不会再悲叹和哀悼
一颗心的变冷,或马齿的徒增;
更不致,当精神本身已停止燃烧,
把死灰还往无人痛惜的瓮中倾倒。①

41

不,他活着,醒着,——死的只是"虚幻",
不要为阿童尼悲恸。年轻的早晨,
让你的露水变为光辉吧,因为
你所哀悼的精神并没有消隐;
岩洞和森林呵,你们不要呻吟!
打住,你昏厥的花和泉水;还有太空,

---

① 最后这句话的意思似乎是:人之可贵在于热烈的精神,人死后所遗的寒冷的骨灰又何必珍惜。

何必把你的披肩像哀纱一样遮在
失欢的大地上？快让它澄澈无云，
哪怕面对那讪笑大地的欢乐的星星！

42

他与自然合一了：在她的音乐中，
从雷的嘶鸣直到夜莺的清曲，
都可以听到他的声音；他变为
一种存在，在光与暗中，在草石里，
都可以感觉到；在凡是自然力
所移动的地方，便有他在扩展
（她已把他的生命纳入自己的生命中），
她以永不怠倦的爱情支配世间，
从底下支持它，又把它的上空点燃。

43

他本是"美"的一部分，而这"美"呵
曾经被他体现得更可爱；他的确
从宇宙精神接受了自己的一份
（这精神扫过沉闷而愚蠢的世界，
迫使一切事物继承各自的形态，
尽管不甘心的渣滓阻挠它飞翔，
也终必由混沌化入应有的模式；
最后，它会倾其所有的美和力量
发自人、兽、草木，跃升为天庭的光）。

44

在时间的苍穹上，灿烂的星斗

可能被遮暗,但永远不会消亡;
它们像日月,升到应有的高度,
而死亡只是低迷的雾,能遮上
但却抹不掉那明光。当年轻的心
被崇高的神思提自人欲的底层,
任尘世的爱情和生命为了注定的
命运而斗争,这时呵,死者却高凌
幽暗而狂暴的气层之上,像光在流动。

45

迢遥的,在那无形无体的境域中,①
一些半废声誉的继承者,他们从
建立在人世思想以外的宝座上
起立了。查特顿——脸上还没褪尽
那庄严的痛苦;西德芮,还像他
战斗,负伤,生活与恋爱时的那般
严肃而温和:呵,一个纯洁的精灵,
起立了;还有鲁甘,死使他受到称赞:②
他们起来,"寂灭"像受到斥责,退到旁边。

46

还有许多别人(虽然在世间无名,
但只要火花引起的火焰长在,
他们的才华便辗转流传,不致消亡)

---

① 这一节所提的三个诗人是英国诗人查特顿(T. Chatterton, 1752—1770),西德芮(P. Sidney, 1554—1568)和罗马诗人鲁甘(Lucan, 39—65)都是早亡的诗人。这里指出他们在幽冥中迎接济慈。

② 鲁甘因密谋反对暴君尼罗失败而自杀。

闪耀着永恒底光辉,站了起来。
"你正是我们的一伙,"他们喊道:
"是为了你,那无人主宰的星座
久久在黑暗中旋转,没有神主;
看!唯有它在天庭的和乐中静默。
我们的长庚①呵,来,登上你飞翔的宝座!"

47

还有谁为阿童尼哭泣?哦,来吧,
要认清他,认清你自己,痴心的人!②
你的心灵尽可去拥抱悬空的地球,
并把你精神的光辉,以你为中心
射往九霄,直到使它博大的光芒
充满无垠的太空:然后呢,就退居
到我们世间的日和夜的一点;
旷达一些吧,否则你必陷于绝地,
万一希望燃起希望,引你到悬崖的边际。

48

不然就去到罗马,哦,那墓园
埋葬的不是他,而是我们的欢乐:
我们要去凭吊,并非由于那埋在
自己的荒墟中的时代、宗教和帝国;
因为,像他那样的诗人无须从

---

① 长庚是最后出现夜空的明星。
② 这一节似指人的精神虽无限,但肉体是微末的,为时空所局限;如果人只就肉体的命运着想,必致感到绝望。"要认清他,认清你自己",也就是对此要认识清楚,乃是旷达。

世界的蹂躏者借来不朽的荣誉,
他已居于思想领域的帝王之列了,
他们都曾和时代的衰风为敌,
在逝去的事物中,唯有他们不会逝去!

49

去到罗马吧,——那儿既有天国,
又有墓地,城市,林野和荒原,
那儿,古迹像劈裂的群山高耸,
有开花的野草,芳郁的树丛铺满
在荒墟的赤裸裸的骨骼上;
去吧,让那一处的精灵引着
你的脚步走上一条倾斜的绿径,
那儿,像婴儿的微笑,灿烂的花朵
正围绕着草地铺展开,覆盖着死者;

50

四周的灰墙都凋残,沉默的时间
在蚕食着它,像朽木上的微火;
一座金字塔的墓陵庄严地矗立,
像化为大理石的火焰,荫蔽着
一位古人①的尸灰,他正是选择了
这一处作为他万古长青的地方;
下面是一片田野,后来者就在那儿,
在晴空下搭起他们的死之营帐,
迎接我们所失去的他,②呼吸刚刚断丧。

---

① 指凯亚斯·西斯蒂阿斯,古罗马的执政官。
② 指济慈。

51

站在这儿吧:这些墓茔还很新,
那把尸骨寄予墓穴中的悲哀
还保留着它的气氛;但假如
这气氛已消失,请别在这儿打开
一颗悲哀心灵的泪泉吧!不然,
回家后,你会发现你自己的心里
也有了苦泪。请在坟墓的幽暗中,
去寻找人世冷风吹不到的荫蔽。
阿童尼已经去了,我们又何必畏惧?

52

"一"永远存在,"多"变迁而流逝,①
天庭的光永明,地上的阴影无常;
像铺有彩色玻璃的屋顶,生命
以其色泽玷污了永恒底白光,
直到死亡踏碎它为止。——死吧,
要是你想和你寻求的人一起!
到一切流归的地方!罗马的蓝天,
花草,废墟,石像,音乐,文学,不足以
说明这一切所表达的荣耀底真谛。

53

我的心呵,为什么犹疑,回步,退缩?

---

① 柏拉图的唯心主义哲学,以"一"代表理念,本体,永恒;"多"代表现象,幻影和无常。在后两节中所说的"光明"、"美"、"爱情"和"福泽"也指的是"一"。

你的希望去了；在现世的一切中
再也见不到它；你如今也该跟去！
从四季的循环，从男人和女人心中，
一种光彩已经消逝；那尚足珍视的
只诱人冲突，拒绝了又使人萎靡。
柔和的天空在微笑，轻风在喃喃：
那是阿童尼在招呼！噢，快离去，
"死"既能使人聚合，何必再让"生"给隔离！

54

那光明，它的笑正照彻全宇宙；
那优美，万物都在其中工作，运行；
那福泽，是把人玷污的生之诅咒
所消除不了的；那活命的爱情
竟被人和兽，陆地、海洋和天空，
盲目纠缠在生之网里：它燃烧得
或明或暗，全靠渴求爱之火焰的人
怎样反映了它；而今，它正照临着我，
把寒冷人性的最后阴云也给吞没。

55

我用诗歌所呼唤的宇宙之灵气
降临到我了；我的精神之舟在飘摇，
远远离开海岸，离开胆小的人群——
试问：他们的船怎敢去迎受风暴？
我看见庞大的陆地和天空分裂了！
我在黯黑中，恐惧地，远远飘流；
而这时，阿童尼的灵魂，灿烂地

穿射过天庭的内幕,明如星斗,
正从那不朽之灵的居处向我招手。①

一八二一年

---

① 雪莱在本诗写成后不久(一八二二年),果然去世。有的评论家认为这里恰好表现了诗人对死的预感。

再 版 后 记

再版《雪莱抒情诗选》，我们全家都很高兴。高兴的是实现了良铮同志生前的宿愿。他坚信外国文学作品总有一天会继续被介绍给祖国人民，即使在十年浩劫期间，他也没有停止翻译外国诗歌。不过，他生前估计这一天也许要等到几十年以后，没有想到会来得这么快。他译的拜伦的杰作《唐璜》，已由人民文学出版社在一九八〇年出版，《拜伦诗选》将由上海译文出版社出版，修订的《普希金抒情诗选》《欧根奥涅金》等，近期也将陆续出版。惋惜的是，由于多年来的坎坷处境和过度劳累，良铮同志没有来得及修订他所有的译著就过早地（一九七七年二月二十六日）离开了我们。

周与良
一九八二年三月二十三日

布莱克诗选

〔英〕 布莱克 著

译　序

威廉·布莱克（1757—1827）是英国十八世纪后期一位杰出的进步诗人和画家；他的诗作画品表现了人道主义的精神和对现实社会的批评。

一七五七年布莱克出生于伦敦一个袜商的家庭。他从小就显出富于想像力，常常把自己的幻觉看作真实的事物。他的父亲为了照顾他的爱好，叫他学画，但是因为当时的绘画学校要收一笔为数不小的学费，家里负担不起，因此就改学刻版画的工作，他后来一生就靠刻版画过活。

布莱克在十八岁以前，英国正值七年战争结束，国内生活安定，商业繁荣。他们一家住在伦敦一个叫做"金色广场"的地区，南北两面都是绿茵茵的草地。他的少年时代确是一段无忧无虑的日子，这在他早年所写的《诗的素描》里有明显的反映。

《诗的素描》（1783）是布莱克生平正式出版的唯一诗集；他后来的诗集，多数经他亲手刻印，并不能算是出版物。这部诗集的问世在英国文学史上有重大的意义：它标志着高倡"理性"，安于现状的假古典主义诗歌的结束和崇尚热情、想象，要求干预生活的革命浪漫主义运动的兴起。一般文学史家虽然把华兹华斯和库勒律治合写的《抒情诗集》（1798）作为英国浪漫主义诗歌的起点，但也承认布莱克的《诗的素描》已经表现了革命浪漫诗歌的一些基本特征：热情的讴歌和瑰丽的想象；人世的精神和改革现状的要求。

《诗的素描》的前半部展开了一个少年时代的极乐世界。诗人描写了大自然的美丽，青春的欢欣和少女的爱情。这里当然也有苦恼，但那只是失恋者的自怨自艾，与现实世界并没有多大的关系。

这种肯定生活，赞美欢乐的思想与当时社会所提倡的"理性"的约束，教会所强加于人们头上的禁欲观点是背道而驰的。布莱克认为"活着的事物都是神圣的","热情是永恒的欢乐"。这种肯定人生的入世思想在布莱克后来的著作中与反对暴君、同情革命的立场有密切的联系。在布莱克眼中,压迫人民的暴君就是压制真情流露的所谓"理性"或教会;他所赞扬的热情,不仅是男女之情,也是生活的热情、革命的热情。

这个"欢乐"的主题在《天真之歌》(1789)里继续发展。布莱克的笔下不仅出现了唱着快活歌曲的牧童,在青草地上嬉戏的孩子,也出现了穿着可喜的衣裳的羔羊,快快活活的鸟雀。《欢笑的歌》名符其实地集合了万物欢笑的大成。

但是《天真之歌》还有更进一层的思想。布莱克在更早的一篇诗中说过:"天真是冬季的袍子",可以御寒。换句话说,"天真"——人类在没有遭受经验玷污以前的心灵状态,也就是宗教上所谓伊甸乐园——就是可以御寒的热,就是对于万物的爱,就是诗人心目中体现"爱,仁慈,怜悯,和平"的耶稣。同时布莱克所崇奉的耶稣又是人化的上帝,而不是抽象的偶像;他认为只有人才能体现耶稣的种种美德。这里人道主义的博爱思想与信奉上帝的唯心思想结合了起来;这里也就隐伏着布莱克思想中的长处和弱点。人道主义使布莱克敢于批评当时英国的不人道的社会,甚至大胆主张用暴力推翻封建政权;但是到了晚年唯心思想又在改革现实的企图(例如1789年的法国大革命)遭到失败的影响下迫使布莱克退守"忠恕之道"的防线——从革命的人道主义倒退到一般的人道主义。

再往深处看,《天真之歌》不仅歌颂了心灵的纯洁境界,而且道出了对于现实世界的批评。"天真"世界(或理想世界)所以值得赞美无非因为"经验"世界(或现实世界)十分丑恶。布莱克在一片欢乐之中确实没有忘记现实社会。在那个社会里战乱连绵(先是英帝国干涉美国革命的战争,接着进攻法兰西共和国,与拿破仑作战),民不聊生,许多妇女被迫为娼,许多小孩被出卖做童工。《天真之歌》里的"黑小孩"虽然怀着美好的幻想,希望在"学会承受爱的光芒"以后跟"白得像天使"的英国小孩取得平等地位,但他对现实世界总不免感到一丝怅惘:"我却黑黑的,仿佛失去了光明。"当然在这本诗集里,布莱克对于现实社会的批评还很隐约,还是潜流。

诗人对于英国社会的抨击在《经验之歌》(1794)里有了正面的表现。《经验之歌》开始作于一七八九年，但是到一七九四年才刻印出来。这个时期正是英国连年对法国用兵，国内对资产阶级革新派的迫害变本加厉，人民生活日益贫困的年代。诗集引导我们走进阴暗的街道、教堂和学校去看看大英帝国的君主和教会如何摧残着年轻的一代，那些"伦敦城里的花苞！"扫烟囱的小孩在《天真之歌》里还存着美好的幻想，但他在《经验之歌》里的短短十二行诗简直是字字血泪，句句控诉。你看他对君主和教会的讽刺是多么尖锐：

> 因为我快乐，又跳舞又唱歌，
> 他们以为并没有错待我
> 因而去赞美上帝、牧师和国王，
> 这些人把我们的惨状说成是天堂。

以"升天节"为题的诗在《天真之歌》和《经验之歌》中各有一首。我们最初在《天真之歌》读到它时，以为诗人是在歌颂教会收容孤儿的慈善事业，现在读到《经验之歌》才恍然大悟。原来在"神圣的星期四"——升天节——看到忍饥受寒的上万儿童集会礼拜，感谢天主之恩，一点儿也不神圣；原来领着孩子们走进圣保罗教堂的白发教士的手就是"冰冷的放债的手"；原来孩子们谢主圣恩的如大风般升起天空的歌声就是这儿所说的"颤声的喊叫"。

"伦敦"不愧是这个时期诗人对现实社会批评的总结。诗人走过"专用"的伦敦街头，看见行人个个愁容满面，扫烟囱孩子的哭声"震惊每一座污黑的教堂"；他听到被驱作战的兵士的叹息和被迫为娼的女子的控诉。这样"经验"世界中的人就与"天真"世界中的人对立起来："残酷，妒嫉，恐怖和隐秘"代替了"爱，仁慈，怜悯，和平"。值得注意的是这些坏品质只是钢铁时代人的特征而不是以耶稣为本的理想人的本色；就在这个区分之中，布莱克保持了他对未来的希望。

在以手稿形式保存下来的布莱克的一些诗作里面——选集中把它们归在杂诗里——诗人对于现实生活的批评也很明显。《天真的预言》中第四第五两节表明诗人对于大英帝国从事掠夺战争的不满,对于人民生活贫困的抗议。"条条街道上有叫号的娼妓,为古老的英国织着尸衣",诗人的愤激之情真是溢于言表。"自由与幽禁"表现了同样的见解:

> 人一诞生,还在襁褓时候,
> 人的灵魂便已被辗转出售,
> 青年全被引进了屠宰场;
> 绝色美人也只换得一天的食粮。

通过几年的生活实践,布莱克这时开始批判了他早期的天真的想法。《天使与魔鬼》中的天使无疑是《天真之歌》时代布莱克的化身,魔鬼则代表诗人这时比较成熟的见解。我们记得诗人原是力倡"仁慈,怜悯,和平"的,实际生活的折磨使他懂得了如果世界上根本没有穷人,何必提倡"仁慈"呢?如果大家都一样快乐,谁要别人"怜悯"呢?如果彼此没有戒惧之心,还追求什么"和平"呢?这首诗的思想有极深刻的革命性:诗人从"仁慈,怜悯,和平"这些一般人道主义的美德前进一步要求消除需要这些东西的社会根源,也就是消除人世间的贫困,哀愁和战乱。这样跨进一步的意义不用说是非常重大的。

可惜布莱克到了晚年又表现了倒退一步回到一般人道主义的倾向。诗人在《法国大革命》(1791)及其以后所写的一些"先知书"里——包括《美国》(1793),《欧洲》(1794)等等——要求改革现实的思想始终占着主导地位。但是法国革命的失败以及一八〇二年英法战争暂时停火使诗人错误地认为暴力不能导致和平,专制君主也能悔过自新。从此以后,布莱克的诗作里面——例如《弥尔顿》(1804—1808)和《耶路撒冷》(1804—1820)——对于"忠恕之道"的宣传越来越多。这种思想发展到极端就成为投降主义。《老和尚》给我们作了证明:

> 但利剑既无用,弓箭更无力,
> 它们永也不能把战祸消弭。
> 　只有隐者的祈祷和孀妇的眼泪,
> 才能使整个世界脱出恐惧。

因为眼泪是一种明智的东西，
　　神王的利剑就只是一声叹息，
　　　殉道者发出的一声痛苦的呻吟，
　　正就是万能上帝的弓箭，武器。

原来鼓吹以暴力推翻专制政权的布莱克这时认为抵抗暴君是徒然无益的了；倒是眼泪能够使世界脱出恐惧。

　　从布莱克的全部著作来看，这种消极的宣扬"忠恕之道"的思想毕竟不是主流。诗人对于资产阶级革命的热烈同情，对于英国现状的尖锐批评，对于解放个性的强烈要求，对于大同世界的衷心向往，对于劳动、艺术、和平的讴歌以及表现在诗创作上的瑰丽的想象，浓厚的生活气息使他不愧是英国革命浪漫主义诗歌的伟大先驱。

袁可嘉
一九五七年六月

诗 的 素 描

咏　春

哦,披着露湿的鬈发,你探首
露出早晨的明窗,往下凝视,
把你天使的目光投向我们吧,
这西方的岛屿在欢呼你,春天!

山峰正相互传告你的来临,
河谷在聆听;我们渴盼的眼睛
都仰望你明媚的天幕:出来呀,
让你的步履踏上我们的土地!

走过东方的山峦,让我们的风
吻着你的香衣;让我们尝到
你的晨昏的呼吸;把你的珠玉
铺撒在这苦恋着你的土地。

哦,用你的柔指把她装扮起来;
轻轻吻着她的胸脯,把金冠
戴上她软垂的头,因为呵,
她处女的发辫已为你而束起!

咏　夏

你有力地驰过我们的河谷，
哦，夏天！请勒住你烈性的马，
别让它们喷出太热的鼻息！
你本来常常在这儿支起金幕，
在橡树下歇睡，使我们欣喜地
看到你赤红的肢体，茂盛的发。

当日午驾着火辇驶过天空，
我们在浓荫下常可以听到
你的声音。坐在流水的旁边吧；
在我们葱翠的谷里，把你的
丝衫投在河岸，跳到碧波里！
我们的河谷太爱盛装的夏天。

我们的歌手以银弦驰名远近，
我们的青年谈情赛过南方人，
我们的姑娘舞起来也最美。
是的，我们不乏歌，也不乏乐器，
有优美的回音，有澄澈的流水，
炎热的时候也有月桂花环。

咏 秋

秋呵,你满载果实,又深染着
葡萄的血;不要走吧,请坐在
我的檐下;你可以歇在那儿,
用愉快的调子配合我的芦笛。
一年的女儿们都要舞蹈了!
请唱出果实与花的丰满的歌。

"瘦小的花苞对太阳展示出
她的美,爱情在她的血里周流;
锦簇的花挂在清晨的额前,
直垂到娴静的黄昏的红颊上;
于是稠密的夏季发出歌声,
羽毛的云彩在她头上撒着花。

"等大气的精灵住在果实的
香味上,欢乐就轻轻展开翅膀
在园中回荡,或落在树梢唱歌。"
愉快的秋坐下,对我这样唱着;
接着他起身,束紧腰带,便隐没
在荒山后,却抛下金色的负载。

咏　冬

冬呵！闩上你所有铁石的门：
北方才是你的；你在那里筑有
幽暗而深藏的住所。别摇动
你的屋顶吧，别放出你的铁车。

但他不理我，却从无底的深渊
驾车而来；他的风暴原锁在
钢筋上，出笼了；我不敢抬眼，
因为他在全世界掌握了权柄。

你看这恶魔！他的皮紧包着
强大的骨骼，把山石踩得呻吟；
他使一切悄然萎缩，他的手
剥光大地，冻僵了脆弱的生命。

他坐在峭壁上：水手枉然呼喊。
可怜的人呵，必须和风暴挣扎！
等着吧，天空微笑时，这恶魔
就被逐回洞中，回到赫克拉山下。

给黄昏的星

你呵,黄昏的金发的使者,
太阳正歇在山巅,点起你的
爱情的火炬吧:把你的明冠
戴上,对我们的夜榻微笑!
对爱情微笑吧;而当你拉起
蔚蓝的天帷,请把你的银露
播给每朵阖眼欲睡的花。
让你的西风安歇在湖上,
以你闪烁的眼睛叙述寂静,
再用水银洗涤黑暗。很快的,
你就去了;于是狼出来猖獗,
狮子也从幽黑的森林张望。
请你护佑我们的羊群吧:
那羊毛已被满你神圣的露。

给 清 晨

圣处女呵,你穿着最洁白的衣裳,
请打开天庭的金门,走出来吧;
唤醒那沉睡在天宇的晨曦,让光
从东方的殿堂升起,把甜蜜的露
随苏醒的白日一起带给我们。
哦,灿烂的清晨,向太阳候问,
有如猎人,要起身出来游猎,
让你穿靴的脚出现在我们山中。

歌

我在田野里快乐地游荡，
　　遍尝到夏日的一切骄矜；
直到我看见爱情之王
　　随着太阳的光线而飘行。

他把百合花插到我发间，
　　鲜红的玫瑰结在我前额；
他领我走过他的花园，
　　那儿长满他金色的欢乐。

我的翅膀沾着五月的露，
　　菲伯①燃起了我的歌喉；
他用丝网突然将我网住，
　　就把我在他的金笼拘留。

他喜欢坐下听我歌唱，
　　唱完了，又和我笑闹不休，
他会拉开我金色的翅膀，
　　嘲弄我何以失去了自由。

---

① 菲伯，太阳神，司诗歌及艺术。

歌

我的倦慵之姿和微笑，
　　我的丝绸、华服和盛装，
都已被爱情扫荡完了；
　　而悲哀的、干瘪的"绝望"
就给我水松来装饰坟墓：
这正是忠诚恋人的归宿。

他的容貌美好如天庭，
　　当花苞初露，正待开花；
呵，他的心可冷似严冬，
　　何以这容貌却给了他？
他的心是爱情的陵地，
爱的膜拜者都来到这里。

请给我斧子和铁镐，
　　再给我拿来一件尸衣；
等我把我的墓穴掘好，
　　让雷雨交加，风儿凄厉：
那我就躺下，全身冰冷。
从此死去真诚的爱情！

歌

爱情与和谐拉手
把我们的灵魂缠绕,
当你我的枝叶汇合,
我们的根须相交。

欢乐坐在我们的枝头,
唧唧地、甜蜜地作歌,
像我们脚下的溪水相会,
真纯汇合了美德。

你结出金色的果实,
我全身穿着鲜花;
你的枝叶使空气芬芳,
海龟就在下面筑家。

她坐那儿抚养子女,
我听着她的幽怨之曲;
"爱情"在你的枝叶上面,
我也听到他的言语。

他在那儿有美丽的巢,
他在那儿睡了一整晚,
白天他就欢笑起来
在我们的枝头游玩。

歌

我爱快乐的舞蹈
　和轻轻吟唱的歌曲，
纯洁的目光在闪射，
　少女咬着舌头低语。

我爱欢笑的山谷，
　我爱山中的回音缭绕，
那儿欢乐永不中断，
　小伙子尽情地笑闹。

我爱幽静的茅屋，
　我爱无忧的亭荫，
我们的园地褐白交错，
　像日午果子的鲜明。

我爱那橡木座位
　在高大的橡树荫下，
所有的老农聚起来
　哈哈笑着，看我们玩耍。

我爱我所有的邻人——
　可是呵，凯蒂，我更爱你：
我将要永远爱他们，
　但你是一切加在一起。

歌

记忆呵,到这儿来,
　鸣啭你欢快的歌喉,
而当你的乐音
　在风的胸怀上飘流,
我将坐在溪边冥想,
在叹息的恋人近旁;
我要在水的明镜中
钓起一个个的幻梦。

我将啜饮那清水,
　并且听红雀歌唱;
我要在那儿躺下,
　整天不断地梦想:
天黑了,我就走向
那宜于伤心的地方,
和沉默的忧郁一起
沿着幽黑的谷蹊去。

狂　歌

狂暴的风在哭喊，
　黑夜冷得抖索；
到这儿来吧，睡眠，
　把我的悲哀掩没！……
可是呵，一转眼，
曙光已窥视东山，
晨鸟正振起双翼
轻蔑地离开大地。

噢！但我的歌声
　却充满了忧伤，
一直升抵天穹；
　它在夜的耳腔
流过，振荡，又使得
白日的眼睛哭泣；
它激起了狂吼的风，
又和风暴嬉戏。

像云端的魔鬼，
　我凄然发出哀音
只把黑夜追随；
　夜去了，我也消隐。
我要背向东方，
喜悦在那儿滋长；
因为呵，我最怕光明，
它刺痛我的脑筋。

歌

刚离开露湿的山,快乐的"一年"
朝着我微笑,便登上流火的辇;
在我年轻的前额,桂花编织幻影,
跃升的光华在我的头上照明。

我的脚生着翅,在露湿的草地
我遇见我的姑娘,如初现的晨曦。
呵,祝福那神圣的脚,有如天使;
祝福那闪着天庭光辉的四肢!

仿佛一个天使,在空中闪烁,
在纯真的时代,充满神圣的欢乐;
快乐的牧童停住了他感谢的歌,
为了聆听那天使唇边的音乐。

同样,她开口,我便听到天庭之音,
我们同行,便没有不洁的能挨近;
每片田野,每个幽静处所都像伊甸,
每个村落都像天使走过的乐园。

但有一片恬静的村野,在那里
我黑眸的姑娘已伴着夜影安息,
每当我走近它,就有非凡的火
灼烧我的灵魂,并且引起我的歌。

歌

披着灰衣的晨曦刚走在路上,
我就去看我黑眸子的姑娘。
当黄昏坐在幽暗的亭荫里,
对着沉默的时刻轻轻叹息,
村里的钟也响了,我就出门,
山谷由于我的忧愁而变阴森。

我的眼睛望着那个好村庄:
在那恬静的树荫下,我的姑娘
洒过一滴泪;当我郁郁而行,
我诅咒厄运,又喜于我的伤心。

往常,当夏日在树荫里安眠,
而树叶对着微风低语喃喃,
我就绕村徘徊;要是在她身边
有个少年偷到骄矜和喜欢,
我会悲痛地诅咒我的星宿:
这使得我的爱和我天地悬殊。

噢,要是她负心,我就要把他
碎尸万段,把温情踩在脚下!
我要为我的坎坷诅咒人的福气,
然后静静死去,然后被人忘记。

给 缪 斯[①]

无论是在艾达[②]荫翳的山顶,
　　或是在那东方的宫殿——
呵,太阳的宫殿,到如今
　　古代的乐音已不再听见;

无论是在你们漫游的天庭,
　　或是在大地青绿的一隅,
或是蔚蓝的磅礴气层——
　　吟唱的风就在那儿凝聚;

无论是在晶体的山石,
　　或是在海心底里漫游,
九位女神呵,遗弃了诗,
　　尽自在珊瑚林中行走;

何以舍弃了古老的爱情?
　　古歌者爱你们正为了它!
那脆弱的琴弦难于动人,
　　调子不但艰涩,而且贫乏!

---

① 缪斯,希腊神话中司诗歌及艺术的女神,共有九位。
② 艾达山峰在小亚细亚,据希腊神话,诸神在这座山上观望着特洛伊战争(即荷马史诗《伊利亚特》中所歌唱的战争)。

捉 迷 藏

当白雪缀满苏珊的衣裳,
珠玉垂挂在牧童的鼻孔上,
这时候呵,我就一心一意
让炉火烧红,火光映照四壁。
"添上煤呀,喂,再添高一点;
搁上橡木,让它发出火焰。"
洗得干净的板凳摆了一圈,
再坐上姑娘和小伙子少年:
多美的情景! 啤酒喝得快意,
相思的故事,逗笑的打趣——
都说够了,再让游戏开始。
妞儿用别针扎了小伙子。
罗杰把窦莉的凳子抽走,
她扑通跌在地上,这蠢丫头!
她羞红了脸,却斜眼看着
傻瓜狄克,他正为此难过。
可是,现在大家要玩捉迷藏,
绊脚的东西赶紧挪到两旁。

珍妮折好她的丝手帕,
烂眼边的威尔[①]运气最坏。
笑声立刻停了:"嘘,安静!"

---

① 威尔(Will)一方面是"威廉"名字的缩写,一方面也可解为"意志"。这里诗人显然语意双关,所以把威尔说成是"烂眼边的""蠢笨的"等。

噘嘴的培吉把赛姆一耸。
蒙着眼的威尔手张得太宽,
赛姆溜了过去:"呵,倒霉蛋,
蠢笨的威尔!"但嗤笑的凯蒂
却被挤到一角,逃不出去!
于是,威尔可以睁眼观看了,
他以为他神气得不得了:
"嘿,嘿,凯蒂呀!你这怎么行?
我说,罗杰离你是多么近!"

她捉住了他——罗杰拿手帕
也扎住头——但眼睛除外。
因为他还能透视过丝巾,
他扑向赛姆,但没抱得紧,
赛姆溜了。苏姬躲来躲去,
一下子绊了一跤,倒在就地。
"看!这是不守规矩的结果!
只要欺骗,必然要生灾祸。"
可是罗杰还是不断追赶,
"他看见啦!"格雷斯①轻轻叫喊;
"喝,罗杰,你对玩法太不通,
你还得扎紧些,再作盲人!"

凯蒂冒失地把话重复一遍,
于是罗杰又连转了三圈。
以后他停了一停。而狄克
心头一转,出了个坏计策:
他以手脚在地上爬伏,
笔直地挡住盲人的去路,

---

① 格雷斯,一方面是女子的名字,一方面也可解为"仁慈"。这里似语意双关。

312

然后"哼"了一声。——霍吉听了，
盲目跑去——满以为能捉到：
当然跌了跤。唉，由此可见，
我们的希望多脆弱，多快就完！
他的鲜血一滴滴落在地上，
大家立刻惊得一片慌张。
可怜的狄克捧着他的头，
恨不得自己治好他的伤口。
但凯蒂拿着钥匙匆匆跑开，
于是他们朝他的背浇下来
一桶冷水；血总算不再流，
霍吉又能直竖起他的头。

这就是这游戏的大致情形；
凡是游戏的，为了避免不幸，
应该订下好的规章，例如：
谁要使蒙眼的人受骗吃苦，
他也得身受。好似在古昔，
人们群居而没有法律，
这使得暴乱和自由开始
蔓延，以致一国人民彼此
妨害和欺凌，于是有了法律，
就为大家办事都公平合理。

牧 人 之 歌[①]

来吧,陌生人,请来到这里,
这儿,每条枝上都坐着欢乐,
苍白已从每张脸上飞去;
我们撒的种子我们在收获。

天真像是一朵玫瑰花
开放在每个姑娘的颊上;
贞洁在她的额前盘绕,
她的颈项戴着珠玉的健康。

[①] 此诗及下面《老牧人之歌》一篇系据现代文库《布莱克(及约翰·敦)全集》译出。

老牧人之歌

当银雪堆上西尔维欧的衣裳,
而珠玉挂在牧人的鼻子上,
我们能忍过生之风暴的摧残,
它虽使四肢颤栗,但只要心儿温暖。

当美德是我们行路的手杖,
真理是盏灯,把我们的路照亮,
我们能忍过生之风暴的摧残,
它虽使四肢颤栗,但只要心儿温暖。

吹吧,喧腾的风,尽严冬摆出凶相,
天真是冬季的袍子,只要穿上,
我们就能忍过生之风暴的摧残,
它虽使四肢颤栗,但只要心儿温暖。

杂 诗 选

永远的福音[1]

(摘译)

假如伦理的美德就是基督教,
那基督的教言都可以取消,
而该亚法和彼拉多[2],必然
都值得称颂;也不必用羊栏
来作比喻,最好以狮子的巢穴
象征上帝、天堂和他们的荣耀。
只因为伦理的基督徒出现,
于是有了异教徒及其法典。
罗马式的美德,战争的光荣,
都用了耶稣和耶和华的名称;
因为,怎样算是最反对基督?
岂不就是在美德的国土
用铁打的门闩关住天庭,
拉达曼沙守住,不准罪人走进?

耶稣的福音究竟是什么?
他的一生和不朽该怎样解说?
是什么被他宣示给世间,

---

[1] 此诗及下面《你的腰身怀满着种子》《让巴黎的妓院开放吧》两篇均系根据现代文库《布莱克(及约翰·敦)全集》译出。
[2] 该亚法是大祭司,彼拉多是罗马巡抚,他们是判处耶稣死刑的人。

而柏拉图和西赛罗未之前见？
这些大大小小处世的美德，
异教的神祇都早已说过。
为什么要把罪孽来责难？
这岂不是美德底阴毒手段？
当伦理的美德异常骄矜，
在全世界上胜利地行进，
并且为了罪孽、战争和血祭，
成群的灵魂就扑进地狱。
在这伪君子的红尘之域，
那责难者，他们众人的上帝，
在他们中间发出神圣的光辉，
照耀着他们的山川和溪水。
于是耶稣起来了，他对我说：
"上帝已宽恕了你的罪过。"
彼拉多、该亚法都嚎叫起来，
因为看到了福音的光彩，
那就是，当耶稣起来对我说：
"上帝已宽恕了你的罪过。"
基督教的喇叭以耶稣之名
在全世界上响彻了福音：
人人都该宽恕彼此的罪，
这福音打开了天国的门扉。
于是伦理的美德大为恐慌，
造出了十字架、铁钉和矛枪，
而责难者就守在这一旁，
喊道："快快钉上！快快钉上！
不然，伦理的美德就要完蛋，
还有战争的辉煌和威严；
因为，岂不见伦理的美德
都源始于对罪孽的谴责，

而一切英雄的德性,最后
也必趋于消灭罪人的朋友?
谁不知道我是卢西弗①大帝,
而你们,我的庄严的爱女,
都是我神秘之树的花果:
善和恶、死亡、地狱和灾祸,
这一切都要在人心上滋育,
只要谁敢把罪孽来宽宥?"

你所看到的耶稣的形象
恰恰敌视我看到的模样:
你的有个鹰钩鼻,像你自己,
我看到的像我,是狮子鼻;
你的耶稣和全人类友好,
我的呢,以比喻向盲人讲道;
你所爱的世界正是我的所恨,
你去天堂的路是我地狱的门。
苏格拉底所教导的,米利特
却曾痛斥为民族的灾祸;
而该亚法,就他自己来看,
他还给了全人类以恩典。
两者都日日夜夜地读圣经,
但我看是白的,你看是青。

耶稣很谦卑吗?他可曾
作出任何谦卑底证明?
可曾谦卑地提到崇高事物,
或者把石头仁慈地投出?
还在儿提时,他就逃开家,

---

① 魔鬼名。

这使他的父母大为惊诧。
在父母惊奇了三天以后,
是这句话被他说出了口:
"我不承认尘世的双亲,
我只要把天父的事执行。"
当多智的法利赛的富豪
偷偷地到他跟前去请教,
他就以铁笔对他的心胸
写道:"你必须再投胎才行。"
金钱买不动他,他自负很高,
不像学究,而是尊严地传道。
他的言语最能打动人心:
"跟着我吧,我的心卑贱而虔敬。"
唯有这条路能使人躲开
守财奴的罗网,鹰犬的陷害。
尽有那信服各种异端的傻瓜,
谁能对他们有什么办法?
耶稣死时,我曾守在身旁,
我说是谦卑,他们说是狂妄。
要是爱仇敌,必然就恨友人,
当然这不是耶稣的教训;
这是英雄学派的可鄙的骄矜,
学究和伪君子的一套德行;
耶稣行动起来,勇往而自信,
这就是他所以致死的原因。
他死时可不像一般基督徒,
从容地请求敌人的宽恕;
要是他请求,该亚法会办到,
卑鄙的服从总有生路一条。
他只须说,魔鬼就是上帝,
像有礼貌的基督徒所说的,

319

并且向魔鬼表示温和的忏悔,
不该在荒野三次把他得罪,
那他准成为煞神恺撒的儿子,
终于他也成为凯撒大帝。
就像普瑞斯特里、培根、牛顿,——
可悲的神灵知识不值一文!
因为牛顿曾如此否定福音:
"只能凭神的属性才知道神;
至于说圣灵,说基督和天父
寄寓于心中,那全是不符
现世成规的人在胡思乱想,
全是自负的夸口和虚妄。"
教人怀疑和信赖实验,
这绝不是基督的教言。
从十二岁起,直到成人,
他所作的都是什么事情?
他可是无所事事,或者
对天父的事业稍稍怠惰?
是否他的智慧受到轻蔑,
于是他的怒火开始燃烧,
他把奇迹传扬给世间,
使该亚法的手不禁抖颤?
耶稣若想讨好,背弃自己,
定会作出事情讨我们欢喜,——
定会溜进犹太人的会堂,
而不把法老看作狗一样;
定会像绵羊或者蠢驴一般,
一意听从该亚法的使唤。
上帝可并不要人低贱自己:
这都是古代妖魔的诡计。
对上帝谦卑,但对人须傲慢,

这才是耶稣所走的路线;
在人民之前,他诅咒统治者,
他的咒声高于神庙的高阁。
而等他刚刚对上帝谦卑,
残酷的鞭杖就向他问罪:
"你若低贱自己,就低贱了我;
你也是在永恒中生活。
你是一个人,上帝并不存在,
你须学会把你的人性崇拜,
因为这是我生活的精义。
醒来吧,投入精神的斗争里,
用末日裁判的恐怖景象
把你的复仇心向人世宣扬。
上帝的仁慈和长期苦难
只为了把罪人带去受裁判。
你须在十字架为他们祈祷,
在世界的末日把仇雪报。
这肉体的一生本是捏造,
矛盾的事物是它的材料。"
但耶稣发出了雷鸣答道:
"我将永不为这世界祈祷。
我作过一次,那是在花园里,
我求人们宽恕我这肉体。"
假如谁是由女人所生,
当早晨还没有降临,
当灵魂正在沉沉入睡,
天使长们都对着他落泪,——
这样的人怎能以深夜的
体质,对着光明投去,
怎能对其幽暗的"虚构"探索,
充满了自我矛盾的疑惑?

谦卑只不过是怀疑，
能把日和月都给抹去，
让根基长满了荆棘和莠草，
埋没了灵魂和它的珠宝。
灵魂把此生当作幽暗的窗，
这窗景大大歪曲了天堂，
它只能使你去相信谎话，
你只是用肉眼，而非透过它，
看到这生于夜、死于夜的一切，
因为你的灵魂还在微光中安歇。

你的腰身怀满着种子

你的腰身怀满着种子,
而这是一片美好的乡土。
为何不撒下你的种子,
在这儿快乐地居住?

我可要把它撒在沙上,
把沙地变为肥沃之乡?
因为若是把我的种子
在任何其他地方种植,
那我就还必得拔掉
一些毒恶的野草。

让巴黎的妓院开放吧

"让巴黎的妓院开放吧,
让很多诱人的舞蹈
把瘟疫传到全城里去,"
美丽的法国皇后说道。

国王在他的金榻上醒来,
听见了这消息,就说道:
"来呀,让鼓乐手都来弹奏,
让饥荒吃光面包心和壳。"

法国的皇后刚落上地球,
瘟疫就从她的袍里冲出;
但我们的好皇后站得很牢,
一大群傻瓜把她围住。

法耶特①站在路易王身边;
他看着他签了字;
而不久,他就看见饥荒
在肥沃的土地上放肆。

法耶特看着皇后微笑,
又眨着她可爱的眼睛;

---

① 即拉法耶特,在法国革命初期赞助革命,但主张君主立宪,所以革命深入以后,便背叛了革命,投向反动阵营。

而不久,他就看见瘟疫
在条条的大街上流行。

法耶特看着国王和王后
被眼泪和铁链缚住;
无言的法耶特陪他们落泪,
并且在周围把他们守护。

法耶特,法耶特,你被卖了,
你快乐的明天已被卖出;
你以你怜悯的眼泪,
换来了哀伤的泪珠。

谁肯把他火热的阵线
换取别人门前的阶梯?
谁肯把他小麦做的面包
去把地牢里的锁链换取?

哦,谁会笑对冬季的海洋,
并且怜悯风涛的狂吼?
谁肯以他新生的幼儿
去换取冬日门外的狗?

英国现代诗选

〔英〕多人 著

序　言

　　我校完了良铮这本最后的遗稿《英国现代诗选》时,他已经离开我们五年多了。抚今思昔,觉得有几句话要说。

　　这本诗选是个诗人之选,而非学人之选。它不是一本各方面顾到,对各种流派、各种风格的诗人均有所反映,在大学课堂里可以用作教本的那种选集,而是一位诗人跨越了文化和语言的障碍,与在不同文化传统下用另一种文字写作的另一些诗人的心灵上交流的产物。因之它有不同于一般的特色。

　　这本选集里的作品主要是艾略特和奥登两位诗人的,其余的如斯彭德、C. D. 刘易斯、麦克尼斯可以说是奥登的一派。叶芝是位极重要的诗人,可只译了他两首,这不是因为译者不重视他的诗,而是因为良铮不幸早逝,这本诗选还是未完成的杰作。但他既译了,我也就把它附在这选集里。

　　艾略特是近代英诗的大家,从二十年代起掌领英美诗坛数十年,使从十九世纪浪漫主义诗歌一脉相传下来的诗风一变,开创了现代派诗歌的风格,并且改变了人们对诗的口味。奥登后起约十年,影响可能不及艾略特,但也是一位有才华的重要诗人。我国开始知道艾略特和奥登是在三十年代一些大学的外文系里。记得一九三八年至一九三九年和良铮同在西南联大的时候,英国燕卜荪先生教现代诗一课,叶芝、艾略特、奥登以及更年轻的狄兰·托马斯(Dylan Thomas,1914—1953)的诗都是当时在课堂上讲过的。良铮那时已是很有成就的诗人,接触了新事物,自然更开阔了他的诗的境界。他有许多作品就明显的有艾略特的影响。四十年代末期,他曾把自己的诗若干首译成英文。当时一位美国诗人看到了,说其中有几首风格像艾略特,这很可说明他给我国新诗引进了新风格。因之他在五十年代初回国后不久就受到不公正的待遇,二十多年无法发表诗作,在从事于翻译普希金、拜伦、雪莱、济慈等为我国一般能接受的诗人的著作之余,于七十年代后半期又译了当时几乎无人过问的艾略特等人的诗,这就不是没有渊源的了。我特别记得一九七七年春节时在天津看见他。他向我说他又细读了奥登的诗,自信颇有体会,并且在翻译。那时他还不可能知道所译的奥登的诗还有发表的可能。所以这些译诗和附在后面代表他对原诗的见解的大量注释,纯粹是一种真正爱好的产物。

如前所述,这本诗选主要介绍的是艾略特和奥登两位现代派诗人。对我国一般读者来说,理解、欣赏英国浪漫派诗歌如华兹华斯、拜伦、雪莱、济慈乃至更古的诗歌如莎士比亚十四行诗都还容易,因为这些虽是异国风光,但诗材、诗境、诗律和我国诗的传统很有相通之处,稍为熟悉一下,接受并不困难。现代诗可不一样。我国传统的文学批评里对许多开创新境界的作家常有一种说法,认为某人是"以文入诗,以不可入文者入文。"把它拿来形容艾略特的诗倒颇合适。他诗中确是包含了大量十九世纪浪漫主义时代,稍后的维多利亚时代,以至二十世纪初的乔治时代的诗中从来未见的、不可入诗的东西。他的诗从题材、语言、技巧到总的艺术效果都是英诗中前所未有的。所以一问世之后就引起注意,不管赞成或反对,总之都不能无视它的存在。而等到终于被接受之后就变更了一代的风尚。艾略特又是个大批评家,同时开创了文艺批评的新学派。他最早一本诗集出版于一九一七年,其中的《阿尔弗瑞德·普鲁弗洛克的情歌》一开始是这样的:

> 那么我们走吧,你我两人,
> 正当朝天空慢慢铺展着黄昏
> 好似病人麻醉在手术台上;

而在同一诗中,作为诗中上层社会仕女在客厅中进行社交活动的背景的描写却又是这样的:

> 黄色的雾在窗玻璃上擦着它的背,
> 黄色的烟在窗玻璃上擦着它的嘴,

把它的舌头舐进黄昏的角落,
徘徊在阴沟里的污水上,
让跌下烟囱的烟灰落上它的背,
它溜下台阶,忽地纵身跳跃,
看到这是一个温柔的十月的夜,
于是便在房子附近蜷伏起来安睡。

　　表现形式既然如此奇特,必然是表现的对象有此需要。艾略特开始正式写诗在第一次世界大战前后,当时资本主义欧洲政治、经济、精神上都四分五裂,空虚幻灭,处于严重的危机之中。艾略特三十年代以前的诗,基本上都以不同方式反映了这一现实,而以《荒原》一诗为最。当然艾略特晚年曾经对人说过:"承蒙各派评论家把这首诗〔指《荒原》——笔者按〕解释为对当代社会的批判,甚至当作重要的社会批判。我自己却认为这不过是个人在完全无足轻重地对生活咕哝两句,发泄一下罢了;它不过是带有韵律的牢骚。"但正如有的评家所指出的那样,《荒原》一诗经过学者和评论家们左评右评,一分析再分析,也确实使作者有些吃不消。所以艾略特常常在口头或书面上半真半假地对《荒原》作出如上这类评论,来调侃一下评家们。其实原诗俱在,并不能说评家们无中生有,《荒原》一诗确是某种对现实的反映,这一点是明显的。良铮选译的大多是艾略特反映这类内容的早期之作,我想他是有用意的。因为从内容上讲,这一部分诗确是最为可取。到了艾略特后期从宗教中找安身立命之处时写的如《四重奏四种》等,艺术上我们当然要重视,但思想内容与我国读者的距离就要大多了。《灰星期三节》是艾略特诗创作上的转折点。这选集里也选有一首。此诗作于一九三〇年,同年艾略特皈依了英国国教,并入了英国籍,完成了他自己说的"政治上是保守派,宗教上是天主教,文学上是古典派"的愿望。这诗里说:

因为我不希望再转动
就让这些话来回答
那已做过和不再做的一切吧
愿审判我们不要过重。

从这诗里就可看出他这时的心情和思想。

艾略特的诗素称难读,但经过半个多世纪的模仿、评论、分析,就西方读者而论是比较容易读了,但我国读者对他的诗的特点的理解可能还需要一些说明介绍。艾略特对于他的诗的晦涩曾有间接的解释,在他有名的《论玄学诗人》(1921)一文中有这样一段话:

> 我们只得说,看来就当前而论,在我们文化传统中的诗人是不得不晦涩难读的。我们的文化十分多样而复杂,而这样的多样性和复杂性作用于[诗人的]细致的敏感性上就不会不产生多样和复杂的效果,于是诗人就不得不越来越包罗万象,越来越用典繁多,越来越曲折隐晦以求强使语言,必要时甚至打乱语言来表达他的意思。

这段话很可以说明欧美现代诗所以难读的文化背景。具体地说,艾略特以及受他影响的诗人的作品所以晦涩,大致有以下原由。

接触艾略特的作品,特别是《荒原》,我们首先遇到的困难就是诗人用好几种古典或现代语言明引或暗引自不少于三十几种作品的典故或引语。虽然对于出处艾略特自己曾做了笺注,在译文里又都译成了汉语,减少了某些困难(可能也减少了某些诗味),但并不使得这诗变得很好读。艾略特曾在英国牛津、法国巴黎、美国哈佛等大学读书,后来入英国籍常住欧洲,德、法、意文学,希腊、拉丁文学乃至印度小乘佛学都曾涉猎,而对各种文化的直接接触也很多,诗里有这种反映不是没有渊源的。

艾略特的诗法曾有人比之为电影里的"蒙太奇"方法,这确也有点相像。我们知道,艾略特早期的诗大都以现代城市生活为背景,这一点他以前的诗人如法国的波德莱尔也用过,是造成现代诗大不同于浪漫主义或维多利亚时代诗的一个重要因素,可以说是以不可入诗者入诗之一端。在处理这一类题材上,艾略特曾以对比、跳跃的方法来运用意象、戏剧场面、零断的对话等等。例如《荒原》第一章里描述了在命相家索索斯垂斯夫人家的一景。然后,在第二章,我们被引到一处豪华的闺房里,听到一位歇斯底里的贵妇对她的情夫,也可能是丈夫的讲话。跟着是一段在接近酒馆打烊时的对话,夹杂着酒店伙计叫喊着要关门,催客人快走的呼声。然后,在第三章近结尾处,又提到下泰晤士街的酒吧间,四弦琴的"悦耳的怨诉"等。其他的描述则有的景象很优美(红帆/撑得宽宽的/顺风而下,在桅上摇摆),有的则用通常是使人厌恶的东西入诗,以取得某种效果:

> 一只老鼠悄悄爬过了草丛
> 把它湿黏的肚子拖过河岸,
> 而我坐在冬日黄昏里的煤气厂后,
> 对着污滞的河水垂钓,

有的景色则十分凄惨瘆人,如第一章中的:

> 在冬天早晨棕黄的雾下,
> 一群人流过伦敦桥,啊,这么多
> 我没有想到死亡毁灭了这么多。
> 叹息,隔一会短短地嘘出来,
> 每人的目光都盯着自己的脚。

这是写的从伦敦四郊来的职员诸色人等,从车站出来,通过伦敦桥,到金融中心上班。以上这一幕幕景色往往是写实的,甚至是自然主义的,但因为加上了一层幻想的色彩,从某一观点上来说又是有"浪漫的"意味的。

艾略特在《荒原》一诗中还用了象征的手法。如水这一意象在诗中就用了多次,或与生命联系,或与死亡联系,甚至与情欲联系,造成了丰富的象征意义。火的意象和死亡的意象也同样有象征意义。本选集中附在诗后的布鲁克斯和华伦的评论中,对这些有详细论述,在此不重复。

评论《荒原》总不免要提到这首诗的另一层意义,就是神话意义。艾略特在此诗的自注里特别提到繁殖礼仪,并且说这首诗里运用了韦斯顿的《从祭仪到罗曼史》和弗莱彻的《金枝》一书里的材料,来造成其中的一些神话意义。依艾略特说,所谓"神话的方法",就是在"今"与"古"之间建立一种平行的关系。被基督教转化为寻求圣杯的故事的原来存在于拜繁殖教礼仪中的渔王的神话,某些基督教《圣经》故事和但丁的《神曲》,这些是《荒原》中的神话意义的三个主要来源。因为有这些层次,使这首诗比较难读;而另一方面,如我们读这首诗时能就以写实手法进行的描述的意义、象征的意义和神话的意义三个层次来了解,也就会体会得深一些,全面一些了。这里还要说明一点,译者附加了对《荒原》和其他诗的一些有的是他自己的,有的是引用别人的注释,除了大多数牵涉到出典的之外,都不能认为是定论,要紧的是请读者利用这些提供的帮助来细读原诗,反复玩味,才能真正有所体会,以至得出某种结论。对艾略特就说这些吧!

这本诗选里另一个重点诗人是奥登(1907—1973)。他出身于牛津大学,毕业前就有诗名,对同代人很有影响,受到尊崇。他二十多岁时,艾略特就把他的诗发表在自己主编的有声望的杂志《准则》(The Criterion)上。一九三〇年奥登二十三岁时出了第一本诗集,奠定了自己的诗人地位。但也有人瞧不上他。当时剑桥大学的教授、著名文学批评家里弗斯(F. R. Leavis)说他虽轰动一时,但不过是个大学里的才子,靠朋友们互相标榜起家的。现在看来,奥登是个多产作家,他写诗,写散文,写剧本,为广播电台选稿,确是有些不高明的作品,但经过时间考验,他的绝大多数作品是站得住的,他无疑是现代英国重要诗人之一。

奥登曾对马克思主义发生兴趣,但同时对弗洛伊德(Sigmund Freud,1856—1939)和荣格(Carl Gustav Jung,1875—1961)的心理分析学说也有兴趣。他曾参加西班牙反法西斯内战,抗日战争时曾和英国小说家伊修伍德(Christopher Isherwood,1904—   )一起作为记者到过中国。这本选集里选的《西班牙》和《在战争时期》十四行诗组就是反映他这一方面的经历的。对他这方面思想的反映,西方学者往往喜欢从抽象的哲学、心理学方面来谈,以减低它们的政治社会意义;但仔细来读一下上述作品,我们固然不能说奥登就是马克思主义者,但从诗上看来,他的正义感和同情心却显然可见。这些作品在内容上是可取的。三十年代后期起,奥登的思想倾向宗教,倾向存在主义的先驱丹麦哲学家凯克格德(Sören Aabye Kierkegaard,1813—1855)的思想。良铮选的奥登表现这类思想的诗很少。

奥登也被称为难懂的诗人。当然艾略特对他有影响。但他有自己的特色。他喜用自由联想的方法，文字又力求简练，常常尽量地不用连接词，还有许多自己的象征手法，读者弄清他的真意是要费一点力的。如在《探索》十四行诗组里，这类象征就很多。在译文里，因为汉语的特点，在有些地方加上了一两个连接词。但就是这样，也并不能使这些诗一读就能了然。但通过努力，能掌握它们到一定程度，趣味可就更浓厚一点了。奥登是一位运用语言的大师，他用简练的口语创作，赋予它以特别的效果，常能化平易为神奇，不像在那里有意"做诗"而诗味盎然。良铮的译笔在这方面也颇见工力。随手举个例，《不知名的公民》一诗就很能显出原诗的妙处和译笔的高超。当然奥登的生花之笔并不是单色的，他也有庄重的笔调，《悼念叶芝》就是一个突出例子。

奥登还长于运用传统的诗律来进行创作，包括古英文诗和北欧传统的英雄传说诗的格律。如《请求》一诗就是运用十八世纪风行的英雄对偶体(Heroic couplet)写的，非常成功，译文中也很看得出来。

奥登选用形象有鲜明特色，取诸自然界的少而取诸城市生活的多，如《在战争时期》第二十一首中说：

"丧失"是他们的影子和妻子，"焦虑"
像一个大饭店接待他们，……

又如同一诗组的《诗解释》中说：

御敌的意志滋长得像兴起的城市，

又说：

……和那些头脑空旷得
像八月的学校的，……

有的时候他把抽象的概念化成具体的形象。如《在战争时期》第十八首写国民党的士兵：

他被使用在远离文化中心的地方，
又被他的将军和他的虱子所遗弃，
……

>他不知善,不择善,却教育了我们,
>并且像逗点一样加添上意义;

奥登的意象有时也取诸自然界,但意味又如何呢?请看同上诗组的第十四首:

>天空像高烧的前额在悸动,痛苦
>是真实的;……

同诗的《诗解释》中又说:

>因为社会的正义能决定个人自由,
>有如晴朗的天能诱人研究天文,
>或沿海的半岛能劝人去当水手。

以上所举无非为读者提个醒儿。评论不能代替读著作本身,而所评是否得当,也只能等读者读了原著后来评论了。

除艾略特和奥登之外,这本选集里还包括了其他几位诗人的著作。我国读者对他们可能不太熟悉,在这里也简略介绍一下。

斯蒂芬·斯彭德(1909—)是英国诗人兼批评家。他曾在牛津大学读书,在西班牙反法西斯战争时期参加共和军方面做宣传工作。二次大战时期在空军中服役。战后曾在美国若干大学讲学,一九七〇年受聘为伦敦大学英文教授。

斯彭德在牛津大学时和奥登、麦克尼斯、C. D. 刘易斯等同为左翼青年诗人。后来有所改变,但一直表现出对进步事业的同情。一九三〇年他还在牛津读书时,就出了一本诗集《诗二十首》,已显出他热情的风格。一九三三年出了另一本诗集,表现他诗才已很成熟。当时批评家虽不喜欢他的共产主义思想倾向,但却不能不认为他是一位不可忽视的诗人。他的作品除诗以外还有诗剧、政治及文学论文和一本自传。他的诗受德国诗影响较深,特别是里尔克。他喜欢取材于现代城市生活,其中有名的一首就是本集所选的《特别快车》。他使用语言和奥登一样清新有力。

C. D. 刘易斯(1904—1972)生在爱尔兰,曾在牛津大学读书,和以奥登为首包括麦克尼斯和斯彭德在内的左翼诗人在一起,被戏称做"戴奥麦斯"派。大学毕业后他在中学教书,三十年代还参加过共产党。他早年的诗表现出对革命的希望和热情,后来转向抒写个人感情和田园境界。他曾任牛津大学诗学教授(1951—1956),一九六八年并被任为桂冠诗人。他出过两本诗集,译过罗马诗人维吉尔的史诗《埃涅阿斯纪》,写过一本自传,还用笔名出版过侦探小说。他的诗章法、句法、字法都熟练,并能把复杂思想精炼为抒情诗篇,常留有余不尽之意。

路易斯·麦克尼斯(1907—1963)生于爱尔兰。他毕业于牛津大学,专攻希腊拉丁文学,教过希腊文,并为英国广播公司写稿。一九三六年同他的朋友诗人奥登去冰岛旅行,合写了一本诗集《冰岛诗简》。麦克尼斯和他同代的诗人生在叶芝和艾略特这些诗坛大家之后,都有一个如何避免蹈袭前人、自辟途径的问题。他于是提出了一个"非纯诗"的理论,以区别自己和奥登、C. D. 刘易斯、斯彭德等前一代的诗人。他说:叶芝试图超脱爱憎,艾略特安坐旁观他人的七情哀乐,带着厌倦和嘲讽的自怜,而他自己所偏好的却非只有内行才能欣赏的诗。他认为诗人应当"身体壮健,喜好谈天,关心时事,能同情,能狂笑,懂得经济,乐与妇女来往,善与人交,对政治积极,感觉灵敏。"但他又不像奥登、斯彭德那样参加实际政治活动,曾说过他同情左翼,但感情上却又舍不得消灭阶级。他的作品就是这种矛盾状况的产物。他的诗的题材是当前社会,用的是当代语言,内容包含对英国社会制度的批判。后期诗中则表现出对生活的一种幻灭感。

他除写诗之外,还写诗剧、文评。著名的有《现代诗》(1938)和《叶芝诗论》(1941)。他又进行文学翻译,有希腊悲剧《阿伽门农》和歌德的《浮士德》的译本。

叶芝(1865—1939)出身于爱尔兰一个新教家庭,父亲是位肖像画家,他本人也学过画。一八八五年起他开始以英文发表诗作。一八八七年,他在伦敦认识了唯美主义者王尔德和诗人莫里斯等,并编辑英国诗人布莱克的诗集,很受他的诗的影响。一八九四年去巴黎,接触到当时法国诗派,包括象征主义的诗。唯美主义和象征主义对叶芝早年的诗很有影响。他青年时参加过爱尔兰独立运动,后来放弃政治活动,专心致志于文学,认为这是唤起爱尔兰民族意识,争取爱尔兰民族独立的途径。他曾和戏剧家格雷戈里夫人于一九〇四年在都柏林一同创立了"亚培剧院",由他任经理,并为剧院写了许多剧本。

一九二二至一九二八年,叶芝曾任爱尔兰自由邦参议员。一九二三年他获得诺贝尔文学奖金。

本编所选的《一九一六年复活节》一诗,是因一九一六年四月二十四日复活节爱尔兰共和兄弟会在都柏林起义而写。起义者反对英国统治,宣布成立共和国,但因时机不成熟,于约一周后被镇压下去,领导人都被处决或判刑,其中很多是叶芝的友人,所以他写这首诗纪念他们。另一首《驶向拜占庭》作于一九二六年,当时叶芝已六十开外,是他晚年风格的代表作。拜占庭即现在的伊斯坦布尔,也是历史上东罗马帝国或叫做拜占庭帝国的首都和东正教的中心。对叶芝来说,它是一个内容丰富的意象,象征永恒,是一个脱去了人间生死哀乐的乐园。关于这两首诗,我已在别处详细讲过[1],这里就不重复说了。

周珏良
一九八一年十月于北京西郊

---

[1] 见北京外语教学与研究出版社出版的《外国文学》一九八二年八月"爱尔兰文学专辑"中作者《读叶芝的几首诗》一文。

T. S. 艾略特(1888—1965)

阿尔弗瑞德·普鲁弗洛克的情歌

假如我认为,我是回答
一个能转回阳世间的人,
那么这火焰就不会再摇闪。
但既然,如我听到的,果真,
没有人能活着离开这深渊,
我回答你就不必害怕流言。①

那么我们走吧,你我两个人,
正当朝天空慢慢铺展着黄昏
好似病人麻醉在手术台上;
我们走吧,穿过一些半冷清的街,
那儿休憩的场所正人声喋喋;
有夜夜不宁的下等歇夜旅店
和满地蚝壳的铺锯末的小饭馆;
街连着街,好像一场冗长的争议
带着阴险的意图
要把你引向一个重大的问题……
唉,不要问,"那是什么?"
让我们快点走去做客。

在客厅里女士们来回地走,

---

① 见但丁《神曲·地狱》第二十七章六十一至六十六行。原诗引用的是意大利文。

谈着画家米开朗琪罗。

黄色的雾在窗玻璃上擦着它的背,
黄色的烟在窗玻璃上擦着它的嘴,
把它的舌头舐进黄昏的角落,
徘徊在阴沟里的污水上,
让跌下烟囱的烟灰落上它的背,
它溜下台阶,忽地纵身跳跃,
看到这是一个温柔的十月的夜,
于是便在房子附近蜷伏起来安睡。

呵,确实地,总会有时间
看黄色的烟沿着街滑行,
在窗玻璃上擦着它的背;
总会有时间,总会有时间
装一副面容去会见你去见的脸;
总会有时间去暗杀和创新,
去一天天从事于手的巨大业绩;
在你的茶盘上拿起或放下一个问题;
有的是时间,无论你,无论我,
还有的是时间犹疑一百遍,
或看到一百种幻景再完全改过,
在吃一片烤面包和饮茶以前。

在客厅里女士们来回地走,
谈着画家米开朗琪罗。

呵,确实地,总还有时间
来疑问,"我可有勇气?""我可有勇气?"
总还有时间来转身走下楼梯,
把一块秃顶暴露给人去注意——

(她们会说:"他的头发变得多么稀!")
我的晨礼服,我的硬领在腭下笔挺,
我的领带雅致而多彩,但为一个简朴的别针所确定——
(她们会说:"可是他的胳膊腿多么细!")
我可有勇气
搅乱这个宇宙?
在一分钟里总还有时间
决定和变卦,过一分钟再变回头。

因为我已经熟悉了她们,熟悉了一切——
熟悉了那些黄昏,和上下午的情景,
我是用咖啡匙子量出了我的生命;
我知道每当隔壁响起了音乐
话声就逐渐低微而至停歇。
　　所以我怎么敢提出?

而且我已熟悉那些眼睛,熟悉了一切——
那些用一句公式化的成语把你盯住的眼睛,
当我被公式化了,在钉针下趴伏,
当我被钉着在墙壁上挣扎,
那我怎么开始吐出
我的生活和习惯的全部剩烟头?
　　我又怎么敢提出?

而且我已经熟悉那些胳膊,熟悉了一切——
那些胳膊戴着镯子,又袒露又白净
(可是在灯光下,显得淡褐色毛茸茸!)
是否由于衣裙的香气
使得我这样话离本题?
那胳膊或围着肩巾,或横在案头。
　　那时候我该提出吗?

可是我怎么开口?

是否我说,我在黄昏时走过窄小的街,
看到孤独的男子只穿着衬衫
倚在窗口,烟斗里冒着袅袅的烟?……

那我就该会成为一对蟹钳
急急掠过沉默的海底。
啊,那下午,那黄昏,睡得多平静!
被纤长的手指轻轻抚爱,
睡了……倦慵的……或者它装病,
躺在地板上,就在你我脚边伸开。
是否我,在用过茶、糕点和冰食以后,
有魄力把这一刻推到紧要的关头?
然而,尽管我曾哭泣和斋戒,哭泣和祈祷,
尽管我看见我的头(有一点秃了)用盘子端过来,
我不是先知——这也不值得大惊小怪;
我曾看到我伟大的时刻一闪,
我曾看到那永恒的"侍者"拿着我的外衣暗笑,
一句话,我有点害怕。

而且,归根到底,那是否值得,
当甜酒、橘子酱和茶已用过,
在杯盘中间,当人们谈着你和我,
是不是值得以一个微笑
把这件事情硬啃下一口,
把整个宇宙压缩成一个球,
使它滚向一个重大的问题,
说道:"我是拉撒路,从死人那里
来报一个信,我要告诉你们一切"——
万一她把枕垫放在头下一倚,

说道:"唉,我的意思不是要谈这些;
不,我不是要谈这些。"

那么,归根到底,是不是值得,
是否值得在那许多次夕阳以后,
在庭院的散步和水淋过街道以后,
在读小说以后,在饮茶以后,在长裙拖过地板以后,——
说这些,和许多许多事情?——
要说出我想说的话绝不可能!
仿佛有神灯把神经的图样投到幕上:
是否还值得,
假如她放一个枕垫或掷下披肩,
把脸转向窗户,甩出一句:
"那可不是我的本意,
那可绝不是我的本意。"

不!我并非哈姆雷特王子,当也当不成;
我只是个侍从爵士,能逢场作戏,
能为一两个景开场,或为王子出主意,
就够好的了;无非是顺手的工具,
服服帖帖,巴不得有点用途,
细致,周详,处处小心翼翼,
满口高谈阔论,但有点愚鲁;
有时候,老实说,显得近乎可笑,
有时候,几乎是个丑角。

呵,我变老了……我变老了……
我将要把我的裤脚边卷起[①]。

[①] 这是当时最时髦的式样。

343

我将把头发往后分吗①？我可敢吃桃子？
我将穿上白法兰绒裤子在海滩上走过。
我听见了女水妖彼此对唱着歌。

我不认为她们会为我唱歌。

我看过她们凌驾波浪驰向大海，
梳着打回来的波浪的白发，
当狂风把海水吹得又黑又白。

我们是停留于大海的宫室，
被海妖以红的和棕的海草装饰，
一旦被人声唤醒，我们就淹死。

(1917)

题　注

本注释摘译自美国批评家克里恒斯·布鲁克斯和罗伯特·华伦合著的《了解诗歌》(1950)。

这篇诗是一个戏剧独白，一个人说出一段话来暗示他的经历并显示了他的性格。……普鲁弗洛克是一个中年人，有些过于敏感和怯懦，又企望又迁延。一方面害怕生命白白溜走，可又对事实无可奈何。他本是他的客厅世界的地道产物，可又对那个世界感到模糊地不满。不过，我们只有细细观察，才能掌握本诗许多细节的全部意义并理解全诗的含意。现在就让我们按照顺序对各个细节观察一下。

本诗里的"你"是谁？他就是许多其他诗中所出现的那个"你"，即普通读者。但本诗中的"你"还特殊一点，它是普鲁弗洛克愿意向其展示内心秘密的人。关于这个问题，我们在本文最后还要论到。

---

① 据艾略特的哈佛大学同学艾肯（Conrad Aiken）在他的一本自传作品中说，这种发式是当时巴黎文人中最时髦的。

时间正是黄昏，"你"被邀请一起去访问，而这个黄昏世界在本诗往下叙述时变得越来越重要了。这个世界既非黑夜，又非白昼。昏黄的色彩渲染了本诗的气氛。这是一个"好似病人麻醉在手术台上"的黄昏。由于这个形象，这昏黄世界也成了另一意义的昏黄世界，就是生与死之间的境界。这里也意味着病恹的世界，手术室的氛围。我们可以说，在某一意义上，普鲁弗洛克是在动外科手术，或至少进行疾病检查（这病人既是他的世界，也是他自己）。他在寻求一个问题的答案，——这是"一个重大的问题"，对这问题"你"不能问，只能从这次访问中，在看到普鲁弗洛克的世界后才能理解。

要达到普鲁弗洛克的特殊世界，"你"必须走过一段由窄小的街道组成的贫民窟。它为普鲁弗洛克的世界提供一个背景，一种对照，这对照在本诗后面部分尤其重要，但目前是为了指出那突如其来的女士们的谈话是多么琐碎。这并非说她们谈的主题琐碎；恰恰相反，那主题——米开朗琪罗是和女士们的琐碎形成对照的，因为他是有强烈性格的人和辉煌的艺术家，而且还是文艺复兴伟大创造时期的典型人物，他和普鲁弗洛克世界的女士们很不相称。

在本诗第十五至二十行，我们进一步接触到这个昏黄世界。这里有一点发展：烟和雾的降落有意加重那客厅与外界的隔绝。而且，借黄色的雾描出的睡猫的形象，影射普鲁弗洛克世界的懒洋洋和漫无目的的特点。

在下一段（第二十三至二十四行）里，有两个主题呈现诗中：即时间主题和"表象及真实"主题。前一主题表现在：总还有时间来决定解决某一未名的"重大的问题"——来构制幻景和修改幻景。这里"幻景"（Vision）一词是重要的，因为它意味着某种基本的洞察力，真理的一闪或美的一瞥。只有神秘学家、圣徒、占卜人和诗人才看得到"幻景"。可是这一个词又和"更改"（revision）并用，含有再思索和故意改变的意思，等等。本段的第二主题表现在：普鲁弗洛克要准备一副假相来应付世界。他不能直接面对世界，而必需伪装起来。

这种必需是怎么引起来的，现在还看不出，但在下一节（第三十七至四十八行）里我们看到：伪装是由于害怕嘲笑，怕世人的敌视的眼睛贪婪地瞄着每一缺陷。在这里，时间主题的侧重点也改变了。在前一节，是总会有时间来容许推迟重要的决定，可是现在，在那个思想里还渗入另一个思想，即时光迫人，暮年逼近。带着时光逼人的意识和恐惧，普鲁弗洛克敢不敢以一个重大的问题搅乱那个宇宙呢？

以下三节（第四十九至六十九行）进一步解释何以普鲁弗洛克不能搅乱宇宙。第一，他自己就属于那个世界，因此，他批评它就是甘冒大不韪。作为那个世界的完美的产物，又被它的庸碌无能的自卑感所熏染，他凭什么能提出对它的批判呢？其次，他害怕这个世界，那些敌视的眼睛在瞄着他。这种恐惧使他不敢改变他的"生活和习惯"。

这三节中的最后一节(第六十二至六十九行)好像和前两节有同样的格局：我已经熟悉了这个世界,等等,所以我怎么敢提出？可是它有新的内容,即胳膊和香气,这不能被认为仅仅是普鲁弗洛克世界的细节。归根到底,这首诗名为"情歌",迄今却还不见爱情的故事。现在,不是一个女人,而许多女人意味深长地呈现了。普鲁弗洛克被赤裸的胳膊和衣裙的阵阵香气所吸引,可就是在这陈述浪漫感情的几行中,我们看到一种更现实的观察在括号里的一行中被提出来："可是在灯光下,显得淡褐色毛茸茸!"是否这仅仅是附带而过,还是指出了普鲁弗洛克的某方面？对"真正"的胳膊的观察和"浪漫"想象中的胳膊形成对照,这一事实即减弱了吸引力；针对着诱惑还暗示有一种厌恶,有一种对现实和肉体的弃绝。在这种情况下,普鲁弗洛克怎能"开口"呢？

以下五行(第七十至七十四行)是一种插叙,发展着"爱情"主题。普鲁弗洛克想起了(一如在本诗开头)他走过陋巷和贫民窟,看见那里孤独的男子们,被社会所遗弃的人们。何以这里插入这一回忆呢？为什么它在此刻浮上普鲁弗洛克的心中并写在诗里？普鲁弗洛克也是一个孤独的人,一个被社会遗弃的人,他突然感到自己和那些孤独者是一样的。但同时,他的处境却和他们不同。他们是因贫困、厄运、疾病或老年而孤独,而他的孤独是由于他畏缩和弃绝生活。

这种解释从一对蟹钳那两行得到印证。蟹钳是一种贪欲的象征,它和普鲁弗洛克的过于文雅和敏感得神经质的生存形成两个极端。可是绝望中的普鲁弗洛克宁愿过那种蟹钳的生活,不管它如何低级和原始,只因为那是生活,而且是有目的的生活。贫民窟的景象和原始的海底都不同于普鲁弗洛克的世界；我们可以感到从第七十行起,有了一种呆板的、散文的节奏,和本诗其他部分的流畅而松弛的节奏迥乎不同。

从第七十五行起,我们重又回到客厅来,回到普鲁弗洛克没有魄力促使"紧要关头"出现的那个被麻醉的、平静的昏黄世界来。主宰这一节的主题是时间主题,一种体力衰退和死亡临近的感觉,不是时间太多,而是时不我待的感觉。现在,在岁月蹉跎的感觉下,普鲁弗洛克的痛苦仿佛无所谓了；它没有任何成果。他承认他不是先知,也不是像施洗礼者的约翰①那样能宣告新的天道。在

---

① 施洗礼者约翰是耶稣的前驱,据说他奉派"为天主铺平道路"。《新约·马太福音》记载：希律王因为约翰阻止他娶自己的弟妇希罗底而将约翰囚禁,但因百姓以约翰为先知,不敢杀他。以后希罗底的女儿沙乐美得到希律的欢心,因得不到约翰的爱情,要求希律把约翰杀掉,把他的头放在盘子上给她。希律果然照办了。

提及施洗礼者约翰的地方,我们还看到也有爱情故事的提示,因为那个先知所以致死,是由于他拒绝了沙乐美的爱情;普鲁弗洛克也拒绝了爱情,但并非由于他是虔信和热情传道的先知。他只不过是他的世界的产物,而在他那个世界里,甚至"死亡"也是一个侍役,在拿着他的外衣并偷笑这个有些滑稽的客人。连普鲁弗洛克的死也失去庄严和意义。

从第八十七到一百一十行中,普鲁弗洛克自问,即使他逼临那紧要关头,这一切是否值得呢?这里牵涉到爱情故事,牵涉到和一个女人的某种默契。"把整个宇宙压缩成一个球"这句话暗用英国诗人马威尔(Andrew Marvell,1621—1678)的一首情歌:《给他忸怩的女郎》。马威尔的情人要把甜情蜜意压缩至高无上的一刻,可是普鲁弗洛克呢,却要把整个宇宙压成一个球,滚向一个"重大的问题"。换句话说,对普鲁弗洛克来说,那不仅是涉及个人关系的问题,而且涉及世界及生活的意义。当然这两者不无关系,如果生活没有意义,个人关系也不可能有意义。

假如普鲁弗洛克能使那严重的一刻发生,他感到他就会像拉撒路一样从死的境域转回来。让我们考查一下这个典故包含什么意思。在《圣经》里有两个叫这名字的人。一个是躺在财主门口的乞丐(《路加福音》第十六章),另一个是马利亚和马太的兄弟,他死后耶稣使之复生(《约翰福音》第十一章)。当前一个拉撒路死去时,他被天使带去放在亚伯拉罕的怀里,而财主则进了地狱。财主看见拉撒路在享福,就请求打发拉撒路来给他送点水,亚伯拉罕不肯这样做。财主又请求至少打发拉撒路去告诫他的五个兄弟多行好事,以免下地狱之苦。亚伯拉罕回答说,他们有先知的话可以听从。

> 他〔财主〕说:我祖亚伯拉罕呵,不是的;若是有一个从死里复活的,到他们那里去,他们必要悔改。
> 亚伯拉罕说:若不听从摩西和先知的话,就是有一个从死里复活的,他们也是不听劝。

由此看来,两段有关拉撒路的故事,都包含着死后还阳,我们可以说这典故即暗示这两段的这一共同内容。对普鲁弗洛克来说,死后还阳是指他从无意义的生存中觉醒过来,和耶稣叫拉撒路复活相似。"告诉一切"就是说出死后的情况,说出其可怕的情景。乞丐拉撒路的故事似较另一拉撒路的故事在这一用典中所占的比重大些。普鲁弗洛克的告诫正像乞丐拉撒路之于财主们一样,不会被客厅的女士所重视;即使他提出那"重大的问题",她也不会明白他谈的是什么。

在意识到这情形的同时,普鲁弗洛克还感于他自己的能力不足。他不是哈姆雷特王子(第一百一十一至一百二十行)。哈姆雷特陷于犹疑和绝望中。他向奥菲丽亚提出一个"重大的问题",可是她不了解他的意思。哈姆雷特犹豫不决,但类比到此为止。哈姆雷特庄严而热情地和他的疑难作斗争。他没有屈服于神经质的逃避和怯懦。他面对的世界是邪恶而粗暴的,但不是昏黄而慵懒的。《哈姆雷特》悲剧和米开朗琪罗的作品一样是属于历史上一个伟大的创造时代,只要一提到他们,就会唤起那个与普鲁弗洛克世界完全不同的世界。富于忧郁的自嘲感的普鲁弗洛克看出这一切,他知道如果说那悲剧中有任何角色像他的话,那便是那饶舌而浅陋的老波隆尼阿斯,那阿谀的罗森克兰兹,或是那愚蠢的花花公子奥斯里克。也许,他可以算是那出现在许多伊丽莎白悲剧中的小丑——虽说哈姆雷特悲剧中没有小丑。

因此从第一百二十行起,我们看到普鲁弗洛克安于他所扮演的角色,默认他将不再提出那重大的问题,默认他已经老得不必迟疑了。随着这一时间主题的提出,我们看到他已是一个走在海滩上黯然观望女郎们的老人,而那些女郎对他已不屑一顾了。这一场景突然又转化成美和力的幻景,与普鲁弗洛克所居的世界迥然不同。女郎们仿佛成了女水妖,自如地驶着波浪朝海外她们自然的创造力奔去。(我们应注意,这也指那蟹钳掠过的海:粗野的力和美的幻景本都是生命之源的大海的一个侧面。)

最后关于女水妖的一节(第一百二十九至一百三十一行)使我们看到:普鲁弗洛克原来的处境被奇怪地颠倒了:他不是"停留"在女士们谈论着米开朗琪罗的客厅里,而是在"大海的宫室",被"女水妖"所包围着。当然这类经验不过是做梦:它要"被人声唤醒"的。醒了就意味着回到人世来,亦即被窒息而死:"……我们就淹死。"

这结尾的形象精彩地概述了普鲁弗洛克的性格和处境:他只能在梦中陶醉于赐予生命的大海;而即使在那梦里,他也只是看到他那消极和被动的自我:他并没有"凌驾波浪驰向大海";他停留在"宫室"里,被"海妖"装饰以海草。不过,尽管他不能在海里生活,或不能在浪漫的海底梦里生活,但他的干瘪的"人世"却窒息他。他成了一条离水之鱼。

是否这首诗只是一个性格素描,一个神经质"患者"的自嘲的暴露?或者它还有更多的含意?如果有更多的含意,我们到哪里去找呢?首先,我们在最后三行里看到突然使用"我们"。普鲁弗洛克把情况普遍化了;不仅他自己,而且其他人也都处于同一困境中。其次,普鲁弗洛克的世界被着重指出是一个无意义的、半明半暗的世界,是一个被麻醉的梦界,它被置于另一世界即被击败的贫民窟世界之中。此外还有一处表示本诗有普遍的含义。艾略特在本诗开首从但丁的《神曲》引来的一段题辞,原是被贬到地狱的吉多·达·蒙特费尔特罗的一段讲话。他站在劫火中说:"假如我认为我是回答一个能转回阳世间的人,那么这火焰就不会再摇闪。(注:在蒙骗和欺诈者的那一层地狱里,每个阴魂都被包在一个大火焰中,在阴魂说话时,他的声音就自火苗顶尖发出来,因此那火苗就像舌头一样颤动和摇闪。)但既然,如我听到的,果真没有人能活着离开这深渊,我回答你就不必害怕流言。"吉多以为听他讲话的但丁也是被打入地狱的阴魂,因此,既然但丁不能回到阳世去传他的话,他就不必担心什么而讲起自己的过去和无耻的勾当。所以,这段题辞等于是说:普鲁弗洛克像被贬入地狱的吉多从火焰里说话一样;他所以对诗中的"你"(读者)讲话,是因为他认为读者也是被贬入地狱的,也属于和他一样的世界,也患着同样的病。这个病就是失去信念,失去对生活意义的信心,失去对任何事情的创造力,意志薄弱和神经质的自我思考。由此看来,归根结底这篇诗不是讲可怜的普鲁弗洛克的,他不过是普遍存在的一种病态的象征……

一位女士的肖像

你已犯下了——
通奸罪;但那是在异邦,
而且那女人已死了。

《马尔他的犹太人》①

一

在十二月的一个下午,弥漫着烟和雾,
你看到这幕戏似乎自动排演起来,
开场是"我特为你腾出了这个下午";
在遮暗的屋子里点着四支蜡烛,
有四个光圈在天花板上摇摆,
一种朱丽叶之墓的氛围
为一切要说的和不说的话做了准备。
比如说,我们去听了新近的波兰钢琴家
奏出的序曲,通过他的指头和头发。
"真细腻呵,这个肖邦,我想他的心
只应在朋友中间,比如两三知音,
得以复活,他们不会去碰一朵花,
而它在音乐厅里被质疑和摩擦。"
——谈话就这样滑向
淡淡的心愿和小心接触的惋惜,
通过提琴的逐渐微弱的音响,

---

① 英国戏剧家克里斯多弗·马洛(Christopher Marlowe,1564—1593)的作品。

混合以遥远的小喇叭的吹奏
而开了头。
"你不知道他们对我多么重要,这些朋友;
呵,那是多么珍贵,多么新奇,要是一个人
一生经历了这么多、这么多的人事变迁,
(我确实不爱它……你知道吗?你可没瞎眼!
你是多么精明!)
要是发现一个友人具有这些特点,
他不但有,而且传给知音,
呵,就是这品行使友谊万古长青。
我告诉你这点绝不是泛泛而谈,
要是没有友谊——生活呵,岂不是噩梦!"

正当小提琴的回音缭绕,
在嘶哑的小喇叭
短促的独奏下,
沉闷的鼓点在我的头里咚咚地敲,
可笑地敲出它自己的序曲;
那是一种荒唐的单调一律,
至少是一处肯定的"走调"。
——让我们出去散步,在香烟中陶醉,
欣赏着纪念碑,
谈论最近的社会花絮,
等公用钟一响,拨准我们的表。
然后再坐半小时,喝黑啤酒闲聊。

二

现在丁香花开得正冲,
她有一瓶丁香摆在屋中,
她用指头摆弄一枝花,一面谈话。

"呵,我的朋友,你不懂,你不懂
生命是什么,尽管它握在你手中;"
(她慢慢地摆弄着丁香花枝)
"你让它白白溜掉,白白溜掉,
青春是残酷的,它毫不怜惜,
对它看不清的情况只会微笑。"
自然,我微笑了,
而且继续喝着茶。
"看着这四月的夕阳,我不由得记起
我埋葬了的生命,和春天的巴黎。
但是我感到无限恬静,我发现这世界无论怎么说,
是年轻而且奇异。"

这话音听上来像在八月的下午
一只破提琴的声调合不上拍:
"我一直相信你能够懂得
我的感情,一直相信你能感觉,
一直相信你会越过深渊伸出手来。

你受不到伤害,你没有阿其里斯的脚踵①。
你将一帆风顺,而等你克敌之后,
你会回顾说,许多人在这里栽过跟斗。
可是我有什么,我有什么能给你呢?
你从我能得到什么,我的朋友?
只不过是友谊和心灵的互通,
而你的朋友已快达到她生命的终极。

我将坐在这里,给朋友们斟茶……"
我拿起帽子:我怎能对她所说的

---

① 典出自希腊神话,意为易受伤害的弱点。

做出怯懦的报答?
哪天早晨你都往公园里看见我
读着报上的连环图画和运动栏。
我特别注意
一位英国伯爵夫人当了演员。
一位希腊人在波兰人的舞会上被谋害,
又一个银行拐款的人做了交待。
我不露声色
仍旧安然舒泰,
除非是遇到街上卖唱的琴师
疲倦地、乏味地重复一支陈旧的歌,
伴着风信子的芬芳流过花园,
勾引起其他人所追求的一些事。
呵,这种种想法是对还是错?

三

十月的夜降临了,我也依旧
(只除了带一点局促不安的感觉)
走上了楼梯,转动一下门轴,
我感到仿佛我是匍匐着爬上楼。
"这么说,你要去国外了;几时回来?
但这是个毫无意义的问题。
你也不清楚你几时才能回归,
你将会发现有许多值得学习。"
我的微笑沉重地落进了古玩堆。

"也许你能够写信给我。"
我的自信心闪出一个烛花;
这正是我所估计到的话。
"近时我时常感到奇怪

(可是我们的开头怎知道结局!)
为什么我们没有发展为友谊。"
我感到像有人微笑后,转过身来
突然看到镜中他自己的表情。
我的自制如烛泪流尽;我们实在是在暗室中。

"因为人人都这么说,我的友人
都确信我们的感情会增进
到密切的程度!我对此很难说。
我们如今只能听命运去决定。
无论如何,你总会写信给我。
也许还不算太晚吧。
我将坐在这里,给朋友们斟茶。"

而我必须借助于每一种变形
来表现自己……跳呵,跳呵,
像一只舞蹈的熊,
像鹦鹉般呼喊,像猴子般啼叫。
让我们出去散步,陶醉于香烟中——

呀!想想她假如在一个下午死去,
在灰色多烟的下午,黄昏橙黄而瑰丽;
假如她死了,而我独坐,手把笔拿,
看着煤烟从屋顶爬下;
迟疑着,至少一刹那
不知该怎么想,或我是否理解她,
也不知我是智是愚,迂缓或过急……

归根到底,难道她没有身受其益?
这一曲以曲终的低沉而成功,
呵,既然我们是在谈着死——
我可有权微笑,无动于衷?

序　曲

一

冬天的黄昏沉落下来,
带着甬道中煎牛排的气味。
六点钟。
呵,冒烟的日子剩下的烟尾。
而现在,凄风夹着阵雨,
裹着泥污的
枯叶一片片吹送到你脚边,
并把空地上的报纸席卷。
雨点拍打着
破损的百叶窗和烟囱管,
而在街道的拐角,孤单地
一辆驾车的马在喷沫和踢蹄,
接着是盏盏灯光亮起。

二

清晨醒来而意识到了
轻微的啤酒酸腐味
发自那被踏过有锯木屑的街道,
因为正有许多泥污的脚
涌向清早开张的咖啡摊。
随着其他一些伪装的戏

被时光重又演出，
你不禁想到那许多只手
它们正把脏黑的帘幕拉起
在成千带家具的出租屋。

三

你从床头拉下一床毯子，
你仰面朝天躺着，并且等待；
你打个盹，看到黑夜展开
那构成了你的灵魂的
成千个肮脏的意象，
它们对着天花板闪光。
而当整个世界转回来，
从百叶窗隙又爬进了光亮，
你听见麻雀在阴沟聒噪，
坐在床沿上，你取下了
你那卷头发的纸条，
或者以脏污的双手握着
你那脚板磨得发黄的脚，
这时你对大街有一种幻觉，
那大街对此不会知道。

四

他的灵魂被紧张地扯过
那一排楼房后隐没的天空，
或者被固执的脚步践踏着，
在四点、五点和六点钟；
还有装烟斗的短粗的指头，
还有晚报和那些眼睛

对某些坚信的事物如此肯定，
一条染黑的街道的良心
急不可待地要接管世界。

我深深有感于那些幻想
缠绕着这些意象，而且抱紧；
我还想到某种无限温柔
和无限痛苦着的生命。

用手抹一抹嘴巴而大笑吧；
众多世界旋转着好似老妇人
在空旷的荒地捡拾煤渣。

(1917)

题 注

　　本诗共有四节。前两节描写都市的冬日黄昏和冬日早晨。在第二节，"锯木屑"原指下等酒馆地上铺的锯木屑，但在此有双重意义，兼指下等酒馆的经常主顾——工人、小市民，他们是生活折磨下的锯木屑。在诗人看来，都市早晨的来临，只意味着重又搬演一些伪装的戏，有许多手正在带家具的出租屋中拉起脏黑的帘幕，这既是一般人家每早发生的现象，也具有象征意义，就是象征伪装的戏又要上演了。带有家具的出租房屋是小市民住的；但也可指人生的化装跳舞（或伪装的戏）是在一切为它装备完善的场地进行的。本诗第三节写"拉起脏黑的帘幕"者之一，一个职业妇女。她从自己苦痛的生活中，看到清晨的街道而有感，她感到普遍的孤独和灰心，但忙碌的街道怎会理解她的这种情绪？本诗第四节第一段写一个敏感的人为他所见的周围生活而苦恼，他的灵魂被"固执的脚步"、"短粗的指头"、"晚报"和"某些坚信的事物"所折磨，因为他看到这种商业社会的生活是在一个无意义的轨道上机械地进行着。诗人讥讽地把对这种生活的"肯定"称为街道仅有的"良心"，而街道要把它的准则强加于整个世界。第二段写出诗人自己对上述现象的感想。在第三段，第一行劝谁"抹一抹嘴巴而大笑吧，"是值得思考的，（是劝诗人自己？劝那个敏感的"他"？或劝

"固执的脚步"?)"抹一抹嘴巴"是一种粗鲁的动作,表示已经吃饱了。老妇人在荒地捡煤渣,因为低头只看脚前,多半是绕圈子走的。众多世界可以指每个人的小世界,也可以指宇宙间的许多星体。或者两个意思都有,暗示人不过是在一个机械的宇宙中运动着的小机械。

窗前的清晨

她们在地下室的厨房里叮当洗着
早餐的盘子,而沿着踏破的人行道边
我看到了女仆的阴湿的灵魂
从地下室的门口忧郁地抽出幼苗。

从街的底头,棕色的雾的浮波
把形形色色扭曲的脸扬给了我,
并且从一个穿着泥污裙的过路人
扯来一个茫然的微笑,它在半空
飘浮了一会,便沿着屋顶消失了。

波斯顿晚报

《波斯顿晚报》的广大读者
在风中摇摆,像一片成熟的谷禾。

当黄昏在街头缓缓地苏生,
唤醒一些人对生命的胃口,
而给另一些人带来《波斯顿晚报》。
我走上台阶,按了电铃,疲倦地
转过身,有如你会疲倦地掉过头
　　　向罗须弗考尔德①说声再见,
假如大街是时间,而他在街的尽头,——
我说,"海丽特表姐,给你《波斯顿晚报》。"

---

① 罗须弗考尔德是法国十七世纪宫廷中的宠臣,著有《格言集》,评议他所处的社会,其中充满了幻灭和忧郁感。

悲哀的少女

　　呵,你是如何记忆着少女……①

站在阶上平台的最高层——
凭倚着一只花盆——
编吧,把阳光编在你的发中——
把花抱在你的怀里,吃惊而苦痛——
把它扔在地上,转个身,
你的眼里暗闪过一丝怨恨:
然而编吧,把阳光编在你的发中。

就这样,我要让他离开,
就这样,我要让她站在那儿悲哀,
就这样,他会离开,
好像灵魂摆脱被撕伤的身体,
好像心灵把用过的躯壳遗弃。
我应该寻找
一种无比轻盈而巧妙的方法,
一种我们两人都已了解的方法,
像一个微笑和握手那么简单而欺诈。

她转身走了,但留下秋天的气候
逼压着我的幻想许多天,
呵,许多天和许多时刻:

---

① 引自罗马诗人维吉尔(公元前70—前19)的史诗《依尼德》。

她的发披齐臂,她臂抱着花朵。
我奇怪他们怎么竟凑到一起!
我应该摆脱一种姿态和造作。
有时候,这种想法仍然惊悸
不宁的午夜和中午的歇息。

题　注

　　本诗中的"我"要和他的"女友"拆散关系,给她送去一束花,以示诀别,这使少女感到吃惊而苦痛。这种安排使他事后不安的是,仿佛还太使他卷入生活,未能达到"像一个微笑和握手"那么"简单而欺诈"。这里描绘城市人流于机巧和背离感情的倾向,主人公已视感情生活如畏途了。

河　马

　　　　在这信简拿给你们读过后,也拿它
　　　到老底辛教会里去宣读吧。

脊背宽大的河马依靠着
他的肚子歇在污泥里;
虽然他看来稳如磐石,
他只不过是血肉之躯。

血和肉是虚弱不坚的,
经不起神经的震荡;
而真教会从来不会衰竭,
因为它建基于岩石上。

河马的踉跄脚步在筹划
物质利益时可能迈不准,
可是真教会无需动一下,
就能聚敛起它的利润。

河马怎样费力也得不到
芒果树上结出的芒果,
但石榴和桃子这类果实
却从海外运来给教会解渴。

在交媾期,河马的嗓门
透露出粗俗不雅的声音,

然而每礼拜我们都听到
教会与上帝合一的欢欣。

河马的白天昏睡着度过,
它到夜间才外出觅食;
上帝的做法是不可思议的——
教会能同时既睡且吃。

我看见河马张开翅膀
从沼气的草原上飞升,
而天使的合唱班围着他
高声歌唱上帝的赞颂。

绵羊的血将他洗净,
拥抱他的将是天庭的手,
他将排列在圣徒中间
把黄金的竖琴弹奏。

他将被洗得如雪之白,
殉道的圣处女都会吻他;
而真教会却留在人间,
仍被裹在瘴气的迷雾下。

(1920)

题 注

　　资本主义的商业社会是丑恶而脏污的,连自称信奉上帝的教会也充满了铜臭。本诗把河马这种形状丑恶的动物象征这种社会的代表人物,他虽然在争夺物质利益上本领高强,"真教会"在这方面的本领比他还大。而"真教会"所赐福的也正是那最富的河马。诗人惋惜基督教信仰的丧失,在本诗最后两行及题词上也可以看出。最后两行使用的"真教会",意指真正的信仰。题词涉及《圣经·启示录》中的一段话。那里讲到,"你要写信给老底辛教会的使者说……我知道你的行为,你也不冷也不热,我巴不得你或冷或热……你说,我是富足,已经发了财,一样都不缺,却不知道你是那困苦、可怜、贫穷、瞎眼、赤身的。""老底辛教会"通常指不热忱信仰的教会。

枯　叟

> 你既无青春,也无老年,而只在仿佛是晚餐后的瞌睡中梦想这两者。

这就是我,干旱岁月中一个老人,
由一个男孩给我读书听,等候甘霖。
我既不曾在火热的隘口
也没有在炎热的雨中战斗,
更没有没膝在沼泽地带,挥舞着弯刀,
挨着飞虫咬,浴血奋战。
我的住宅是颓朽的房子,
那个犹太人坐在窗台上,他是房东,
在安特卫普的什么酒吧间里滋生,
在布鲁塞尔长过疮,在伦敦修补,脱了皮。
夜间,山羊在地头高处咳嗽;
石头啊,苔藓呵,还有废铁和粪便。
那女人守在厨房里煮茶,
在黄昏,她拨着气恼的阴沟,打着喷嚏。
　　　　而我,一个老人,

一个迟钝的头临着风口。
神迹被当做奇迹。"我们要看个神迹!"
真言中的真言,不能够发一言,
被包在黑暗之襁褓中。在岁月的青春期
基督这只虎来了。

在堕落的五月,山茱萸,栗树,开花的犹大树,
被吃掉,被宰割,被饮下
在窃窃私语中;被西尔维罗先生
用他爱抚的手,在里摩日
他整夜在隔壁走来走去;

被拜倒在提香油画前的高川;
被汤奎斯特夫人,她在暗室里
摆弄蜡烛;被封·古尔普小姐
她在廊中转身,一手扶着门。
　　跑空的梭子
来回织着风。我没有游魂,
我是一幢透风房子里的老人
在吹风的山丘下。

在这样的了解下,怎能有宽恕?想想吧,
历史有的是狡猾的小道,拼凑的走廊
和结局,她以悄语的野心欺骗我们,
以虚荣引导我们。想想吧,
她在我们不留神的时候施与,
而又千娇百媚地尽情施与,
越给越使人渴求。给得太晚,
给了不被信奉的东西;或者,如果还信奉,
也只在记忆里,一种回味的热情。给得太早,
给到脆弱的手里,被认为不需要,
直到拒绝引起了恐惧。想想吧,
恐惧、勇气都救不了我们。反常的罪恶
都由我们的义勇而滋生。美德
却由我们无耻的恶行强加于我们。
这些眼泪是由结愤怒之果的树摇落下来的。

虎在新的一年中跳出。他吞下我们。最后想想吧,
我们还没有得出结论,而我
却在租赁的房子里僵死。最后想想吧,
我的这场表演不是无所谓的,
也不是由落后的魔鬼
所策谋的。
这一点,我可以开诚布公地告诉你。
我原是靠近你的心,却又远离了它,
在恐惧中失落了美,在追问中感到恐惧。
我丧失了我的热情:又何必保持它
既然那剩余的必然要被掺杂?
我已失去了视力、嗅觉、听力、味觉和触觉,
又怎能用它们来和你更密切地接触?

就是这些,再加上成千的卑微的思虑
延长了它们寒冷呓语的利润,
并且在感官迟钝时,以刺激的佐料
来刺激皮层,使得花样翻新
在万镜丛中。蜘蛛将怎么办,
停止它的经营吗?象鼻虫呢,
可要打住?德·拜拉希、伏瑞斯卡、卡美太太,
都被卷到颤抖的大熊的轨道外
化为纤尘。迎风而飞的鸥,在贝尔岛的
风吼的海峡中,或奔上合恩角,
白羽毛散在雪地,海湾是一切,
而一个老人被贸易风所逐
来到瞌睡的角落。

  呵,赁房的房客们,
旱季里一个枯竭头脑的思绪。

(1920)

题 注

以下的注释,根据吉尔伯特·费尔普斯对本诗的注释(见费尔普斯编《问答》一书,一九六九年剑桥大学出版社出版)由译者加以压缩、选择。

(1)题名 Gerontion(枯叟)源自希腊文,意为"老人"。它可能由莫里哀喜剧中的角色 Géronte 得到暗示,该角色就是一个踽踽的老人。也可能要使人联想到约翰·纽曼的诗《吉隆蒂阿的梦》(The dream of Gerontius),其中的主人公 Gerontius 和本诗的枯叟一样,也是瞎子,他带着喜悦和信仰等待死亡的一刻;但枯叟的心情与此相反,是枯竭而无望的。Gerontion 的词尾—ion 指"小型",所以此字意为"小老人",也就是要表明枯叟的一切官能都萎缩了。他的瞎眼也令人想到《旧约》中的撒姆孙,他由一男孩领路,而本诗的枯叟则由一男孩给他读书听。

(2)本诗是一个戏剧性的独白,但完全是枯叟自己对自己的独白,没有意图面向听众,因此无需有层次的进展;它由枯叟脑中的突然转念而联结起来,这种联结是往往没有逻辑性的。

(3)题下引语取自莎士比亚剧《以牙还牙》(measure for measure)三幕一场,在该场中公爵探视被判死刑的克劳狄奥,劝他"坚决去死",就是说,要看到死亡引向永生,比他现在"既无青春,也无老年"的充满了纷争、怯懦、不安、疾病和争权夺利的生存要好得多。本诗中的枯叟也在等待死亡,但也不能"坚决去死",因为他背弃了上帝,生无意义,死也无意义,他只感到空虚、枯竭和对死的恐惧。

(4)对枯叟来说,这岁月是干旱的(见第一行),因为他自己已枯竭了;因为他这残留的岁月没有更新的希望;因为整个基督教世纪的残年已经失掉与基督教原始真理的接触。枯叟知道那赋予生命的甘霖不会为他而降,"等待甘霖"多少是一种凶兆,因为雨水只能把他的生存冲去。

(5)男孩给枯叟读书听(见第二至六行),他读的可能是惊险故事或历史。"火热的隘口"暗指古希腊历史上有名的色茅霹雳之役,即斯巴达人反击波斯人入侵而"挽救文明"的那次战役。"色茅霹雳"直译就是"火热的隘口",它也可能象征第一次世界大战。本诗尚有其他暗指第一次世界大战的地方。如第三十五行中"拼凑的走廊"使我们想到由四巨头(巴黎和会中协约国的四个首脑)拼凑的"波兰走廊",第六十六行的"在万镜丛中"似指他们开会的地点——凡尔赛的万镜宫。第七行"颓朽的房子"可以解释为战后欧洲的被拼凑的残破景况,这是由战争及"和平的缔造者"们的"卑微的思虑"(第六十三行)所造成的。

(6)值得注意的是,一些游思在老人的头脑中浮荡,只是有如"跑空的梭子来回织着风"(第三十至三十一行)。枯叟回顾过去的一生,没有任何英勇事迹(如男孩所读的那类故事)可以使它得救。"在炎热的雨中战斗"(第四行)显然是在热带,那当然是不舒适的,但至少比枯叟的枯燥的过去、现在和未来要强些。

(七)"我的房子"(第七行)指他的身体;指他现在住的房子;也指战后的欧洲情况和当代文明的衰落,因为它已远离幸福的真正源泉。"坐在窗台上"的那个犹太人是一个无根、无主和世界主义的社会的象征,同时他又承继了一次战后的世界,因为他是"颓朽的房子"的"房东"。他既是二十年代典型的贫民窟的房东,也是国际财团的象征。

(8)那个犹太人也被用来象征放荡的性行为、淫乱以及终于获致的阴虚症。"酒吧间"在第一次大战期间意味着妓院。"滋生"(第九行)指淫乱而生。"在布鲁塞尔长过疮,在伦敦修补,脱了皮"(第十行)说明他得过花柳病,以后只是半痊愈。从安特卫普(荷兰)到布鲁塞尔(比利时),再到伦敦(英国),表示出一个无国籍的世界主义者的游荡和病菌的传播之广。枯叟过去如此生活过,所以也可能是想自己。本诗后面提过他患有阴虚症。

(9)第九行的"山羊"延续着淫乱行为的概念,因为山羊通常被认为是强烈性欲的象征。但这"山羊"也病着:它在夜间"咳嗽"。这"颓朽的房子"的背景是暗淡、破败、疲竭无生气的(第十二行),象征当代文明的状况。

(10)守在厨房里的女人(第十三行)也没有任何有意义的作用,她只是煮茶,并在颓房的灰尘中打喷嚏。"她拨着气恼的阴沟"显示了艾略特所惯用的一种渲染厄运临头的手法:我们从"拨"一词本身来期望看到拨火或拨炉子,却不料是拨"阴沟",这使我们奇怪,不知阴沟里堆积了什么异常脏的东西。(按:也有注家认为这里"气恼的阴沟"应理解为"劈啪"的"残火",那样就要简单多了。)

(11)关于枯叟,他已枯竭到如此虚弱无用的地步,没有身体或灵魂,只剩下一个"迟钝的头"(第十六行),像危房的破走廊,被风里里外外地吹着。

(12)第十七至二十一行达到本诗的难解之处。艾略特认为,把注以高度感情含意的许多形象糅在一起,就可以获致强烈的效果,尽管也许有不易理解之弊。这几行,如果把其中一些纽结打开,也是易于理解的。

a.《新约·马太福音》第十二章记载:"有几个文士和法利赛人对耶稣说,夫子,我们愿意你显个神迹给我们看"。以后,不肯信教的人也都要求看到作为奇迹的神迹,然后才皈依上帝。对此,基督教的典型答复是,神圣的真言就是神迹,当上帝之子耶稣尚在马厩的襁褓中,作为婴儿不能发一言时,真言已寄托在他之中。只是在异教的黑夜包围中不能被人认识而已。

370

b."岁月的青春期"可能指一年之始——春天和大自然的复苏,或指基督诞生之年,或指基督教时代创始期;总之这是生命力蓬勃和人类得到新生的时期。

c. 基督所以被称为"虎",一是因为它负有积极的使命("我不是送来和平,而是带着剑来的"),虎象征这一使命的猛烈残酷的性质。其次,基督体现着推动一切创造的神圣的火焰或精力,而虎也是这种火焰或精力的合适的象征。

d."堕落的五月"可能指耶稣降生在一个异教世界里,这个世界实行多神崇拜,每年五月以狂欢的仪式崇拜丰年之神,因此称之为"堕落的五月"。"山茱萸、栗树、开花的犹大树"取自亨利·亚当斯(1838—1918)的《亨利·亚当斯的教育》一书中。Dogwood(山茱萸)暗示堕落和疾病,因为dog days(三伏天)是一年最热的时期,易发流行病;而且在栗树开花时,山茱萸即长出生殖器形的长钉。犹大树因出卖耶稣的犹大而得名,这里象征基督教仍将再次被出卖和背叛。"堕落的五月"也可能指耶稣被钉在十字架上的那个五月,即复活节。也可能还有如下的意思,即耶稣的福音在他死后很快地变质了,所以在基督教世纪的青春期(五月)耶稣就已经不断被叛卖。犹大树先开花(紫色—血的颜色)然后抽叶,可以象征基督教的迅速的华而不实的兴盛。又有人假设"堕落的五月"影射文艺复兴,因为它以理性、科学和唯物精神转移了基督教的真途径。最后,"堕落的五月"还可能指我们的五月,即每个人的五月由于他的生活远离真理而变为毫无意义的邪恶的循环。

(13)第二十二至二十九行把我们带到现代的世界主义世界中,在这里基督教仪式如领圣餐已变为虚伪的敷衍了事。在象征的意义上,"基督这只虎"是"被吃掉"、"被宰割"、"被饮下"了(这几个词令人想到食人的野蛮人的拜物教)。"在窃窃私语中"(第二十三行)影射一群不专心作弥撒的人们,一些游客和旁观者在欣赏弥撒仪式的好奇场面,或某种邪恶而堕落的事情。

(14)在枯叟脑中进进出出的一些仿佛梦魇中的人物也是邪恶而堕落的,他们都参与了那"吃掉"基督的礼拜仪式。Silvero(西尔维罗)先生,类似一伪装的贵族,这名字又意指白银,使人联想到犹大以三十银币将耶稣出卖,他也是以"一双爱抚的手"拿着钱和毒酒的。里摩日(法国地名)使人想到里摩日的珐琅工艺品,西尔维罗先生爱抚着这些工艺品,他可能是一个美术商。想到他爱抚美术品的俗恶姿态不禁给人以厌恶的感觉。艾略特善于利用晦涩手法,以传达一种莫名的邪恶和恐怖感。我们忍不住要问:为什么西尔维罗先生"整夜在隔壁走来走去"?他是在盘算一笔暧昧的交易吗?或者在设计引诱女人?也许他是心怀内疚而失眠,因为没有好好做礼拜?与此成为对照的是,耶稣在夜晚曾离开他的门徒独自在花园里痛苦地漫步,他知道他将被出卖了。

(15)高川是日本人名,这是现代世界主义世界中的一个游离的东方人,拜

371

倒在欧洲美术的神坛。提香(Titian)是意大利文艺复兴时期名画家。

(16) Tornguist(汤奎斯特)夫人和 Von Kulp(封·古尔普)小姐,从字面看,前者有"扭曲",后者有"罪恶"的示意;前者似为一信奉天主教的社交界人,但为什么她要"摆弄蜡烛"?(第二十八行)也许因为她富有,没有自己的礼拜堂,也许因为她家里死了人,她在尸架旁点蜡烛;或者,也许她是在扶乩,甚至行巫术;或者与情人有约会。为什么封·古尔普小姐在走廊转身,"一手扶着门"?(第二十九行)也许她在弃绝宗教,也许她是向情人告别。她转身带着什么表情呢?愤怒?欲望?满足?轻蔑?责备?也许她是来找汤奎斯特夫人来扶乩?——谁也不能肯定,问题是一切令人不安的窃窃私语都将流过我们脑中。

(17)对枯叟来说,这些人都成为毫无感情牵连的回忆。他们是"跑空的梭子"(第三十行)——这一词取自《旧约·约伯记》(第七章),就是说,他们像织布机上的梭子被风毫无意义地吹动,机上没有线,织不出布来(也就是织不成回忆的锦缎,只有枯燥的残片而已)。他的过去是一片荒凉,连"游魂"都没有,就是说,从过去的回忆中没有任何欢乐、痛苦或甚至内疚来触动他,他是一个行将就木的老人,在一所被风撼动门窗的残破的房子里。

(18)枯叟的精神世界既然只不过是"跑空的梭子来回织着风",因此他总结说,"在这样的了解下,怎能有宽恕?"(第三十四行)他的"了解"(这一词带有自讽的意思)远离对基督的真知,因此怎能得救呢?他明知自己的情况是无望的,但还想以历史的情况为自己开脱。他指出历史不过是由"狡猾的小道"和"拼凑的走廊"所构成的迷宫,没有出路,通不到任何地方。历史对她的演员们悄语着"野心",用"虚荣"引诱他们。"她"(历史)成了一个荡妇,使我们想到像克柳巴(Cleopatra)那样一个荡妇,千娇百媚,"越给越使人渴求"(第四十行)。

(19)克柳巴的影子似乎也呈现在第四十一至四十四行中。只是在安东尼被骗多次并已对生活感到幻灭以后,她才给安东尼以爱情的确证,但这一确证已失去其价值,至少是来得太晚了。"脆弱的手"可能即指安东尼的手。这几行的大意显然是:所谓"历史教训"是骗人的,它大多指点不出任何出路。即使在尚有可能认识之时,我们却未曾注意它,失之交臂;或知之已晚;或者它落在软弱无能者的手里,或者受到拒绝,以致无法避免恶果("直到拒绝引起了恐惧")。

(20)第四十行的"给得太晚"同时意味着:在"基督这只虎"身上体现的真知被认识得太晚,致使事情已无可转圜(因为基督已被叛卖多次),或被"感受"得太晚,以至它只成为一种"记忆",一种"回味的热情",纯学理式的认识。这正是枯叟的境况:他确知,他确认如此,但他的精神器官和他的肉体一样,已枯萎了。同样,第二十四行的"给得太早"也指基督的爱给得太早,而我们还稚弱,接受不了,我们便假托现在还不需要它,可是心里又害怕这一拒绝将引起的后果。

(21)然而,不论对后果的恐惧也好,在历史上勇于作为也好(如本诗开端所提到的战斗),都拯救不了我们(第四十五行)。战斗中的义勇总是伴随以罪恶,而"无耻的恶行"由于使作恶者耗尽精力,反而导致平静与克制的"美德"(第四十六至四十七行)。

(22)"结愤怒之果的树"(第四十八行)可指十字架(在基督教著作中常被称为"树"),基督曾从十字架上流下痛苦和悲悯的泪,但他也终将作为"基督这只虎"带着神的愤怒降临到邪恶的人间。它也可指犹大吊死的那棵树——"开花的犹大树";或指基督使之结实的枯无花果树(见《马太福音》第二十一章);或指伊甸园中的启发善与恶的知识之树;或指布莱克(William Blake)诗中的毒树(见《经验之歌》),它由泪水(包括母亲的悲泣)灌溉,由微笑和温柔的诡计照射,却只结出散布死亡的毒苹果。

(23)尽管人间有种种欺骗、遁词和堕落,但这无损于永恒的真言,它将使一切新生,因此会有"新的一年"(第四十九行)来临,但"我们"已丧失了新生的权利,与此无缘。"我们"应得到神的愤怒和惩罚,被"虎"吃掉。

(24)但即使明白这一点,枯叟还是要继续看他的乏味的说理和自辩。他不断重复着"想想吧",这是明知理亏而要赖着讲理的一种做法;"这一点,我可以开诚布公地告诉你"(第五十五行)也是有意的撒赖。

(25)因此,枯叟争说,他"在租赁的房子里"(第五十一行)的无意义的死亡确有某种意义。他认为,他这一生的"表演"(第五十二行)自有其目的,他要用自己是受害者这种言词求得宽宥——例如说,他是犹太人的房客;但实则他内心知道他是基督的房客,基督才是房东,并且现在要来和他结算了。当然,基督正是犹太人——这个带有讽刺的双重含义是有意安排的,于是枯叟进一步辩解说,至少他没有和"落后的魔鬼"(指异教)、巫术(他和汤奎斯特夫人不同)以及世界主义的虚无主义共同策划阴谋(第五十四行)。这里可能要使人想到浮士德在魔鬼向他讨债(索要他的灵魂)时所做的声辩——不过,具有讽刺意味的是,此处枯叟是向基督声辩。

(26)为了拒绝被"基督这只虎"不可免地吃掉,枯叟继续在第五十六至五十九行里声辩。在第五十六至五十七行,他谈到的不仅是他自己,而且是全人类的情况:他们一度挨近基督的心(俗话说胎儿挨近母亲的心,因此这句话意味着完全的结合),但以后失去了原始的、纯粹的真理之"美",代替"美"而得到的是与上帝隔绝的恐惧,是不断的追问和怀疑,inquisition 这个字,可以意指"追问",也可以意指西班牙镇压"异端"的宗教审判(它以残酷暴虐的错误手段企

373

图扭转宗教改革的潮流)。

(27)第五十八行说他丧失了"热情"——即丧失了介入"神化身为基督"的能力,或丧失了对基督的热情的理解(这里影射诸如西尔维罗先生和汤奎斯特夫人等把弥撒仪式变成了一种邪魔的崇拜)。他发牢骚说:他有什么理由要保持这种宗教热情,既然它必然要被其他人的行为和历史的错误方向所"掺杂"?他既已"失去了视力、嗅觉、听力、味觉和触觉"(莎士比亚戏剧《皆大欢喜》中贾奎斯形容老人语),又怎能期望他感到基督的存在?(第六十至六十一行)但这几行也可能指枯叟对自己过去的一段爱情的回忆,因为他的脑子本来是在被风吹来吹去的游思中。

(28)第六十二至六十三行,枯叟承认他的"思虑"是卑微的,毫无价值的,不过是"寒冷的呓语"。"延长了……利润"暴露了这种思虑无非是商业性质的——即他想从他老迈的梦呓中榨取出最大的利益。这一商业形象也体现于蜘蛛身上:它编织着金融的网或"停止经营"(第六十七行)。第六十九行的 bear(熊)既指天空的大熊星座,也指证券交易所做空头的经纪人(bear 按字义可作此解)。第七十三行下的 trades 既可指风(贸易风),也可指商业。第七十行的 gull(鸥),同时可指一个被骗走钱财的人。这一切渲染出国际金融界的污浊气氛,如本诗开头所暗示的那样。

(29)用"卑微的思虑"来"刺激"枯叟的迟钝头脑的"皮层",好似用"佐料"来刺激迟钝的胃口——这些可以理解为给阴虚症者引起性欲。"万镜丛中"使人想到本·琼生(Ben Jonson,1573?—1637)的剧本《炼金术士》(*The Alchemist*)中的角色艾庇久尔·马芒的荒淫设置,但也可把镜子理解为幻象和欺诈的象征。

(30)第六十六行的蜘蛛也象征没有任何结果的滔滔议论;它和象鼻虫(第六十七行)的存在,表示枯叟所住的房子及枯叟本身都已凋残。枯叟在问:道德因果的循环难道能够停顿吗?自然的衰枯过程难道能够稍停吗?回答自然是不可能的。

(31)本诗结尾一段从《亨利·亚当斯的教育》一书采纳了如下思想:即不但历史混乱,物质世界也存在着混乱。自然间没有任何系统可言。亚当斯认为:"混沌是自然的法则;秩序是人的梦想。"由此推论,混沌必是最后的结果,人只是暂时努力给混沌强加上一种模式而已;亚当斯把人的这种努力比作蜘蛛妄图将自然力致到它逻辑的网里。枯叟看出模式只是幻影,唯一的秩序是在物质之外,在"基督这只虎"中。

(32)枯叟在片刻间看到混沌来临的幻景。所以无根的、不信上帝的世界主义者都在天空中爆炸为"纤尘"(第七十行)。本诗开端时出现过热带的惊险斗争场面,都是刚劲的,流汗的,这里又出现了惊险场面,但它却是遥远而冰冷的,令人联想到海行,所经的地方是贝尔岛(在北大西洋中)合恩角(在南美洲极南端)和海峡(北大西洋)。但在这一景色中没有人和船,只有一只孤零的海鸥被风雪击落在荒凉的冰雪中死去——这是孤独的个人及其命运的悲惨形象,也是人的灵魂迷失无主的形象。也许诗人以这只鸥暗示:在混沌来临以前,在"基督这只虎"来到世间把一切无价值的居民清除以前,这只鸥象征世上最后的生命。

(33)在第七十三行,原来描述毁灭形象的清晰而锐利的语气开始衰弱,枯叟又自怨自艾:他只不过是一个瞌睡的老人,他虽知道正确的思路,但已不能悬思于其间。他的冥想毫无意义,因为这种种冥想已引不起任何感情和行动,它们像一所倾圮的房子里枯干梁木所发的爆裂声。它们像枯叟和其他房客一样,是枯竭而贫瘠的。这房子既指枯叟的凋残的躯体(其住户是枯竭头脑的思绪),也指人类的遭劫的大厦。最后着重以复数指出"房客们"(第七十五行),在于提示:我们终于都要向基督做结算:基督和犹太房东在这里是合一了。

荒　原

"因为我在古米亲眼看见西比尔吊在笼子里。孩子们问她：你要什么，西比尔？她回答道：我要死。"

　　　献给艾兹拉·庞德
　　　更卓越的巧匠

一　死者的葬仪

四月最残忍，从死了的
土地滋生丁香，混杂着
回忆和欲望，让春雨
挑动着呆钝的根。
冬天保我们温暖，把大地
埋在忘怀的雪里，使干了的
球茎得一点点生命。
夏天来得意外，随着一阵骤雨
到了斯坦伯吉西；我们躲在廊下，
等太阳出来，便到郝夫加登
去喝咖啡，又闲谈了一点钟。

我不是俄国人，原籍立陶宛，是纯德国种。
我们小时候，在大公家里做客，
那是我表兄，他带我出去滑雪橇，
我害怕死了。他说，玛丽，玛丽，

抓紧了呵。于是我们冲下去。
在山中,你会感到舒畅。
我大半夜看书,冬天去到南方。

这是什么根在抓着,是什么枝杈
从这片乱石里长出来?人子呵,
你说不出,也猜不着,因为你只知道
一堆破碎的形象,受着太阳拍击,
而枯树没有阴凉,蟋蟀不使人轻松,
干石头发不出流水的声音。只有
一片阴影在这红色的岩石下,
(来吧,请走进这红岩石下的阴影)
我要指给你一件事,它不同于
你早晨的影子,跟在你后面走,
也不像你黄昏的影子,起来迎你,
我要指给你恐惧是在一撮尘土里。
　　　风儿吹得清爽,
　　　吹向我的家乡,
　　　我的爱尔兰孩子,
　　　如今你在何方?
"一年前你初次给了我风信子,
他们都叫我风信子女郎。"
——可是当我们从风信子园走回,天晚了,
你的两臂抱满,你的头发是湿的,
我说不出话来,两眼看不见,我
不生也不死,什么都不知道,
看进光的中心,那一片沉寂。
荒凉而空虚是那大海。

索索斯垂丝夫人,著名的相命家,
患了重感冒,但仍然是

欧洲公认的最有智慧的女人,
她有一副鬼精灵的纸牌。这里,她说,
你的牌,淹死的腓尼基水手,
(那些明珠曾经是他的眼睛。看!)
这是美女贝拉磨娜,岩石的女人,
有多种遭遇的女人。
这是有三根杖的人,这是轮盘,
这是独眼商人,还有这张牌
是空白的,他拿来背在背上,
不许我看见。我找不到。
那绞死的人。小心死在水里。
我看见成群的人,在一个圈里转。
谢谢你。如果你看见伊奎通太太,
就说我亲自把星象图带过去:
这年头人得万事小心呵。

不真实的城,
在冬天早晨棕黄的雾下,
一群人流过伦敦桥,呵,这么多
我没有想到死亡毁灭了这么多。
叹息,隔一会短短地嘘出来,
每人的目光都盯着自己的脚。
流上小山,流下威廉王大街,
直到圣玛丽·伍尔诺教堂,在那里
大钟正沉沉敲着九点的最后一响。
那儿我遇到一个熟人,喊住他道:
"史太森!你记得我们在麦来船上!
去年你种在你的花园里的尸首,
它发芽了吗?今年能开花吗?
还是突然霜冻扰乱了它的花床?
哦,千万把狗撵开,那是人类之友,

不然他会用爪子又把它掘出来!
你呀,伪善的读者——我的同类,我的兄弟!"

二 一局棋戏

她所坐的椅子,在大理石上
像王座闪闪发光;有一面镜子,
镜台镂刻着结葡萄的藤蔓,
金黄的小爱神偷偷向外窥探,
(还有一个把眼睛藏在翅膀下)
把七支蜡的烛台的火焰
加倍反射到桌上;她的珠宝
从缎套倾泻出的灿烂光泽,
正好升起来和那反光相汇合。
在开盖的象牙瓶和五彩玻璃瓶里
暗藏着她那怪异的合成香料,
有油膏、敷粉或汁液——以违乱神智,
并把感官淹没在奇香中;不过
受到窗外的新鲜空气的搅动,
它们上升而把瘦长的烛火加宽,
又把烛烟投到雕漆的梁间,
使屋顶镶板的图案模糊了。
巨大的木器镶满了黄铜
闪着青绿和橘黄,有彩石围着,
在幽光里游着一只浮雕的海豚。
好像推窗看到的田园景色,
在古老的壁炉架上展示出
菲罗美的变形,是被昏王的粗暴
逼成的呵;可是那儿有夜莺的
神圣不可侵犯的歌声充满了荒漠,
她还在啼叫,世界如今还在追逐,

379

"唧格,唧格"叫给脏耳朵听。
还有时光的其他残骸断梗
在墙上留着;凝视的人像倾着身,
倾着身,使关闭的屋子默默无声。
脚步在楼梯上慢慢移动着。
在火光下,刷子下,她的头发
播散出斑斑的火星
闪亮为语言,以后又猛地沉寂。

"我今晚情绪不好。呵,很坏。陪着我。
跟我说话吧。怎么不说呢?说呵。
你在想什么?想什么?什么呀?
我从不知你想着什么。想。"

我想我们是在耗子洞里,
死人在这里丢了骨头。
"那是什么声音?"
　　　　　　　是门洞下的风。
"那又是什么声音?风在干什么?"
　　　　　　虚空,还是虚空。
　　　　　　　　　　　　"你
什么也不知道?什么也没看见?什么
也不记得?"
　　　我记得
那些明珠曾经是他的眼睛。
"你是活是死?你的头脑里什么也没有?"
　　　　　　　　　　　可是
呵呵呵呵那莎士比希亚小调——
这么文雅
这么聪明
"我如今做什么好?我做什么好?"

"我要这样冲出去,在大街上走,
披着头发,就这样。我们明天干什么?
我们究竟干什么?"
　　　　　　　　　　十点钟要热水。
若是下雨,四点钟要带篷的车。
我们将下一盘棋
揉了难合的眼,等着叩门的一声。

丽尔的男人退伍的时候,我说——
我可是直截了当,我自己对她说的,
快走吧,到时候了
艾伯特要回来了,你得打扮一下。
他要问你他留下的那笔镶牙的钱
是怎么用的。他给时,我也在场。
把牙都拔掉吧,丽尔,换一副好的。
他说,看你那样子真叫人受不了。
连我也受不了,我说,你替艾伯特想想,
他当兵四年啦,他得找点乐趣,
如果你不给他,还有别人呢,我说。
呵,是吗,她说。差不多吧,我说。
那我知道该谢谁啦,她说,直看着我。
快走吧,到时候了
你不爱这种事也得顺着点,我说。
要是你不能,别人会来接你哩。
等艾伯特跑了,可别怪我没说到。
你也不害臊,我说,弄得这么老相。
(论年纪她才三十一岁。)
没有法子,她说,愁眉苦脸的,
是那药丸子打胎打的,她说。
(她已生了五个,小乔治几乎送了她的命。)
医生说就会好的,可是我大不如前了。

381

你真是傻瓜,我说。
要是艾伯特不肯罢休,那怎么办,我说。
你不想生孩子又何必结婚?
快走吧,到时候了
对,那礼拜天艾伯特在家,做了熏火腿,
他们请我吃饭,要我趁热吃那鲜味——
快走吧,到时候了
快走吧,到时候了
晚安,比尔。晚安,娄。晚安,梅。晚安。
再见。晚安。晚安。
晚安,夫人们,晚安,亲爱的,晚安,晚安。

三 火的说教

河边缺少了似帐篷的遮盖,树叶最后的手指
没抓住什么而飘落到潮湿的岸上。风
掠过棕黄的大地,无声的。仙女都走了。
温柔的泰晤士,轻轻地流,等我唱完我的歌。
河上不再漂着空瓶子,裹夹肉面包的纸,
绸手绢,硬纸盒子,吸剩的香烟头,
或夏夜的其他见证。仙女都走了。
还有她们的朋友,公司大亨的公子哥儿们,
走了,也没有留下地址。
在莱芒湖旁我坐下来哭泣……
温柔的泰晤士,轻轻地流,等我唱完我的歌。
温柔的泰晤士,轻轻地流吧,我不会大声,也说不多。
可是在我背后的冷风中,我听见
白骨在碰撞,得意的笑从耳边传到耳边。
一只老鼠悄悄爬过了草丛
把它湿黏的肚子拖过河岸,
而我坐在冬日黄昏的煤气厂后,

对着污滞的河水垂钓,
沉思着我的王兄在海上的遭难。
和在他以前我的父王的死亡。
在低湿的地上裸露着白尸体,
白骨抛弃在干燥低矮的小阁楼上,
被耗子的脚拨来拨去的,年复一年。
然而在我的背后我不时地听见
汽车和喇叭的声音,是它带来了
斯温尼在春天会见鲍特太太。
呵,月光在鲍特太太身上照耀
也在她女儿身上照耀
她们在苏打水里洗脚
哦,听童男女们的歌声,在教堂的圆顶下!

喊喳喊喳
唧格,唧格,唧格,
逼得这么粗暴。
特鲁

不真实的城
在冬日正午的棕黄雾下
尤金尼迪先生,斯莫纳的商人
没有刮脸,口袋里塞着葡萄干
托运伦敦免费,见款即交的提单,
他讲着俗劣的法语邀请我
到加农街饭店去吃午餐
然后在大都会去度周末。

在紫色黄昏到来时,当眼睛和脊背
从写字台抬直起来,当人的机体
像出租汽车在悸动地等待,

我,提瑞西士,悸动在雌雄两种生命之间,
一个有着干瘪的女性乳房的老头,
尽管是瞎的,在这紫色黄昏的时刻
(它引动乡思,把水手从海上带回家)
却看见打字员下班回到家,洗了
早点的用具,生上火炉,摆出罐头食物。
窗外不牢靠地摊挂着
她晾干的内衣,染着夕阳的残辉,
沙发上(那是她夜间的床)摊着
长袜子,拖鞋,小背心,紧身胸衣。
我,有褶皱乳房的老人提瑞西士,
知道这一幕,并且预见了其余的——
我也在等待那盼望的客人。
他来了,那满脸酒刺的年轻人,
小代理店的办事员,一种大胆的眼神,
自得的神气罩着这种下层人,
好像丝绒帽戴在勃莱弗暴发户的头上。
来的正是时机,他猜对了,
晚饭吃过,她厌腻而懒散,
他试着动手动脚上去温存,
虽然没受欢迎,也没有被责备。
兴奋而坚定,他立刻进攻,
探索的手没有遇到抗拒,
他的虚荣心也不需要反应,
冷漠对他就等于是欢迎。
(我,提瑞西士,早已忍受过了
在这沙发床上演出的一切;
我在底比斯城墙下坐过的,
又曾在卑贱的死人群里走过。)
最后给了她恩赐的一吻,
摸索走出去,楼梯上也没个灯亮……

她回头对镜照了一下，
全没想到还有那个离去的情人；
心里模糊地闪过一个念头：
"那桩事总算完了；我很高兴。"
当美人儿做了失足的蠢事
而又在屋中来回踱着，孤独地，
她机械地用手理了理头发，
并拿一张唱片放上留声机。

"这音乐在水上从我的身边流过，"
流过河滨大街，直上维多利亚街。
哦，金融城，有时我能听见
在下泰晤士街的酒吧间旁，
一只四弦琴的悦耳的怨诉，
而酒吧间内渔贩子们正在歇午，
发出嘈杂的喧声，还有殉道堂：
在它那壁上是说不尽的
爱奥尼亚的皎洁与金色的辉煌。

  油和沥青
  洋溢在河上
  随着浪起
  游艇漂去
  红帆
  撑得宽宽的
  顺风而下，在桅上摇摆。
  游艇擦过
  漂浮的大木
  流过格林威治
  流过大岛

　　　　　喂呵啦啦　咧呀
　　　　　哇啦啦　咧呀啦啦

伊丽莎白和莱斯特
划着桨
船尾好似
一只镀金的贝壳
红的和金黄的
活泼的水浪
泛到两岸
西南风
把钟声的清响
朝下流吹送
白的楼塔
　　　　　喂呵啦啦　咧呀
　　　　　哇啦啦　咧呀啦啦

"电车和覆满尘土的树,
海倍里给我生命。瑞曲蒙和克尤
把我毁掉。在瑞曲蒙我跷起腿
仰卧在小独木舟的船底。"

"我的脚在摩尔门,我的心
在我脚下。在那件事后
他哭了,发誓'重新做人'。
我无话可说。这该怨什么?"

"在马尔门的沙滩上。
我能联结起
虚空和虚空。
呵,脏手上的破碎指甲。

我们这些卑贱的人
无所期望。"
　　　　　　啦啦

于是我来到迦太基

烧呵烧呵烧呵烧呵
主呵,救我出来
主呵,救我

烧呵

四　水里的死亡

扶里巴斯,那腓尼基人,死了两星期,
他忘了海鸥的啼唤,深渊的巨浪,
利润和损失。
　　　　　海底的一股洋流
低语着啄他的骨头。就在一起一落时光
他经历了苍老和青春的阶段
而进入旋涡
　　　　　　犹太或非犹太人呵,
你们转动轮盘和观望风向的,
想想他,也曾像你们一样漂亮而高大。

五　雷说的话

在汗湿的面孔被火把照亮后
在花园经过寒霜的死寂后
在岩石间的受难后
还有呐喊和哭号

　　　　监狱、宫殿和春雷
　　　　在远山的回音振荡以后
　　　　那一度活着的如今死了
　　　　我们曾活过而今却在垂死
　　　　多少带一点耐心

这里没有水只有岩石
有石而无水,只有砂石路
沙石路迂回在山岭中
山岭是石头的全没有水
要是有水我们会停下来啜饮
在岩石间怎能停下和思想
汗是干的,脚埋在沙子里
要是岩石间有水多么好
死山的嘴长着蛀牙,吐不出水来
人在这里不能站,不能躺,不能坐
这山间甚至没有安静
只有干打的雷而没有雨
这山间甚至没有闲适
只有怒得发紫的脸嘲笑和詈骂
从干裂的泥土房子的门口
　　　　　如果有水
　　而没有岩石
　　如果有岩石
　　也有水
　　那水是
　　一条泉
　　山石间的清潭
　　要是只有水的声音
　　不是知了
　　和枯草的歌唱

而是水流石上的清响
还有画眉鸟隐在松林里作歌
淅沥淅沥沥沥沥
可是没有水

那总是在你身边走的第三者是谁?
我算数时,只有你我两个人
可是我沿着白色的路朝前看
总看见有另一个人在你的身旁
裹着棕色的斗篷蒙着头巾走着
我不知道那是男人还是女人
——但在你身旁走的人是谁?

那高空中响着什么声音
好似慈母悲伤的低诉
那一群蒙面人是谁
涌过莽莽的平原,跌进干裂的土地
四周只是平坦的地平线
那山中是什么城
破裂,修好,又在紫红的空中崩毁
倒下的楼阁呵
耶路撒冷、雅典、亚历山大、
维也纳、伦敦
呵,不真实的

一个女人拉直她的黑长的头发
就在那丝弦上弹出低诉的乐音
蝙蝠带着婴儿脸在紫光里
呼啸着,拍着翅膀
头朝下,爬一面烟熏的墙
钟楼倒挂在半空中

敲着回忆的钟,报告时刻
还有歌声发自空水槽和枯井。

在山上这个倾圮的洞里
在淡淡的月光下,在教堂附近的
起伏的墓上,草在歌唱
那是空的教堂,只是风的家。
它没有窗户,门在摇晃,
干骨头伤害不了任何人。
只有一只公鸡站在屋脊上
咯咯叽咯,咯咯叽咯
在电闪中叫。随着一阵湿风
带来了雨。

恒河干涸,疲萎的叶子
等待下雨,乌黑的云
在远方集结,在喜马万山上。
林莽蜷伏着,沉默地蜷伏着。
于是雷说话了
哒
哒塔:我们给予了什么?
我的朋友,血激荡着我的心
一刹那果决献身的勇气
是一辈子的谨慎都赎不回的
我们是靠这,仅仅靠这而活着
可是我们的讣告从不提它
它也不在善意的蜘蛛覆盖的记忆里
或在尖下巴律师打开的密封下
在我们的空室中
哒
哒亚德万:我听见钥匙

在门上转动一下,只转动了一下
我们想着钥匙,每人在囚室里,
想着钥匙,每人认定一间牢房
只在黄昏时,灵界的谣传
使失意的考瑞雷纳斯有一刻复苏
哒
哒密阿塔:小船欢欣地响应
那熟于使帆和摇桨的手
海是平静的,你的心灵受到邀请
会欢快地响应,听命于
那节制的手

    我坐在岸上
垂钓,背后是一片枯干的荒野,
是否我至少把我的园地整理好?
伦敦桥崩塌了崩塌了崩塌了
于是他把自己隐入炼狱的火中
何时我能像燕子——呵燕子,燕子
阿基坦王子在塌毁的楼阁中
为了支撑我的荒墟,我捡起这些碎片
当然我要供给你。海若尼莫又疯了。
哒塔。哒亚德万。哒密阿塔。
善蒂,善蒂,善蒂。

(1922)

T.S.艾略特的《荒原》[1]

布鲁克斯和华伦

《荒原》是一首有名的最难懂的诗。它确实有难懂的地方,可是它最吓人的倒不一定是那许多文学典故,或那许多外国文字的引语。典故可以阐明,外文可以译出。本文后面将有一部分这一方面的注解。危险在于:读者或许把解释看做就是诗了,认为既已领会了前者,就是掌握了后者。本文将进行的讨论只能被看做是达到目的的一种手段,这目的乃是对于诗本身获得想象的理解。因此,读者满可以一开始就朗诵这首诗并且"听"它,先不必太关注于某些段落的意义。要理解任何一首诗,这都是可取的办法。它完全适用于《荒原》。在如此做时,读者会充分地对诗作为诗而加以尊重,不致被大量的注解所淹没。因为解释不管多么必要,要是以它代替了诗本身的话,那终归是无济于事的。

本诗的题名取自一个中世纪的传说,传说中讲到有一片干旱的土地被一个残废而不能生育的渔王统治着,这个渔王的宫堡就坐落在一条河岸上。这土地的命运是和它主人的命运相联系的。除非主人的病治愈,这片土地便只有受诅咒:牲畜不能生育,庄稼不能生长。只有当一个骑士去到渔王的宫堡,并在那里对显示给他的各种东西询问其意义的时候,这种诅咒才能消失。

杰茜·韦斯顿女士(Jessie L. Weston)在她所著的《从祭仪到罗曼斯》(From Ritual to Romance)一节里认为,渔王原来是植物神,在岁末时人们哀悼他的死亡。在春天大自然复苏时,则庆祝他的胜利

---

[1] 本文译自克里安斯·布鲁克斯(Cleanth Brooks)和罗伯特·华伦(Robert Penn Warren)二人编著的《理解诗》(*Understanding Poetry*),一九五〇年版。

回返。据韦斯顿女士说,拜繁殖教曾广为传播,特别被士兵和叙利亚商人所传播。以后这故事被基督教转化为圣杯的故事,影射入教的仪式。为了考验入教者的勇气,他必须旅行到"凶险的教堂",那里好像有一群恶魔在号叫。而且,在他到达渔王的宫堡时,他必须积极探求真理,必须追问各种征象的意义,然后才能把秘密的教义传授给他,才能告诉他生死是相关的,由死才能达到生。

在艾略特的诗《序曲》,特别在《阿尔弗瑞德·普鲁弗洛克的情歌》里,读者已经触及这个主题了。对本文的读者来说,为谈《荒原》,最好的准备是重读一下"普鲁弗洛克"的分析,因为这两首诗有共同的主题。艾略特在《荒原》中只不过把早一首诗里所用的写作技巧更加以扩充和发展罢了。读者开始满可以把《荒原》当作是"普鲁弗洛克"的世界透过中世纪传说的被诅咒的土地这一隐喻而再现出来的。

荒原的象征回荡在全诗的许多事件里。它说明了索索斯垂丝夫人使用泰洛纸牌算命的那一幕(四十三至五十九行)。泰洛纸牌的图像,据韦斯顿女士考证,是来源于崇拜繁殖的一套征象。可能在古埃及曾使用这些纸牌来占卜河水的高涨,因为全民族的繁荣都有赖于此。(我们也可以把算命这一幕看做是对骑士显示各种征象,让他追问其意义,以便使诅咒消失。)

荒原的象征还反映在有关尤金尼迪先生的提示中(第二百零九行)。他是叙利亚商人的现代子孙,那些叙利亚商人像腓尼基人扶里巴斯一样,曾把圣迹带到遥远的不列颠。尤金尼迪(Eugenides)原意是"高贵者之子",可是他的作用如今堕落了。他请人"在大都会去度周末"并不意味着启示人以生之秘密,而是引人崇奉空虚的或反常的寻欢作乐。赴教堂的痛苦旅程(第五章)影射去"凶险的教堂"的旅程,即求真知入门仪式的一部分。

不过,荒原的象征并不能解释诗里的一切事情(我们将看到,有许多其他比喻是用来暗示现代世界的性质的)。我们可能要对诗人采用如此遥远的比喻和如此复杂的一系列引语提出疑问。可是拜繁殖教所针对的问题的核心性质使采用这一切成为适宜。这种崇拜曾出现在我们所知道的每一文化中:人在试图赋予生命以意义时,必须解说生和死这类事实。而且，任何从较原始文化发展起来的高度文化，必然饱含着拜繁殖教的象征的种种暗示和变种。

对这些象征所构成的神话的采用，使诗人能有一套灵活有力的手段来表达现代文明的意义或无意义。泰洛纸牌可以说明这一点：它一度重要的用途和今日被下等的算命人利用的情况形成了对比；过去的教导是，绞死的神之所以死去，是为了他的人民能获得新生，而今日索索斯垂丝夫人却劝人避免死亡。

假如我们认为，这种对比只不过是为了把现在和光辉而有意义的过去加以对照来显示现在的龌龊，那就和反过来认为其含义是说过去的一切教士都不过是索索斯垂丝夫人这类骗子，是同样不中肯的。全诗所用的对比，其含义并不如此单纯。这些对比涉及一切文化所提出的基本问题，尽管在某些文化中，人们被迫作出回答，而在另一些文化中，人们则漫不经心地不予理会。

但对本诗的读者说，使用荒原的传说有其特殊用意。诗人意欲戏剧性地体现出人对生活在一个世俗化的世界，亦即毫无宗教意义的世界里是怎样感觉的。但对于现代的读者，主要的困难是在于他自己已过于世俗化了，看不出诗人说些什么。因此，诗人就想办法把读者置于类似圣杯故事中骑士的地位。那故事中的骑士必须追问他所见的一切事物的意义是什么，必须对显示给他的征象探询其意义，然后才能使灾祸消失。假如我们要体验这首诗——而不是仅仅被告知它的主题是什么，我们就必须注意我们读的一切具有什么意义。否则，我们将只看到一堆零乱的片断，它们可以被一个抽象而主观的结构联结起来，但不能在感觉的意义上统一起来。

前面说过，这首诗还使用其他的一些象征来描述现代世界，而且大量引用了文学典故。在下面的论述(可以看做是初步的轮廓)中，我们将大致限于探讨如下作品：《圣经》，莎士比亚，但丁以及居于我们文化中心的一些作品。在这初步的论述中，我们还将涉及读者大概是熟悉的作品：斯本塞的《结婚曲》，韦伯斯特的《葬歌》，戈德史密斯的《当美人儿做了失足的蠢事》和马威尔的《给他忸怩的女郎》。这些不足以说明全诗，但有助于我们认识到基本的主题。艾略特作为现代世界的特征所描写的一切，以前也出现过。《圣经·旧约·

以西结书》的第二章,艾略特从那里引用了"人子呵"(第二十行)描绘了一个完全世俗化的世界:

1."他对我说:'人子呵,你站起来,我要和你说话。'"

2."他对我说话的时候,灵就进入我里面,使我站起来,我便听见那位对我说话的声音。"

3."他对我说:'人子呵,我差你往悖逆的国民以色列人那里去。他们是悖逆我的,他们和他们的列祖违背我,直到今日。'"

《以西结书》第三十七章描述先知所预见的一片荒原——枯骨的平原。他被问道:"人子呵,这些骸骨能复活么?我说,主耶和华呵,你是知道的。他又对我说,你向这些骸骨发预言,说:枯干的骸骨呵,要听耶和华的话。"

《旧约·传道书》第十二章(艾略特在本诗第二十三行注中提到它)也描述了一片枯干有如梦魇的世界:

1."你趁着年幼,衰败的日子尚未来到,就是如你所说,我毫无喜乐的那些年月未曾临近之先,当纪念造你的主。"

2."不要等到日头、光明、月亮、星宿变为黑暗,雨后云彩返回。"

3."看守房屋的发颤,有力的屈身,推磨的稀少就止息,从窗户往外看的都昏暗。"

4."街门关闭,推磨的响声微小,雀鸟一叫,人就起来,唱歌的女子也都衰微。"

5."人怕高处,路上有惊慌,杏树开花,蚱蜢成为重担,人所愿的也都废掉:因为人归他永远的家,吊丧的在街上往来。"

6."银链折断,金罐破裂,瓶子在泉旁损坏,水轮在井口破烂。"

7."尘土仍归于地,灵仍归于赐灵的上帝。"

8."传道者说,虚空的虚空,凡事都是虚空。"在本诗第五章所写的景色中也暗示到这一景象。

现代的荒原也好似但丁的地狱。艾略特在第六十三行的注里,让我们参看《地狱篇》的第三章;在第六十四行的注里,要我们参看第四章。第三章描写一处居住着那些曾在世间"不受赞誉或责备地活着"的人们。和他们共同住在这地狱的前厅中的是这样一些天使:"他们既不作乱,也不忠于上帝,而是为自己。"他们两面讨好,不介入任何行为。他们哀叹"没有希望获得一死"。尽管他们没有希望获得一死,但丁却轻蔑地说他们是"从没有活过的不幸者"。要想过真正的生活,就需要有为,而过分怕死的人是绝不肯有为的。《地狱篇》第四章所写的是这样一些灵魂:他们生时善良,但在基督福音传世以前死去。他们没有受到洗礼。他们是现代荒原上居住的两类人中的第二类:一类是完全世俗化的人,一类是没有获知信仰是什么的人。

记着这三种空虚和荒瘠的境界(即圣杯故事、《圣经》和但丁所描写的),我们就可以看看在本诗中是如何展开的。在第一章,在叙述者的脑中流过一个世界的浮影,这个世界是怠倦和怯懦的,无聊而不安,喜欢冬天的半死不活而规避春天生命力的激烈的复苏。这个世界害怕死亡,把它看作是最大的坏事,可是想到诞生又使它不安,而且把生和死看成是截然有别的。我们看到对这个世界的特点的思考(第一至七行,二十至三十行)杂以对某些特殊情景的回忆(第八至十八行,三十五至四十一行)。在这之间,有片断的歌或回忆到的诗句。

这个世界害怕未来,渴望看到预兆和征象,尽管看到了也不会相信。主人公被算了一命,可是算命人告诫他的是"小心死在水里吧",而不是那近似神的启示的警告,即第三十行的"我要指给你恐惧在一撮尘土里"。

当主人公看到伦敦桥上成群的人在冬日早晨的雾里走去上班时,他想到但丁在地狱的幻景中所看见的那成群的死者。这些人在无目的的活动中是死了,并非活着。对繁殖之神进行埋葬的仪式,是由于相信他的精力将会复苏,犹如大自然的精力一样。而在这里,死者的葬仪没有带来复苏的希望。韦伯斯特《白魔鬼》里的《葬歌》(见七十四行注)的引语描绘了较早时代的葬礼,那景象该是恐怖的:一具没有友人的尸体由蚂蚁、田鼠和鼹鼠去照料;但是在韦伯斯特的诗里,这景象写得毫不可怕。尽管有狼,大自然被写为对人很友善。然而在本诗里,韦伯斯特的葬歌所构制的美却变为一种特殊的恐怖,而这恐怖的产生,是部分地由于把背景"驯服"了:不是在粗野的大自然,而是在近郊的花园;不是无人过问的尸体,而是"你种……的尸首";不是人类之敌的狼,而是那家畜的狼——狗,纯出于友好之情把尸体掘出来。大自然被驯服并失去其恐怖感(敌对的狼转变为友善的狗),这是世俗化过程的一部分。

第一章里有一处狂喜和美的情景,那是回忆及风信子园外的一段事。它说到的那一刻不是半生半死,而是生命丰满的;可是主人公却要说在那一刻"我不生也不死"。这种说法尽管好像夺去了生机,但之所以如此,是由于把这一刻和魔法师看到幻象的一刻等同起来,因此它和荒原上的生中之死是决然不同的。试把这段里的"我说不出话来……什么都不知道"和下一章里的"你什么也不知道?什么也没有看见?"(第一百二十一至一百二十二行)相比较,这两段有完全不同的效果。

第二章在某种意义上是全诗最容易懂的。我们看到荒原上两种生活的侧影,描绘了处于社会两极的两个处女:一个是豪华居室中的女人,另一个是丽尔,她被两个伦敦朋友在酒馆里谈论着。但这两个女人都是幻灭而悲哀的;对于这两人,"爱"成了难题:一个情绪不好,扬言要冲到大街上去;而另一个呢,已经堕过一次胎,现在当丈夫退伍的时候,害怕又生孩子。两个都是荒瘠的女人,是现代世俗社会的精神荒瘠的象征。她们还代表现代世界的两个方面:贫民窟的堕落和客厅的神经质,虽然表面看来大不相同,却都是现代世界的精神溃败的体现。

第七十七至七十八行把客厅的女主人比作在西德纳河上初次呈现在安东尼面前的克柳巴(见莎士比亚的《安东尼和克柳巴》二幕二场一百九十行)。可见屋中的豪华只不过反衬女主人生活实质上的空虚。室内陈设反映了富丽的文化遗产;可是这些征象对她毫无意义,过去对她是死了的;因此本诗在一百零四行把室中的其他装饰以"时光的其他残骸断梗"一词作结而撇开。在她和坐在室中陪她的情人或丈夫之间没有真正的共感。她终于绝望地追问:"你可是活着吗?你的头脑里什么也没有?"她在她的生活中看不出什么意义——除了单调的惯常行为:"十点钟要热水。若是下雨,四点钟要带篷的车。"她的生活意义就像一盘棋戏那样人为规定的。

丽尔的生活在她的两个朋友喝啤酒时的谈论中,显出了可怜的惨况。酒馆伙计越来越紧地以关门的通知催她们走,终于把这两个妇女赶出酒馆去。

河水主宰着本诗的第三章:先是现代的河,河岸上零乱地堆积着垃圾;接着是伊丽莎白时代的河,像斯本塞在《结婚曲》里所描写的,那河上举行过庄严的婚礼。主人公行经城市来到河沿,他又看到河,一条现代的河,洋溢着"油和沥青";接着又是古代伊丽莎白女皇乘坐皇家游艇的河;接着我们又看到作为龌龊爱情的背景——现代的河。

在河的背景上提出的爱情主题,在本章的中心事件中得到明显的发展。这就是女打字员和满脸酒刺的年轻人的相会,他们的爱情只是生物机能的行为,除此没有任何意义。这种机械行为甚至反映在诗的格律上。那年轻的女人做了一件"失足的蠢事",但她没有被骗之感,因为她没有幻觉,她不期望什么,因此也没有失掉什么。诗人把哥尔斯密斯(Oliver Goldsmith,1730?—1774)的诗《当美人儿做了失足的蠢事》从主题、情调和节奏的性质上都改写过,精彩地传达出对同一行为的两种截然不同的概念。她没有感到恐惧和悔恨。她什么也没有感到。她机械地用手理理头发,并拿一张唱片放在留声机上的这一动作,表示那件事对她是无所谓的。

菲罗美通过痛苦而获得歌喉,因被奸污而有了"神圣不可侵犯的歌声"(第一百零一行)。这女打字员当然不是被强奸的,但也没有神圣不可侵犯的乐音——只有留声机上的机械的乐音。

第三章里还有一个极为重要的典故。那是莎士比亚《暴风雨》里的歌"你的父亲躺在五㖊深的地方"。在这支歌里,正如在菲罗美的故事中一样,都指出损害和丧失将被转化为富丽的美。在拜繁殖教中,死被转化为生命:种子被埋葬后重又生发为植物;神死了又复返。在莎士比亚的戏里,年轻的菲狄南王子在覆舟以后,在普罗斯波罗的岛边沮丧地游荡着,为他父亲的死而难过(见一百九十二行)。正走着时,他听到了阿瑞尔的歌"你的父亲躺在五㖊深的地方",这在他听来不像是来自人间的音乐。他由音乐引导行进,发现了米兰达和爱情,以后又看到他的父亲还活着,而且因为有了岛上的经历而转变了。

这支歌的片断不断出现在诗中叙述人的脑中。在算命的那一段,提到淹死的腓尼基水手时,他想到了"那些明珠曾经是他的眼睛"(第四十八行);在第二章,当他被问到:"你什么也没有看见？什么也不记得?"他不可解地记起了"那些明珠曾经是他的眼睛"(第一百二十五行)。现在,当他在煤气厂后漫步时,他想起菲狄南王子的悲哀的游荡,但是死亡没有使他看到白骨变为珊瑚或眼睛变为明珠。没有什么变为"富丽而奇异的东西",只有干骨头"被耗子的脚拨来拨去的,年复一年"(第一百九十五行)。而那在水上从他身边流过的音乐(第二百五十七行)却是发自女打字员的留声机的。

在荒原的单调世界里,甚至时间也有了不同的特点。时间,它不像马威尔在《给他忸怩的女郎》一诗里那样被意识到是一种迫令人行动的殷切催促。马威尔在他的背后总听到"时间的有翼的车";而本诗的主人公却"不时地听见汽车和喇叭的声音"(第一百九十七行),那伦敦市交通的嘈杂声。

在这一章里,或许有一个美而蓬勃有力的现代景色,这就是那在第二百六十至二百六十五行里所描写的。由任(Wren)所修建的辉煌的殉道堂如今已围在鄙陋的房子中间;但是怨诉的四弦琴是"悦耳的",渔贩子们是生气勃勃的("酒吧间内……发出嘈杂的喧声"),而教堂内还有"说不尽的爱奥尼亚的皎洁与金色的辉煌"。这里有一种生命感,和主宰其他景幕的那种半死半活不同。就本身的意义说,这些贫苦的渔贩子有了生命力;就象征的意义说,他们和鱼——繁殖的征象——相关联。第三章以"烧"字结尾,它所描写的世界是一个被枯竭的人欲燃烧的世界。第四章的简短的抒情插曲与此形成对照:不是无意义的燃烧,而是淹死;不是半死,而是真死;不是干燥的小顶楼里的干骨头,而是海底的洋流低语地啄着的骨头。读者或许要把这一段仅仅看作是单纯的对比——是语调和情致上的变化。但这一段是被它以前的三章大大充实了的。扶里巴斯是叙利亚商人之一。这里的"水里的死亡",正是索索斯垂丝夫人警告主人公要小心的。不管扶里巴斯在这里是否经历了"海里的变化,变为富丽而奇异的东西",这里至少有一种和平与超脱之感。利润和损失不再烦扰他。他回到了一切生命之源的大海,而且甚至还有返本归原之感——"经历了苍老和青春的阶段"——仿佛他现在重历他从娘胎开始的历程。

这一章和第一章一样,以一个普通号召而结束:"你们转动轮盘和观望风向的"——就是说,你们像扶里巴斯一样驾驶你们的船和观望天时变化的,你们以为是自己掌握着航程,并且自信不是无能为力地转动轮盘和毫无意义地兜圈子的——请不要忘记扶里巴斯一度和你们一样强大有力,却回避不了漩涡。死亡是一个回避不了的事实。

本诗的最后一章给人以经历噩梦景象的痛苦旅程的感觉。神已经死了。第三百二十二至三百二十三行暗示耶稣在客西马尼园中的受难,他被囚禁审判和最后死在十字架上;第三百二十四至三百二十五行暗示他在彼拉多面前的受审。"那一度活着的如今死了"。但是,对于不信奉他的人,他是在一种特别的意义上死了;那些无信仰者既然是荒原上的人,他们并不是真正活着:"我们曾活过而今却在垂死,多少带一点耐心。"(第三百二十九至三百三十行)

下一段暗示为干旱所苦的旅人陷于呓语中。叙述人总感到一个隐身人的存在。《路加福音》第二十四章记载,在耶稣被钉在十字架上后,有两个门徒在前往以马忤斯的路上,发现他们身边走着一个陌生人,这人以后显现为复活的耶稣。在本诗里没有这一显现,只有幻觉扩大为一个颠倒了的世界的噩梦幻景。城,像是在海市蜃楼中的倒影,"破裂,改正,又在紫红的空中崩毁。"钟楼是"倒挂在半空中"的,其中的钟声是令人"回忆"的,还有歌声发自"枯井"。

文明是崩溃了;现实和非现实好像混在一起。那个宣称"我要冲出去,在大街上走,披着头发,就这样"的女人(第一百三十二至一百三十三行)又出现了,"一个女人拉直她黑长的头发,就在那丝弦上弹出低诉的乐音"(第三百七十七至三百七十八行)。带着"婴儿脸"的蝙蝠和"发自空水槽和枯井"的歌声都指明一场无益的渴望的梦魇。

这一梦魇的旅程带有探索者走向"凶险的教堂"的旅程的性质。那教堂是荒凉无人的,因此更显得充满凶兆。然而屋脊上的公鸡在闪电中叫;还有"随着一阵湿风,带来了雨",预期着安慰。

电闪之后跟来了雷鸣。雷声是由拟声的字"哒"(Da)表现的。但诗人也利用它是如下梵文字"哒塔"(给予)、"哒亚德万"(同情)和"哒密阿塔"(节制)的头音。雷说的话包括了消灾的秘密。不愿意献出自己——不愿意承担责任——是和孤立之感及行动瘫痪相联的,而这两者正是荒原的特点。"给予""同情"和"节制"正是对这一困境的逐条的解答。

这几个字的每一字后的段落都是该字的解说,并把它和本诗前面的一些情况联系起来。人不能绝对地只顾自己。即使种族的繁殖也需要承担责任和奉献自己。活着就需要信仰生命以外的一些东西。

把自己奉献给自己以外的一些东西,这就是要超越人的基本的孤立处境的企图(不管是在性或其他方面)。我们每个人都是关闭在自己的思想和感觉的个人世界里的,正像乌戈里诺伯爵关在他的城堡里一样(见但丁《地狱篇》第三十三章)。失意的考瑞雷纳斯"只能"有"一刻"复苏(考瑞雷纳斯是傲慢的象征,见莎士比亚的同名剧本)。

雷的第三个指示(第四百一十八行)的解说,即响应"水里的死亡",又和它形成对照。这里的水手不像那淹死的水手扶里巴斯那样无所作为,只随着洋流起落,而是整个主宰着小船,仿佛它就是他自己的意志的扩展。它"欢快地响应"着,说"你的心会欢快地响应",这意味着心还没有做到。叙述人是处在逆境中。"要给予"这一指示引起他问道:"我们给予了什么?""要同情"这一指示使他想起他曾听见钥匙"只转动了一下"。钥匙必须转动第二下,他的牢门才能打开。

诗人用梵文字来解释雷鸣,从而把他的引证推向人类最早的历史。在吠陀经《优波尼沙土》里有着关于雷的指示的神话;因此,古代的智慧是包容在原始的语言中,而现代的欧洲语言大都是从那语言引申出来的。

但是,本诗不是以令人复苏的降雨而告终。它的主旨在于使现代荒原的经验得以印证,因此把荒原保持到底。叙述人获知了古代智慧,这件事本身并不能消除普遍的灾祸。不过,即使世俗化已经或可能摧毁现代文明,叙述人还有他自己的个人义务要履行。即使伦敦桥崩坍了,"是否我至少把我的园地整理好?"

主人为支撑他的荒墟而捡起"碎片"(第四百三十行),仿佛对本诗做了一个艰难的、不够满意的结尾。但如果我们知道这些碎片是从哪儿引来的,其来源的总体是什么,我们就会看到,尽管它们标志着主人公的绝望处境,它们并不仅仅是一堆杂乱的东西:它们堆在他的荒墟上是有着某一宗旨的。第四百二十七行"于是他把自己隐入炼狱的火中",这是但丁《炼狱篇》中诗人阿脑特所说的话。他对但丁说,"我是阿脑特,又哭泣又行走作歌;在脑中我看见我过去的疯狂,我又欢欣地看到我所期待的未来的日子。"他的痛苦不是无意义的,他欢欣地退到炼狱的火中。①

第四百二十八行("何时我能像燕子")是从一首晚期拉丁诗《维纳瑞斯之夜》引来的。那首诗也是以希望的调子结束,其叠唱句是:"明天,但愿那未曾爱过的和已爱过的人都有爱情。"

第四百二十九行("阿基坦王子在塌毁的楼阁中")是从吉拉得·德·诺瓦尔(Gerard de Nerval)的十四行诗《被废谪的人》引来的。那首诗结尾的几行译出如下:"我曾两次胜利地渡过阿克隆河(冥府的河);在奥弗斯的竖琴上我分别弹出圣徒的悲叹和仙子的哭泣。"和他一样,《荒原》的主人公也来自地狱。塌毁的楼阁就是"凶险的教堂",它也是整个衰败的传统。主人公决心恢复和重建他的传统。第四百三十一行的"当然我要供给你"取自伊丽莎白时代的戏剧《西班牙的悲剧》,这剧的副名为《海若尼莫又疯了》。海若尼莫为了替被害死的儿子报仇而装疯。当他被要求写一出戏给宫廷演出时,他答道:

当然我要供给我;别再说了。
我年轻的时候,脑子里想的
和我做的都献给无益的诗了;
虽然教授认为受惠不多,
可是这个世界却挺喜欢它。

他看到这出戏会给他提供一个难得的机会来为他被谋害的儿子

---

① 泰晤士河的第三个女儿(第二百九十三至二百九十四行)也反映了《炼狱篇》的一段话,即第五章中庇雅的话,但这里引证《炼狱篇》提示了一个讽刺的对照。因为,和阿脑特的受难一样,庇雅的受难是一次净化作用;她抱着希望,而泰晤士河的第一个女儿是怀着沮丧和绝望说话的。

复仇。和海若尼莫一样(也和阿脑特和被废谪的人一样),本诗的主人公现在找到了他的主题;他将要做的事不是"无益的"了。

海若尼莫的戏是以各种外文写成的部分组成(本诗的结尾也是集合了各种外文的引语)。当廷臣们指责说,这种办法把一出戏弄成了"仅仅一团糟"时,海若尼莫仍不予理会;他的怪主意终于被采纳了,这多半是由于迁就他的疯狂。

诗人此处的写法可能同样显得是发疯,全诗以"仅仅一团糟"而结束。但如果我们看到本诗是涉及一种文化的崩溃,并看到许多文化都归到一个主题上这一重要事实,这种写法就是可以理解的。这样结尾还有一个理由:主人公意味到全诗收尾的一些话在许多人看来是毫无意义的胡言乱语,尽管其中有着最古老最永恒的人类的真理①:"哒嗒。哒亚德万。哒密阿塔。"还有一串雷鸣:"善蒂,善蒂,善蒂。"艾略特的注释告诉我们,这里重复的梵文字的意思是"超乎理解的和平"。

在本文以上的解释中,我们略过了许多隐喻和用典的地方。这些将在后面注出。不过,关于本诗主题的开展最好尽可能简述一下,以便使读者自己做一种练习,把其他象征和隐喻的地方调和起来。

对读者说,更重要的是尽可能清楚地看到本诗如何作为诗而感人,而不是仅仅得到本诗的详细的意译就算。为了这一目的,也许最好是在读者对某些次要隐喻的确切用意试图仔细寻索以前,先说明一下本诗中典型的关联和对比。

《荒原》使用的基本手法如下:诗人借助表面的类似而实则构成事实上讽刺的对比,又借助表面的对比而实则构成事实上的类似。这两方面合起来所引起的效果,是把混乱的经验组成一个新的整体,而经验的现实的外表还是忠实地保留着。经验的复杂性并没有因为显然强加于它的一个预先规定的设计而被破坏。

《死者的葬仪》里的占命一段诗能恰当地说明这一总的手法。

---

① 参见艾略特后来的诗剧《家族的重聚》。在该剧结尾时哈里说:"难办的是,当一个人刚刚恢复清醒而又不十分肯定自己是清醒的时候,那时在别人看来,他好像才是最疯狂的。"

在诗的表面上,诗人写出江湖术士索索斯垂丝夫人对它的使用形成了对比。然而每个细节(以占命者的空谈来衡量是有其现实性的)在全诗的总内容中都具有新的意义。被二十世纪读者讥笑看待的占命随全诗的发展而变为灵验的——当然不是索索斯垂丝夫人所意味的那种灵验。因此,表面的讽刺被反过来,成为更深一层的讽刺。她的谈话的几个项目,就其谈话的前后联系看,只有一个涵义:"有三根杖的人","独眼商人","成群的人在一个圈子里转",等等。可是若与其他意思联系起来,它们便具有了特殊的意义。总括说来,本诗的所有重要象征都归列在这里了;但在这里,在它们被明显地串联起来的这唯一的段落里,这串联是无力和偶然的。只有从整个内容来看才看到的那更深的联系,是随着诗的发展而显现出来的——而这,当然,正是本诗所要追求的效果。

把细节从一个"单纯的"上下文转移到另一个内容里,从而使它饱含深意,并且改变了原意——这种转移可以说明本诗的许多文学用典。例如,"菲罗美的变形"只是《一局棋戏》开头描写的室中陈设的一个项目,可是时态的突然改变——"她还在啼叫(过去时态),世界如今还在追逐(现在时态)"——使它成为现代世界的注解和象征。在全诗里,对它的一再影射逐渐把它和本诗的主题等同起来。采用莎士比亚《暴风雨》的典故显示了同样的手法。但丁的地狱和圣杯故事里的荒原是相当近似的。第一次引用阿瑞尔的歌不过基于不相关的下意识的联想:"这里是你的牌,淹死的腓尼基水手,(那些明珠曾经是他的眼睛,看!)"这个典故第二次出现在《一局棋戏》里的时候仍不过是作为主人公的玄想中的一个项目而已。甚至在"我……对着污滞的河水垂钓,沉思着我的王兄在海上的遭难"和随后的诗行里,把《暴风雨》的象征和圣杯故事相联系也仅仅是讽刺性的。但这联系是建立起来了,尽管它好像是为反讥讽而形成的;而当我们读到《水里的死亡》和其中改变了的语调时,这联系则被正面地确定下来。我们似乎从表面凑合起来的材料得到一种启示感。

自然,这个总过程的另一方面是个性的相互融合。伊丽莎白女王和海倍里出生的女子都在泰晤士河上游览,一个是在皇家游艇上,一个仰卧在小独木船里。这女子是泰晤士的仙女,她被强奸了,因此类似那同样被粗暴污辱的莱茵河的仙女。无论是人物还是其他象征，它们之间的表面联系可能是偶然的，看来微不足道的这种联系或者是为了讥讽，或者通过随意的联想或幻觉；可能是更深一层的关系却在诗的总内容中显示了出来。其效果是给人以经验的统一感，各时代的统一感；与此同时，还会感到总的主题是从诗里逐渐产生出来，它不是强加的，而是逐渐呈现的。

这些类似和对比的复杂交错自然造成晦涩，不过这种晦涩部分地应归因于诗人忠于经验的复杂性。一些象征简直不能和一个单纯的意思等同起来。举例说，"岩石"在全诗里似乎是"沙漠"的象征之一。"干石头发不出流水的声音"，荒原上的女人是"岩石的女人"，而最突出的是，在《雷说的话》里有一长段呓语："这里没有水只有岩石"。它的大概意思是如此；可是在《死者的葬仪》里又有如下诗句："只有一片阴影在这红色的岩石下，（来吧，请走进这红岩石下的阴影）。"岩石在这里是避居的地方。从死得生的这一反义是贯串在这一象征里了。

还有一个更明显的例子说明对象征的两可的采用。请看一看风信子女郎的那些诗行。那里的形象显然给人以生命的富丽之感。那是狂喜的一刻（基本的形象显然是有关性欲的）；但那一刻的强烈像是死亡。主人公在那一刻"看进光的中心，那沉寂"，因此他看到的不是丰满，而是空虚，他"不生也不死"。生命的征象也意味着一种死亡。这种双重作用自然扩展到一整段。例如，请看："而酒吧间渔贩子们正在歇午……还有殉道堂：在它那壁上是说不尽的爱奥尼亚的皎洁与金色的辉煌。"这一段的作用在于指出宗教已进入困境。辉煌的教堂现在是被贫民区包围着了。但是，它也有一个反效果：在教堂旁"下泰晤士街的酒吧间"里的渔贩子们过着有意义的生活，而这生活对于世俗文化的中上阶层却不存在了。

无疑地，这篇诗中每个象征如果只有一个确定意义，它会"清楚"一些；但它也就会粗浅些，忠实得差些。因为诗人不能满足于展示一个说教的暗喻，把一层平面的象征直接加添到全局的总和里去。他使用的象征是主题的一些戏剧化的例子，其本身的性质即体现了主题的基本上的反义（似是而非）。

我们把诗人说得好像是一个要从敌意的听众取得认可的战略家。当然这只是在某种意义上是如此的。诗人自己既是叙述人也是听众；我们如果就诗人的诚实而非其他的策略来立论，那将把问题说得更确切些。作为一个完全是他自己时代的人，他只能在谈及基督教复兴的困难时，才能不虚假地表明他对基督教传统的态度；而作为气质上诗人成分远多于宣传家成分的人，他只能在具体地戏剧性地表现他的主题时才能是真诚的。

把这一件事再换一个说法：对诗人来说，基督教的术语已是一堆陈词滥调。无论他认为这些术语如何"真实"，他仍然体会到，它们在表面上看来只能是陈词滥调，而他的办法必须是一个使它们重新获得生命的过程。因此，《荒原》采用的手法是粗暴而激烈，但又是完全必要的。因为，要把已被一层熟稔之膜盖住的象征加以更新和恢复其生命力，就必须有我们在讨论个别段落上所曾提到的一种结构：即陈述表面的相似，而这些相似又讽刺地显示为不相似；又把看来显然不同的事物联系起来，终至后来领悟到它们的不同只是表面的，而事实上相似是基本的，并串起了那一切。就这样，信仰是通过紊乱和冷嘲而宣布出来，并不是撇开它们而宣布的。

《荒原》——题注①

作者自注："不仅本诗的题名，而且连它的规划和大部分偶然的象征都受益于杰茜·韦斯顿（Jessie L. Weston）关于圣杯故事的一本书《从祭仪到罗曼斯》（*From Ritual to Romance*）的启发。确实，我的受益之深，使得韦斯顿女士的书比我的注解更有助于解说本诗难懂的地方；我向凡认为本诗值得费力加以解说的人推荐这本书，且不论它本身的引人入胜之处。总的说来，我还受惠于另一本人类学著作，那曾深深影响我们一代人的著作；我是指福莱色的《金枝》（James Fracer: *The Golden Branch*）；我特别使用了其中的两卷：阿童尼·阿蒂斯，奥西里

---

① 这里的注解，是混合了作者自己的经过选择的注解，布鲁克斯和华伦的注解和译者加添的注解而成的。上面布鲁克斯和华伦的文章内已详为说明的地方，这里就从略了。

斯。任何熟悉这几卷的人会立刻在本诗中看到对拜繁殖仪式的引用。"

本诗的题辞引自古罗马作家佩特罗尼乌斯(Petronius,? —66)的讽刺作品《沙特里康》(*Satyricon*)。西比尔是能做预言的女人,为太阳神阿波罗所爱。她向阿波罗要求长生,阿波罗给了她一千年,但她忘了要求给她青春,因此活得虽长,但处于毫无青春活力的状态中。

- 第九行:斯坦伯吉亚是德国南部慕尼黑城附近的一个湖,是游览胜地;这里可以被认为是欧洲文明的中心地带,因此艾略特以它为背景来描写现代的荒原。
- 第十行:郝夫加登是慕尼黑的一个公园。
- 第十二行:这一行原诗为德文,表示是操德语的人说的。
- 第十三至十八行:前四行是餐室中一个名叫玛丽的女顾客说的话。第十七行是另一人的话。第十八行又是一个顾客的谈话。诗人用以上这些人谈话的片断来表示他们是荒原上没有根的人。
- 第二十行:"人子呵"引自《圣经·以西结书》。在那里,耶和华从天上对以西结说:"人子呵,你站起来,我要和你说话"。采用圣经的口吻表示自二十一至三十行的教诲带有启示的性质。
- 第二十三行:这里仿照了《圣经·传道书》第十二章中对古代没有信仰的世界的描写。那里写道:"人怕高处,路上有惊慌,杏树开花,蚱蜢成为重担⋯⋯"
- 第二十五至二十六行:参看《圣经·以赛亚书》第三十二章里提到救世主的这样一段话:"必须有一个人像避风所和避暴雨的隐蔽处,又像河流在干旱之地,像大岩石的影子在疲乏之地。"
- 第三十一至三十四行:这四行原诗为德文,引自瓦格纳的歌剧《特里斯坦和伊索得》第一幕。特里斯坦护送伊索得乘船去爱尔兰,要把她献给她所不爱的马克王为后。这四行是船上水手所唱的歌,在他唱歌的时候,特里斯坦和伊索得还没有误服下爱情的迷药。在服下迷药后,他们便终生相爱,历经苦难。
- 第三十五行:风信子花是繁殖仪式里复活了的神的象征。
- 第四十二行:"荒凉而空虚是那大海",原诗中为德文,引自:"特里斯坦和伊索得"第三幕。特里斯坦受伤后等待伊索得来相会,他在岸边问守望的人,是否海上有船载来伊索得,但守望的人回答说:"荒凉而空虚是那大海"。诗人有意在这德文歌剧的两段引文中间夹着风信子花女郎的现代爱情插曲,以造成今昔的对比。

第四十六行:作者自注:我不太清楚泰洛纸牌(Tarot Pack of Cards)的确切组成,我显然没有考虑它,只是取来以适应我的需要。那绞死的人是这套传统纸牌里的一个人物,他从两方面说适合我的主旨:一因为在我的脑中他和福莱色(即《金枝》的作者)的被绞死的神联想在一起了,二因为我把他和本诗第五章中两门徒以马忤斯的路上看见的蒙头巾的人相联系起来。腓尼基水手和商人以后还出现;还有"成群的人"以及"水里的死亡"也在第四章里出现。"有三根杖的人"(确系泰洛纸牌中的一张)被我很武断地和渔王联系在一起了。按:腓尼基水手象征繁殖的神,繁殖神像每年要扔在海中表示夏季的死亡,以便迎来下一年的春天。

第四十八行:引自莎士比亚《暴风雨》中的丧歌:

> 你的父亲在水下有五呎深,
> 他的骨头已变成了珊瑚;
> 那些明珠曾经是他的眼睛。
> 他的一切都没有变腐,
> 而是经历了海里的变迁,
> 变为富丽而奇异的什物,
> 海仙每小时敲他的丧钟:
>   叮——当。
> 听!现在我听到了它:叮当的钟。

第四十九行:贝拉唐娜(Belladonna),意大利文,意为美女,同时也是一种有毒的花。岩石的女人,指意大利文艺复兴时期画家达·芬奇的一幅画《在岩石中的圣玛利亚》中的圣母玛丽亚;一说这是同一画家的《蒙娜丽莎》那幅画。

第五十一行:轮盘,指命运之轮,也可能是指佛教中的轮回。

第五十二行:独眼商人,这是纸牌上画的侧脸,只呈现一只眼睛。联系到第二百零九行的商人尤金尼迪先生,"独眼"暗示占卜者的作用退化了。如索索斯垂丝夫人是患了"重感冒",和独眼商人同样是不灵验的。

第五十三行:"是空白的",是指有人肩负着秘密,不让人看见。

第五十五行:"绞死的人",是为了复生、繁殖而被处死的神,包括基督和渔王。

第六十行:作者自注:"参见法国诗人波德莱尔的诗:

> '这万头攒动的城,充满梦的城,
> 鬼魂在白天就缠着过路的人。'"

第六十三行:作者注:"参见但丁《地狱篇》第三章五十五至五十七行:

'这样长的
一串人,我没有想到
死亡毁灭了这么多人。'"

第六十四行:作者注:"参见但丁《地狱篇》第四章二十五至二十七行:

'这里没有抱怨的声音
可以听见,除了叹息
震撼着永恒的天庭。'"

第六十六行:威廉王大街,位置在伦敦桥以北,直到伦敦的市区中心。

第六十七行:圣玛丽·伍尔诺教堂在威廉王大街和伦巴得街的街角。

第七十行:史太森是帽子的商标名,这种帽子当时很流行,这里用来指任何一个穿着漂亮的普通人。

麦来,地名。纪元前二百年罗马与迦太基曾在此进行海战。主人公招呼过路的朋友似应提及他们在第一次世界大战中的共同经历,而此处却提了这次古代战争;这种时间上的颠倒表示古代战争和现代战争毫无二致,都是毫无意义的。

第七十四行:作者自注:"参见韦伯斯特(英国十七世纪剧作家)《白魔鬼》里的《葬歌》:

'唤来那些鹪鹩和知更,
因为它们在林丛间飞翔,
并且把花朵和叶子盖上
那无亲无友的暴露的尸身。
再把田鼠、鼹鼠和蚂蚁
唤来参加哀悼他的葬礼,
给他筑起小山,保他温暖,
而且招惹不了盗墓的危险。
但千万把狼撑开,那是人类之敌,
不然它的爪子会把他们再掘起。'"

本诗在引用后两句时,把狼换为犬(Dog),这个字有两个含义,既指狗(人类之友)也指犬星座,传说这是使尼罗河两岸肥沃的星座,在这个意义上它也是"人类之友"。

第七十六行:原诗为法文。作者自注:"此行引自法国诗人波德莱尔的《恶之花》序诗。"按波德莱尔的诗句指出,厌倦一切是城市中人的通病,作者也不例外。这里用直接向读者招呼的方法,作者将自己和读者都戏剧性地牵涉进荒原里来。

第七十七行:作者原注:"参见莎士比亚的《安东尼与克柳巴》第二幕一景一百九十行。"莎士比亚原句如下:

"她所坐的大船,像发亮的宝座
在水上放光。"

第九十七行:"田园景色",作者原注:"这一词引自弥尔顿的《失乐园》第四章一百九十行。"该行中用这一词描写伊甸乐园的山头。

第九十九行:"菲罗美的变形",见罗马诗人奥维德(公元前43—公元18)的《变形记》。那里说,粗暴的国王特鲁阿斯去接妻妹菲罗美,见她美丽,便在山洞中强奸了她,并把她关在里面不许出来。他回去告知妻子普洛克尼,假称她妹妹已死。菲罗美把自己伤心的故事织成一幅锦绣,托人带给姐姐。普洛克尼一怒把儿子杀死给特鲁阿斯吃,特鲁阿斯知道这事后,便拔刀追杀姊妹二人,她们变成鸟飞去。菲罗美变成夜莺,她姐姐变成燕子。

第一百零三行:"唧格,唧格",英国十七世纪伊丽莎白时代的文学中常用这种声音形容夜莺的歌唱。它同时也是带有猥亵意义的俚语。

第一百一十八行:作者原注:"参见韦伯斯特《魔鬼的公案》:'风还在那门下么?'"按这句话是剧中一位医生看到一位被谋杀的人还在呼吸时问出的。

第一百二十八行:作者这里说的是一首一九一二年风行于英国的爵士乐曲。"莎士比亚"拼成"莎士比希亚"是为了符合爵士乐的节奏。

第一百三十七行:据艾略特注,此处参看英国十七世纪戏剧家米突顿的戏《女人,要当心女人呀》。在这出戏里,邻妇约一个寡妇来下棋,是为了留下她的儿媳在家被公爵诱奸。该戏在下棋的攻守中也暗示出诱奸的情况。

第一百四十一行:这是英国酒馆伙计在要关门时催顾客走的呼唤。

第一百七十二行:这一行引自莎士比亚的悲剧《哈姆雷特》四幕五景。因父亲被杀而悲哀发疯的少女奥菲利亚,在唱完她悲凄的歌后,和室中人一一告别。她和菲罗美一样,化悲痛为歌声。这里把她的告别辞和酒馆顾客们彼此间的告别讥讽地合在一起了。

第一百七十六行:这一行引自英国十六世纪诗人斯本塞的《结婚曲》。那里形容了泰晤士河的快乐景象。这一行是斯本塞原诗每一段的叠唱词。

第一百八十二行:莱蒙湖在瑞士日内瓦。圣经中《诗篇》一三七歌有类似的话,那是被囚在巴比伦的人因想念耶路撒冷的圣山而坐在河边哭泣。现代荒原上的人也正是被囚禁的人。

第一百九十一行:艾略特注:"参见莎士比亚《暴风雨》一幕二景。"其中菲迪南王子在听到阿瑞尔的歌后,说道:

"这音乐在哪里? 地上还是空中?
它没声音了。它准是在等候
给岛上的神听。坐在岸上,
再次哭泣我父王的沉舟时,
这音乐在水上从我身边流去……"

第一百九十六行:作者自注:"参见马威尔(Andrew Marvell,1621—1678)的《给他忸怩的女郎》。"诗中有这几行:

"然而在我的背后我总听见
时间的有翼车驾飞驰近前,
而远方我们所能看到的
只是巨大的永恒底荒原。"

第一百九十七行:作者自注:"参见台(John Day)的《蜜蜂的议会》:

'突然间,你留神就会听见
号角和行猎的闹声,那将带来
阿克塔恩在春天里会见狄安娜,
那时谁都会看见她赤身露体……'"

阿克塔恩是猎人,因为看见贞洁女神狄安娜沐浴而被变为鹿,又被自己的猎犬咬死。在这里,阿克塔恩变为斯温尼,狄安娜变为不贞洁的鲍特太太。

第一百九十九行:作者自注:"我不知道这几行所来自的民歌源出何处,它是有人从澳大利亚悉尼市告知我的。"

第二百零二行:原诗为法文,引自法国诗人魏尔伦(P. Verlaine,1844—1896)的《帕西法尔》。帕西法尔的故事是圣杯故事之一。在瓦格纳同名的歌剧里,帕西法尔找到圣杯并治愈安弗塔斯(渔王)以前,在圣杯教堂里先有童男女歌唱颂扬耶稣。

第二百零四行:参见第一百零三行。

第二百零五行:参见第九十九至一百行。这里暗示斯温尼和鲍特太太的关系。

第二百零六行:"特鲁"模拟夜莺的叫声,暗示奸污菲罗美的特鲁阿斯王。

第二百零七行:参见第六十行。

第二百零九行:斯莫纳是土耳其西部一海港,那里生产葡萄干。艾略特曾说

411

过这是真事,他确是遇见过这么一位商人。

第二百一十一行:"托运伦敦免费",指葡萄干的标价,在运去伦敦时是运费和保险费不计价的。"见款即交的提单"指见票即付的支票付款后,提货单即交予买主。

第二百一十四行:大都会是游览城市布里敦的豪华旅馆。布里敦离伦敦六十英里。

第二百一十八行:提瑞西士,古希腊的盲先知。悲剧家索福克勒斯在《俄狄浦斯王》剧中曾写到他。当底比斯的土地受到诅咒(另一个类似的荒原),是提瑞西士找到了诅咒的原因。他有着"干瘪的女性的乳房",是指:传说他被神变为女性,七年后又变为男人。他看到"在这沙发式床上演出的一切",一种繁殖行为变为没有意义的行为了。艾略特注解说:"提瑞西士虽然只是旁观者而非'角色',却是本诗中最重要的人物,他结合了其他一切人物。正如独眼商人、葡萄干推销员,都融入腓尼基的水手,而这水手又和那不勒斯的菲迪南王子(莎士比亚《暴风雨》中的角色)无大差别。同样,一切女人都是一个女人,而这两性又都汇合在提瑞西士身上。提瑞西士所见的,事实上就是本诗的主体。"

第二百二十一行:作者自注说他写这一行时想到了"港岸边"或驾渔舟黄昏时返回的情景。这一行近似古希腊女诗人莎弗的诗:"金星呵,你把灿烂的黎明散开的一切聚回来;你把绵羊、山羊和孩子带到母亲跟前。"这一行也使人想起斯蒂文森(Robert Louis Sterenson)的《镇魂曲》诗中的句子:

"水手回了家从海上而来。"

第二百三十四行:勃莱弗(Bradford),英国北部的工业城市。那里多大战中投机致富的暴发户。

第二百四十五行:他曾在底比斯城墙边的市场上,预言俄狄浦斯王的悲惨下场,见索福克勒斯悲剧《俄狄浦斯王》。

第二百四十六行:作者自注:"在荷马史诗《奥德赛》中,奥德赛曾在阴间见到提瑞西士。"

第二百五十三行:作者自注:"参见哥尔斯密斯(英国十八世纪作家)《威克菲尔牧师》中被引诱的奥利维娅的歌。"按歌中说:

"当美人儿做了失足的蠢事,
　发现男人的负心已经晚了,
　什么魔符才能使她消愁,
　怎样才能把她的污点洗掉?

> 唯一的妙法既为她文饰,
> 又在众目下使她躲过羞耻,
> 还能为她的恋人带来悔恨,
> 绞得他心疼——那就是,去死!"

第二百五十七行:引自《暴风雨》一幕二景。见第一百九十一行注。

第二百五十八行:河滨大街是伦敦的商业中心。维多利亚街联接金融城和维多利亚码头。

第二百六十行:下泰晤士街和伦敦的鱼市并列。

第二百六十四行:作者自注:殉道堂的内部装饰,据我看是任(Sir Christopher Wren,1632—1723)的内部装饰杰作之一,教堂建于一六七六年。

第二百六十六至三百零六行:这以下是泰晤士河三女儿之歌,仿照了瓦格纳的歌剧《神的末日》(Gotter dämmerung)中莱茵河女儿之歌。莱茵河的仙女因为莱茵河里的黄金宝藏而欢快,后来因它被盗而哀诉;同样,泰晤士的女儿先是歌唱泰晤士河曾有过的欢畅,自二百九十六至三百零六行则歌唱它遭到的损害。

"喂呵啦啦,咧呀"等是莱茵女儿的叠唱声。(从二百九十二至三百零六行她们三人各唱一段。)

第二百七十六行:犬岛,伦敦东部由于泰晤士河道弯转而形成的一个半岛。

第二百七十九行:莱斯特是十七世纪英国女皇伊丽莎白的宠幸。据记载,女皇曾和他在游艇上调笑。莱斯特甚至说如女皇愿意,他们很可以结婚。

第二百九十三行:海倍里在伦敦北部近郊,瑞曲蒙和克尤,在泰晤士河西段上,是人们喜欢去划船的地方。这一整句话仿但丁《炼狱》篇中类似的一句:"西阿纳生我,毁我的是马瑞马。"

第二百九十六行:摩尔门是伦敦市内金融城的贫民窟。

第三百行:马尔门是泰晤士河口的游览地。

第三百零七行:作者自注:"引自中世纪主教圣·奥古斯丁的《忏悔录》:'于是我来到迦太基,那里有一锅淫乱的爱情在我耳边歌唱。'"

第三百零八行:引自释迦牟尼的"火的说教"。由下列片段可见其梗概:"僧众呵,一切事物在燃烧。……僧众呵,眼睛在燃烧;可见之物在燃烧……我对你们宣告,它为情欲之火所燃烧,为愤怒之火所燃烧……耳在燃烧……舌在燃烧……"

第三百零九行:作者自注:"仍引用奥古斯丁的《忏悔录》。把东方和西方的禁欲主义的两个代表并列在这里作为本诗这一章的顶点,并不是偶然的。"

扶里巴斯要淹死在水里,已由第一章里的命相家索索斯垂丝夫人预言过。这几行基本上是艾略特早年的一首法文诗《在饭店内》结尾的译文。对这一章在全诗中的作用,评论家有不同的看法,有的认为他的死是为了重生,如同代表繁殖的神那样;另外的人则认为他的死意味着灭绝,并没有重生的希望。

第三百二十八行:指耶稣在客西马尼园(Gethsemane)中被捉、囚禁、受审和遇难。

第三百五十七行:作者自注,说这是他在加拿大魁北克看见的一种画眉鸟,并且引用一本讲鸟的书说,它似流水声的歌唱是值得赞赏的。

第三百六十七至三百七十七行:作者自注:引海尔曼·赫司(Hermann Hesse, 1872—1962)《混乱一瞥》(1920)中的一段:"欧洲的一半,至少东欧的一半,已经走向混乱,沉醉于神圣的疯狂,沿着悬崖的边缘前进,如同德米特里·卡拉马佐夫(指陀思妥耶夫斯基小说中人物——译注)那样唱着醉酒的圣歌。震惊的资产阶级嘲笑这些歌;圣人和先知则流着泪听。""慈母悲伤的低诉"指悲悼耶稣的妇女,也可能指为其他繁殖神的死亡而哭泣的妇女。

第五章:作者自注:"在第五章的第一部分里使用了三个主题:即赴以马忤斯的旅程,到'凶险的教堂'(见韦斯顿的书)和东欧目前的衰败。"

第三百六十八行:自此以下几行,可参见艾略特的《家族的重聚》:"在人群密集的沙漠中突然的孤独/许多人在浓烟中移动/没有方向,因为没有任何方向/能引到任何地方,而只有围着烟雾团团转。"

第三百七十八行:这里就是本文所引《传道书》第四章中的"唱歌的女子"。

第三百八十行:紫色是礼拜式上用以代表忏悔的。参看220行和373行。

第三百八十八行:此处的教堂指"凶险的教堂"。在寻求圣杯的传说里,骑士要经过一座凶险的教堂,好比但丁《神曲》中的炼狱,经此而达到生命的顶峰。

第三百九十二行:据信公鸡是驱邪的。

第三百九十八行:喜马万山即喜马拉雅山脉。

第四百零二、四百一十二、四百一十九行:"哒嗒""哒亚德万""哒密阿塔",这是取自梵文经典《优波尼沙土》的三个字,意即"给予""同情""节制"。

第四百零八行:作者自注:"参看英国剧作家韦伯斯特的《白魔鬼》五幕六景:

'……他们会再结婚
在蛆钻出你的尸衣以前,在蜘蛛
为你的墓碑结一层薄幕以前。'"

第四百一十二行:作者自注:"见但丁《地狱篇》三十三章四十六行,又参见布莱得雷(F. H. Bradley)的《表相与实体》一书如下一段:'我的外部感觉正如我的思想感情,同样是我自己的。在任一情况下,我的经验都不出我自己的圈子,这圈子对外界是闭绝的;而且,其自身内的一切因素既相同,每个圆体对环绕的其他圆体都是不透明的……简言之,作为出现在一个灵魂中的存在,整个世界对那个灵魂说就是私有的,它对每人说都是特殊的。'"

第四百一十七行:考瑞雷纳斯是莎士比亚同名戏剧中的英雄人物,以骄傲和盛气凌人而致失败。

第四百二十五行:作者原注:"见魏士登:《从祭仪到罗曼斯》有关渔王的一章。"

第四百二十七行:这是一首流行的英国民歌的第一行。

第四百二十八行:见但丁《炼狱》二十六第一百四十八行。

第四百二十九行:燕子是夏天的鸟。菲罗美的姐姐普洛克尼即被变为燕子。参见一百行。

第四百三十行:作者原注:"见奈尔法尔(Gérard de Nerval,1808—1855)的十四行诗《不幸的人》。"在诗中,诗人自比在塌毁的楼阁中的阿基坦王子。

空虚的人们

给老盖一个便士①

1

我们是空虚的人
我们是填塞起来的人
靠在一起
头里填满了干草。唉!
我们干燥的声音
当我们低语在一起
是静悄而无意义的
好像风吹过干草
或老鼠脚在碎玻璃上跑
在我们的干地下室里

形状而无格式,阴影而无颜色
麻痹了的力量,姿态而无动作

那些以直视的眼睛
越过这里而到死之另一王国的人
请记着我们——假使还记着的话
不是失迷的激狂的灵魂

---

① 每年十一月五日,英国儿童都要烧盖·福克斯的模拟像,他于一六〇五年曾打算炸毁议会大厦。在烧像之前,儿童们扛着像,说着"给老盖一个便士",以讨钱置花炮。

而只是空虚的人
　　填塞起来的人

2

　　我在梦中不敢遇见的眼,
在死之梦的王国里
这些眼不会出现:
在那儿,眼睛是
阳光在断石柱上
在那儿,一棵树在摆晃
而人声是
风的歌唱
更迢遥,更端庄
比一颗消逝的星

让我不要更接近
在死之梦的王国里
让我也还穿着
一种有意义的伪装
老鼠皮,乌鸦皮,交叉的木杖
在一片田地
让我像风一样行事
别更接近——

不要那最后的相遇
在昏黄的王国里

3

　　这是死的土地

这是仙人掌的土地
在这里,石头的偶像
被树起,他们承受着
一个死人的手的恳求
在一颗消逝的星的闪耀下。

是否就是这样
在死之另一王国里
独自醒来
在那一刻,当我们是
充满柔情而颤栗
那愿意接吻的唇
向破碎的石头发出祷告。

4

眼睛不在这里
这里没有眼
在这消逝的星星的谷里
呵,这空虚的谷
是我们失去的王国的碎腭

在这最后一个遇合的地方
我们一起摸索
而且避免语言
在这潮湿的河岸上聚起来

没有视觉,除非是
眼睛重又出现
作为死之黄昏的王国里
多叶的玫瑰的

一颗永恒的星
这是空虚的人们
唯一的希望。

5

这儿我们绕着多刺的梨树走
多刺的梨树呵多刺的梨树
这儿我们绕着多刺的梨树走
在清早五点钟

在概念
和现实之间
在动力
和行为之间
落下了阴影
**　　因为王国是你的**

在孕育
和创造之间
在情感
和反应之间
落下了阴影
**　　生命是太久了**

在欲望
和痉挛之间
在潜力
和存在之间
在本质
和降临之间

落下了阴影
因为王国是你的

因为你的是
生命是
因为你的是

正是如此,世界结束了
正是如此,世界结束了
不是砰地一响,而是带着低泣。

（1925）

灰星期三节[1]

(选一首)

因为我不希望再转动
因为我不希望
因为我不希望转动
企求这些人的赠与和那些人的富裕
我不再努力去争取这些事情
(为什么老鹰还要展开翅膀?)
为什么我要哀伤
那日常的王朝的消失的权柄?

因为我不希望再知道
那有作为的一刻的脆弱的荣耀
因为我不去想
因为我知道我将不会知道
那一个真正的暂刻的权柄
因为我不能到那儿去啜饮
尽管树在开花,泉水在流,因为一切都不再有,
因为我知道时间总是时间
地方总是而且只是地方
所谓真实的只在某个时间
并只在某个地方是真实的

---

[1] "灰星期三"是复活节前基督教四十天大斋期的第一天。这一天在教堂礼拜时,牧师在教众额上用灰画一十字,并且向他说:他不过是灰尘,终究也将化为灰尘。在《创世记》中,上帝也向亚当说过类似的话(三章,十九节)。

我高兴事情是现在这样
我弃绝圣者的脸
我弃绝真理之声
因为我不能希望再转动
因此我欢欣于建立某些结构
以便在那上面欢欣

祈求上帝给我们仁慈吧
我祈求让我忘记
这些使我对自己讨论得太多
解释得太多的事体
因为我不希望再转动
就让这些话来回答
那已做过和不再做的一切吧
愿审判我们不要过重

因为这些翅膀不再是飞翔之翼
只不过用来拍击空气
这空气而今完全变小和干枯
比意志更小更干枯
教给我们关心和不关心
教给我静止坐着。

为我们罪人祈祷吧！在此刻和死时
为我们祈祷吧，在此刻和死时

（1930）

W. H. 奥登(1907—1973)

在战争时期

——十四行诗组,附《诗解释》

1

从岁月的推移中洒落下种种才赋,
芸芸众生立刻各分一份奔进生活:
蜜蜂拿到了那构成蜂窠的政治,
鱼作为鱼而游泳,桃作为桃而结果。

他们一出手去尝试就要成功了,
诞生一刻是他们仅有的大学时期,
他们满足于自己早熟的知识,
他们安守本分,永远正确无疑。

直到最后来了一个稚气的家伙,
岁月能在他身上形成任何特色,
使他轻易地变为豹子或白鸽;

一丝轻风都能使他动摇和更改,
他追寻真理,可是不断地弄错,
他羡慕少数的朋友,并择其所爱。

2

他们不明白那为什么是禁果。它没有

教什么新知识。他们藏起了自傲感,
但在受责备时并不肯听取什么,
并确切地知道在外面该怎么来。

他们离去了:立刻,过去所学的一切
都从记忆里隐退;现在,他们不再能
理解那些一向帮助过他们的狗,
那常和他们策谋的溪水哑然无声。

他们哭泣,争吵:自由真是奔放不羁
在前面,"成熟",当儿童向上攀登的时候,
却像地平线从他们眼前退避。

危险增加了,惩罚也日渐严刻;
而回头路已由天使们把守住,
不准诗人和立法者通过。

3

只有嗅觉能有感情让人知道,
只有眼睛能把一个方向指出;
泉水的说教本身是孤立的;飞鸟
并无意义,只有谁把它作为食物

猎取和命名,它便成了谁的投影。
他在喉咙里感到兴趣,并且发现,
他能够派他的仆人去到树林中,
或仅以声音吻得他的新娘狂欢。

它们繁殖得像蝗虫,遮盖了绿色
和世界的边沿:他感到沮丧,因为

他终于被他创造的一切所支配；

对他没见过的事物他恨得发火，
他懂得爱，却没有爱的适当对象，
他感到的压迫远远超过了以往。

4

他留下来，于是被囚禁于"占有"中。
四季像卫兵一样守卫他的习性，
山峰为他选择他孩子的母亲，
像一颗良心，太阳统治着他的日程。

在远方，城市里他年轻的弟兄
过着他们高速度的反常的生涯，
他们无所信仰，却很悠游自在，
对待外乡人像对待一匹爱马。

而他的变化不多，
他只从土地获得他的色泽，
而且长得越来越像他的牛羊。

城里人认为他吝啬、单纯而土气，
诗人哭了，在他身上看到真理，
压迫者则把他奉为一个榜样。

5

他的举止大方是一个新发明：
因为生活是迂缓的，大地需要豪放，
他便以骏马和刀吸引少女的注目，

他成了富豪、慷慨和无畏的榜样。

对于年轻人,他来得有如救星,
他们需要他以摆脱母亲的牢笼,
从长途的迁移中他们变得机智,
在他的营火旁看到人人是弟兄。

但大地突然变了:人们不再需要他。
他成了寒酸和神经错乱的人,
他开始饮酒,以鼓起勇气去谋杀;

或者坐在办公室里偷窃,
变成了法律和秩序的赞颂者,
并且以整个的心憎恨生活。

6

他观察星象,注意雁群的飞翔,
江河的泛滥或帝国的覆没,
他作过预言,有时尚能应验,
只要幸而言中,报酬倒很不错。

在认识真理前,他就爱上真理,
于是一马冲进了幻想之邦,
意欲以孤独和斋戒向她求爱,
并嘲笑那以手侍奉她的情郎。

然而真理——他绝无意去蔑视她,
他总在倾听她的声音;而当她
朝他召唤时,他就俯首听命,

跟着她走去,并注视她的眼睛;
其中看到人的一切弱点的反映,
也看到自己和别人没有两样。

7

他是他们的仆人——有人说他是瞎的——
并且在他们的面容和财物间服役;
他们的感情集中于他像一阵风
发出歌唱:他们便叫道:"歌者是上帝。"

于是崇拜他,并把他另眼看待,
这使他虚荣起来,终于变得狂妄:
竟把他的心和脑对每件内部的暴政
所发的小小颤抖都错认是歌唱。

歌声不再来了:他不得不制造它。
他是多么精心构制着每节歌曲!
他拥抱他的悲哀像一块田地,

并且像一个杀人凶手过闹市;
他注视着人群只引起他的厌腻,
但若有人皱眉而过,他就会战栗。

8

他把他的领域变为一个汇合点,
并且培养出一只宽容的冷眼,
又形成兑换钱币者的灵活面容,
从而找到了平等的概念。

对他的时钟说,陌生人都是兄弟,
他以他的楼塔构成人的天空;
博物馆像箱子贮藏着他的学识,
报纸像密探把他的钱跟踪。

它增长得太快了,布满他的生活,
以至他忘了一度要挣钱的意图,
他凑到人群里只感到孤独。

他过得豪奢,没有钱也应付得了,
却不能找到他为之付款的泥土,
虽知到处是爱,他却无法感到。

9

他们死了,像尼姑进入关闭的生活,
连最穷的都失掉些什么;迫害
不再是事实;自我中心的人们
采取一种甚至更极端的姿态。

那些类似王者和圣徒的人
也分布到远洋外和树林里,
他们到处触及我们公开的悲哀,
空气,江河,地域,我们的性别和道理;

当我们选择时,就以这些为营养。
我们带回他们,答应把他们解放,
可是既然我们不断地背叛他们,

从我们的声音中,他们听到他们的
死亡的哀悼,但从我们的知识中知道

我们能恢复他们自由,他们将欢笑。

10

他幼年时能受到最智慧的人宠爱,
他感到和他们熟稔得像夫妻一般,
穷苦人把积存的分文都拿给他,
殉道者则把生命当作礼物奉献。

然而谁能够坐下来整天和他玩耍?
还有其他迫切的需求:工作和床;
于是他们建立了美丽的岩石宫殿,
把他留在那儿去受膜拜和宴飨,

但是他跑了。他们竟盲目得不知道
他来这里是为了和他们一起劳作,
一起谈话和成长,有如一个邻舍。

那些宫殿成了恐惧和贪婪的中心;
穷人在那里看到了暴君的城堡,
而殉道者看到重现的刽子手的面貌。

11

他从他的宝座上,以深邃的智慧
俯视着那看守羊群的卑微少年,
并派遣一只鸽子;鸽子独自飞回。
那少年虽爱这乐调,却很快就困倦。

但他为少年规划了远大的前程:
现在,当然,他的责任是要强迫;

因为以后少年将会爱上真理,
并且知道该感激谁。于是鹰降落。

这却不成功:他的谈话很腻人,
使少年听得打呵欠,呼哨,做鬼脸,
终于从严父般的拥抱中挣脱了身;

但少年却愿意随着鹰的指引
走到任何地方去;他崇拜它
并从它学到许多杀戮的门径。

12

一个时代结束了,那最后的救世主
懒散不欢而寿终正寝;他们感到轻松:
那巨人的大腿肚不再在黄昏时分
突然投下影子在那户外的草坪。

他们平静地睡着;当然,在沼泽地带
随处都有不传种的龙在奄奄待毙。
但不过一年,野径就在荒原上消失了,
山中精灵的敲山声也归于沉寂。

只有雕刻家和诗人有一些忧伤,
还有魔术团里精明的一班人马
也埋怨地走开了。那被击溃的力量

却喜于自己化为无形而自由活动:
它冷酷地把迷途走来的男儿击倒,
奸污着女儿们,并把父辈逼得发疯。

13

当然要歌颂:让歌声一再扬起
歌唱那在古瓶或脸上的生命,
歌颂那植物般的耐性,动物般的优美,
有些人快乐过,曾经诞生过伟人。

但听听早晨底伤痛的哭泣,你就明白:
城市和人纷纷沉落;不义者的意愿
从没有丧失威力;而一切王子仍旧
必须使用相当高贵的团结的谎言。

历史用它的悲哀来对抗我们的高歌,
"乐土"从未有过;我们的星只暖育出
一个尚未证明其价值的有希望的民族;

快速的新西方落了空;巨大,然而错误
这默默的花一般的人民已经很久
在这十八个行省里建设着地球。

14

是的,我们要受难,就在此刻;
天空像高烧的前额在悸动,痛苦
是真实的;探照灯突然显示了
一些小小的自然将使我们痛哭。

我们从来不相信它们会存在,
至少不存在我们这里。它们突地
像丑恶的、久已忘却的记忆涌来,

所有的炮像良心一样都在抗击。

在每个爱社交、爱家庭的眼睛后
一场私下的屠杀在进行摧毁
一切妇女,犹太人,富翁和人类。

山峦审判不了我们,若我们说了谎。
我们是地面的居民;大地听从着
智慧的邪恶者直到他们死亡。

15

引擎载运他们横越天空,
他们自由而孤立得有如富豪;
又像学者般淡漠,他们只能
把这呼吸的城市当作需要

他们施展技能的目标,而从未想到
飞行是由他们憎恨的思想产生,
更没有看到他们自己的飞机
总是想推进到生命的领域中。

他们选择的命运并不是他们的岛
所强加的。尽管大地教给了我们
适当的纪律,但任何时候都可能

背离自由而使自己受到束缚,
有如女继承人在母亲的子宫里,
并像穷人的处境那样孤苦无依。

16

这儿战争像纪念碑一样单纯:
一个电话机在对一个人讲话;
地图插着小旗说明已派去军队;
一个仆役端进牛奶。有一个规划

专为让活人恐惧生活而制定:
该中午渴的,却在九点就渴了,
还能既失踪又存在,想念着妻子,
而且,和观念不同,能过早地死掉。

但人虽死了,观念可能是对的,
我们能看到成千个面孔
为一个谎言所燃烧和鼓动,

而地图真能指出一些地方,
那儿的生活如今十分不幸:
南京,达豪集中营。

17

他们存在,受苦,不过如此而已。
一条绷带掩盖着每人活力之所在;
他们对于世界的知识只限于
器械以各种方式给他们的对待。

他们各自躺着,彼此相隔如世纪;
真理对他们来说,就是能受多少苦;
他们忍住的不是我们的空谈,而是呻吟,

他们遥远如植物,我们是站在他处。

因为,谁在健康时能成为一只脚?
连一点擦伤,只要一旦治好了,
我们就忘却,但只喧腾一会儿,

并相信那不受伤者的共同世界,
而不能想象孤独。唯有幸福能分享,
愤怒也可以,还有那爱之思想。

18

他被使用在远离文化中心的地方,
又被他的将军和他的虱子所遗弃,
于是在一件棉袄里他闭上眼睛
而离开人世。人家不会把他提起。

当这场战役被整理成书的时候,
没有重要的知识在他的头壳里丧失。
他的玩笑是陈腐的,他沉闷如战时,
他的名字和模样都将永远消逝。

他不知善,不择善,却教育了我们,
并且像逗点一样加添上意义;
他在中国变为尘土,以便在他日

我们的女儿得以热爱这人间,
不再为狗所凌辱;也为了使有山、
有水、有房屋的地方,也能有人烟。

19

然而在晚间,重压之感消失了,
下过了一阵雨,顶峰聚向焦点;
在草坪和培植的花朵上飘浮过
有高度教养的人士的会议。

园丁们见他们走过,估计那鞋价;
一个汽车夫在车道上拿着书本瞧,
等待他们把要交换的意见说完;
看来这正是一幅私生活的写照。

在远方不管他们如何蓄意为善,
军队拿着一切制造痛苦的器械
正等待着他们一句失误的语言;

一切有赖于他们迷人的举止:
这年轻人遍遭杀害的一片焦土,
这些哭泣的妇女和惶恐的城市。

20

他们携带恐怖像怀着一个钱包,
又畏惧地平线仿佛它是一门炮,
所有的河流和铁路像逃避诅咒,
都从近邻的情谊向各方逃跑。

他们紧紧拥聚在这新的灾祸中,
像刚入学的儿童,轮流地哭叫;
因为空间有些规则他们学不会,

时间讲的语言他们也掌握不了。

我们活在这里,在"现在"的未打开的
悲哀中;它的范围就是我们的内容。
是否因人应该宽恕他的囚居,

是否未来的时代能远远逃避开
但仍感到它源于每件发生过的事情,
甚至源于我们?甚至觉得这也不坏?

21

人的一生从没有彻底完成过,
豪迈和闲谈将会继续存在;
但是,有如艺术家感到才尽,
这些人行走世间,自知已经失败。

有些人既难忍,又驯服不了青年,
不禁悼念那曾治世的受了伤的神话,
有些人失去了他们从未理解的世界,
有些人很清楚人一生应受的惩罚。

"丧失"是他们的影子和妻子,"焦虑"
像一个大饭店接待他们,但只要
他们有所悔恨,那也是无可规避;

他们的一生就是听禁城的召唤,
看陌生人注视他们,愉快而好奇,
而"自由"则在每家每棵树上为敌。

22

单纯得像一切称心的梦呓,
他们使用心灵幼稚的语言
告诉臂力需要欢乐;那些临死的
和即将告别的情人把话听完

必然呼哨起来。他们从不过时,
而反映着我们处境的每一变化,
他们是我们一切行动的证据,
他们直接和我们的迷惘对话。

试想今年在台上的人最喜欢什么:
当奥地利灭亡,中国已被遗弃,
当上海在燃烧,特鲁埃失而复得,

法国向全世界申诉她的立场:
"到处都有欢乐。"美国向地球说:
"你是否爱我像我爱你一样?"

23

当通讯的一切工具和手段
都证实我们的敌人的胜利;
我们的堡垒被突破,大军已后撤,
暴力流行好似一场新的瘟疫,

而虐政这个魔术师到处受欢迎;
当我们懊悔何必出生的时候,
让我们记起所有似乎被遗弃的。

今晚在中国,让我想着一个朋友:

他默默工作和等待了十年,①
直到他的一切才能体现于米索,②
于是一举把他的整个奉献,

怀着完成者的感激之情,
他在冬夜里走出,像一个巨兽,
去抚摸了那小小的钟楼。

24

不,不是他们的名字,而是后继者
建造了每条强制的大道和广场,
以便使人只能够回忆和惊讶;
是真正孤独的,负有罪疚在心上,

而要一切永远如此继续下去:
不被爱的总得留下物质遗迹。
但前者要的只是我们的好脸色,
并定居其中,知道我们将不会记起

我们是什么人,或我们为何被需要。
土地滋生他们有如海湾滋生渔夫,
或山坡滋生牧人;他们结子而成熟。

那种子附着我们,甚至我们的血

---

①② "他默默工作和等待了十年",指的奥地利诗人莱纳·马利亚·里尔克(1875—1926)。米索在瑞士,是一座别墅,里尔克于一九二二年在那里写成了他的后期代表作之一《杜伊诺哀歌》。本诗最后两行中的意象是作者自己描写当时心情时使用的。

都能使他们复活;他们又成长起来,
抱着对花和潮的愿望,温和而愉快。

25

没有恩赐:我们得寻找自己的法律。
巨厦在阳光下互相争夺着统治;
在它们背后,像一片悲惨的植物
蔓延着穷人矮小的萎缩的房子。

没有任何命运指定给我们,
除了这身体,一切都不确定;
我们计划改善自己;唯有医院
使我们想到人的平等。

这里确实爱孩子,甚至警察也如此;
孩子体现着大人变为孤独
以前的年代,而且也将迷途。

只有公园里军乐咚咚的震响,
预告着未来的安乐的王朝。
我们学会了怜悯和反抗。

26

总是在远离我们的名字的中心
是那小小的爱情工厂:是的,但我们
关于古代的庄园,久已抛弃的愚蠢
和儿童的游戏又想得如何天真。

只有贪利的人才预见一种奇特的

不能销售的产品,一种能迎合
风雅少年的什物;只有自私的人
才把每个不实际的乞丐看做圣者。

我们不相信是我们自己设计了它,
它是我们雄伟计划的一个枝节,
不费什么事,我们并没有注意它。

灾祸来了,于是我们惊异地发现
自工厂开工后,它是唯一的设计
在整个循环中呈现持续的盈利。

27

游荡和失迷在我们选择的山峦中,
我们一再叹息,思念着古代的南方,
思念着那温暖赤裸的时代,本能的平衡,
和天真无邪的嘴对幸福的品尝。

睡在茅屋中,呵,我们是如何梦想着
参加未来的光荣舞会;每个曲折的迷途
都有个规划,而心的熟练的动作
能永远永远跟踪它无害的道路。

我们羡慕那些确切的溪水和房舍,
但我们已订约要给"错误"做学徒,
从没有像大门那样安详而赤裸,

也永不能像泉水那样完美无缺;
我们为需要所迫,生活在自由中,
是一族山民卜居在重叠的山峰。

诗 解 释

季节合法地继承垂死的季节；
星体在太阳的广大和平的翼护下
继续着他们的运行；灿烂的银河

永远无阻地旋转，像一个大饼干：
被他的机器和夏日花朵围绕的人
在他的小地球上，渺小的他却在思考

整个宇宙，他就是它的法官和受害者，
这一奇怪角落的珍异生物在注视
使它的族类和真理都微不足道的

各条巨大的轨道。前脑的发育确是有功：
人不像酸浆、介或蛾消失在一湾死水，
他没有像巨型的蜥蜴一样灭亡。

他的软虫一般无骨的祖先会惊愕于
他直立的地位，乳房，和四心室的心，
这都是在母亲荫蔽下秘密的进化。

"活着就很好"，命定者说，"尽管活得悲惨"，
而从关闭的父母圈子走出的年轻人，
对他的不肯定、肯定的年代提出了

无限的焦虑和辛劳的时间表，

但他们只感到初获得自由的欢欣,
只感到新的拥抱和公开谈论的快乐。

但生存和哭泣的自由从不能令人满足;
风围绕我们的悲伤,无遮的天空
是我们一切失败的严肃而沉默的见证。

这里也一样:这个幽默而少毛的民族
像谷子一样继承着这许多山谷,
塔里木抚育他们,西藏是屏障他们的巨石,

在黄河改道的地方,他们学会了怎样
生活得美好,尽管常常受着毁灭的威胁。
多少世纪他们恐惧地望着北方的隘口,

但如今必须转身并聚拢得像一只拳头,
迎击那来自海上的残暴,敌人的纸房子
表明他们源起于一些珊瑚岛屿;

他们甚至对自己也不给予人的自由,
而是处于孤僻的暴君对大地的幻梦中
在他们猩红的旗帜下被静静地麻痹着。

在这里,危险促成了一种国内的妥协,
内部的仇恨已化为共同面向这个外敌,
御敌的意志滋长得像兴起的城市。

因为侵略者像法官似的坚决而公正,
在乡村的小径,从每个城市的天空
他的愤怒既爆发给富人,也爆发给

那居住在贫穷之裂缝里的一切人,
既对那回顾一生都是艰辛的,也对那
天真而短命的,其梦想产生不了子孙的。

当我们在一个未受损害的国际地区,
把我们欧洲人的影子投在上海,
安全地行经银行间,显然超脱世外,

在一个贪婪社会的种种碑记下,伴着友人,
兼有书和钱和旅客的自由,我们却
被迫意识到我们的避难所是假的。

因为这使虹口变为一片恐怖和死寂,
使闸北变为哀嚎的荒原的物质竞争
只是一场大斗争的本地区的变种;

这场大斗争已经席卷了一切人们:
老的,少的,多情的,多思的,手巧的,
还包括那些认为感情是一种科学的,

那些把研究一切可增添和比较的
当做毕生之乐的,和那些头脑空旷得
像八月的学校的,那些强烈要求行动

以致连念一个字都不安地低语的,
一切在城市、荒漠、海船、港口房舍的,
那些在图书馆发现异邦人的往事的,

那些在一张床上创造自己的未来的,
各怀自己的财宝在笑声和酒杯中
自信的,或像水老鸦般发呆和孤独的,

都已使他们的全部生活深深卷入。
这只是一个战区,一个阶段的运动,
而那总体战是在死者和未生者之间,

在真实和伪装之间进行。对那从事创造、
传达和选择,并且唯有他意识到"不完美"的
稀见的动物,这战争在本质上是永恒的。

当我们从幽室里出来,在劳丰饮冰室的
温暖的阳光下眨着眼睛,想到大自然
确是人类的忠诚可喜的近亲,

就在这时候,在每一块土地上
敌对的人们对峙着,原来我们早已
深入到发生伤亡的地域以内。

如今世界上已没有区域性的事件,
没有一个种族存在而无它的档案;
机器已教我们知道:对那无人道的、

落后的、除非报以绝对粗暴的否决
就不懂得讲理的愚昧社会来说,
我们的颜色、信仰和性别都是等同的

争端只有一个,有的制服是新的,
有的转变了阵营;然而战役在继续:
仍未获得的是"仁",那真正的人道。

这是历史上第三次大幻灭的世纪;
第一次是那蓄奴帝国的崩溃,

它的打呵欠的官吏问道:"什么是真理?"

在它废墟上升起了明显可见的教堂:
为人世共同失败感团结起来的人们
在它们的巨大阴影下像旅人结营而居,

他们确实的知识是那永恒之域:
那里有不变的幸福在迎接信徒,
也有永远的噩梦等待吞噬怀疑者。

在教堂下,一群知名和无名的工作者
并无他意,仅由于使用他们的眼睛,
不知自己在做什么,却破坏了信仰;

只用一颗中立垂死的星代替了它,
没有正义能来访问。自我是唯一的城,
每人在这囚室里寻索他的安慰和苦痛;

肉体只成了一架有用而得宠的机器,
听从爱的使唤和管理家务,而头脑
在它的书斋中同它自己的上帝对谈。

早自残忍的土耳其人攻下君士坦丁堡,
早自伽利略自言自语说:"但它是在移动,"
早自笛卡尔想"我思故我在",——那时起

即已在冲刷着人心的浪波,
在今天已经力竭,并静静地退去了,
而被退潮卷去的男女是不幸的。

在过去,智力从没有如此发达过,

心灵也没有如此受压抑。人的领域
变得像森林一样敌视友善和感情。

由无害的牧师和儿童发明的机器,
像磁石般把人们从大地和泥土
吸到煤矿的城市,来享有一种自由——

使节欲者得以和无地者狠狠讲价,
由于这一行动而播下了仇恨的种子,
长期孕育在破屋和煤气灯的地下室里,

它终于堵塞了我们情谊的通道。
老百姓尝到了他们殖民的苦难,
这知识使他们疏远开,像得了羞涩病;

心怀疑惧的富人们踱来踱去
在他们窄小的成功的天井里,每人的
生活方式都被扰乱;像窗台一样闯入,

恐惧筑起巨大的峰峦,对外面世界
投下沉重的,使鸟沉寂的阴影,
像雪莱,我们的悲哀对着峰峦叹息,

因为它把我们所感的和所见的隔开,
把愿望和事实隔开。那十三个快乐伙伴
如今变得阴沉,像山民一般争吵起来。

我们在地面游荡,或从床到床迷误地
寻找着家;我们失败而哀叹已丧失的年代,
向往于那时,"因为"还没有变成"好像",

"可能"也还不是严峻的"一定"。卑鄙者们
听到我们哭,那些粗暴者原想以暗杀
平息我们的罪,已经利用我们的愿望了。

他们从各方面提出无耻的建议,
如今在那具有康瓦尔形的天主教国家
(欧洲起初在那里成为骄傲的名称),

在阿尔卑斯北,在黑发变为金发的地方,
在德国,它那沉郁的平原像是讲坛,
没有一个中心,而今那无耻的呼声最响亮,

现在,在我们附近的这整齐的火山顶上,
(由于黑流,这里看不到塔斯卡洛拉海)
呼声比较安静,但也更不人道,更骄矜。

通过有线电、无线电和各种拙劣的翻译
他们把他们简单的信息传给世界:
"人类如果放弃自由,便可以团结。

"国家是实在的,个人是邪恶的,
暴力像一支歌曲能协调你们的行动,
恐怖像冰霜能止住思想的潮流。

"兵营和野营将是你们友善的避难所,
种族的骄傲将像公共纪念碑一样耸立,
并把一切私人的悲哀予以没收和保存。

"把真理交给警察和我们吧;我们知道善;
我们能建立时间磨损不了的至善的城,
我们的法律将永远保护你们像环抱的山,

447

"你们的无知像凶险的海可以避邪,
你们将在集体的意志中完成自己,
你们的孩子天真可爱,和野兽一样。"

所有伟大的征服者都坐在他们的讲坛上,
赋予那讲坛以他们实际经验的分量:
有焚燃学者的书籍的秦始皇帝,

有疯人查卡,他把男女分隔起来,
还有认为人类应被消灭的成吉思汗
和统治者戴奥克利先生,都热烈发言。

拿破仑在鼓掌,他曾发现宗教有益,
还有其他人,或则欺骗过人民,或则能说
"我将促其必行"的,如矮子菲德里克。

许多著名的文书也支持他们的纲领:
那对一般人失望的好人柏拉图
忧郁而迟疑地在他们的宣言书上签了名,

商君赞成他们"没有隐私"的原则,
"君主论"的作者将诘问,霍布斯将向
能概括的黑格尔和安静的波桑奎游说。

每个家庭和每颗星心灵都浮动了,
大地在辩论,肥沃的新月争论着;
连通向某地的中途小城,那被飞机

现在施加肥料的沙漠中的花朵
都为此而争吵;在有高海潮和能行船的

河口的遥远的英国也是这样；

在西欧，在绝对自由的美国，
在忧郁的匈牙利，和机灵的法国
（嘲笑曾在那儿扮演过历史的角色）；

这里也一样；这些耐心的、被大米养育
又被封建堡垒的道德守卫着的家庭，
有成千户相信，上百万在信仰的途中。

我们的领袖毫无办法，现在我们知道
他们是白费心机，弄巧成拙的骗子，
只知乞灵于画廊的祖先，仍在追求那

久逝的光荣，但它的利息已经潜逃。
正如华伦海特在赛尔西阿王国的一角
会低声说到他一度测量过的夏季。

尽管如此，我们还保有忠诚的支持者，
他们从未丧失过对知识或人类的信念，
而是热情地工作，以至忘了他们的三餐，

也没有注意到死亡或老年已经来临，
只为自由做准备，好似郭熙准备灵感，
他们静静期待它好似盼望着贵宾。

有的用孩子的坦率目光看着虚伪，
有的用女人的耳朵听着邪恶、不义，
有的选择"必然"，和她交媾，她诞生了自由。

我们有些死者是著名的，但他们不理。

恶总是个人表现和奇伟壮观的,
但善需要我们一切人的生活作证,

而且,仅仅使其存在,就必须把它当做
真理、自由或幸福来分享(因为,什么是幸福,
如果不能在别人的脸上看到欢乐?)

他们并不像那些为了证明自己富有
而只种瓜的人,他们不是作为特别高贵者
而被人记忆;当我们赞誉他们的名字时,

他们警告地摇摇头,教训我们应感激
那卑贱者的无形学府,是这些卑贱者们
多少世纪以来做出一切重要的事情。

而且像平凡的景色环绕着我们的斗争,
而且熟稔我们的生活,又像风和水
与染红每次日落的死者之灰相融合;

给了我们以面对敌人的勇气
不只在中国的大运河,或在马德里,
或在一个大学城的校园里。

而且在每个地方帮助我们:在恋人的卧房,
在白色的试验室,学校,公众的集会上,
使生命的敌人受到更激烈的攻击。

如果我们留心听,我们总能听到他们说:
"人不会像野兽般天真,永远也不会,
人能改善,但他永远不会十全十美,

"唯有自由者能有做诚实人的意向,
唯有诚实者能看到做正直人的好处,
唯有正直者能有做自由人的意志。

"因为社会的正义能决定个人自由,
有如晴朗的天能诱人研究天文,
或沿海的半岛能劝人去当水手。

"你们空谈自由,但不公正;而今敌人
戳穿了你们的谎言,因为在你们的城市里,
只有步枪后面的人才有自由的意志。

"你们双方有一个共同的愿望,就是建立
一个统一的世界,欧洲一度就是那样:
冷面的亡命者曾在那儿写过三幕喜剧。

"别悲叹它的衰亡吧;那贝壳太约束:
个人孤立的年代已有了它的教训,
而且为了启蒙之故,那也是必要的。

"今天,在危急的血腥的时刻的掌握中,
你不打败敌人就自己死亡,但请记住,
只有尊重生命的人,才能主宰生命,

"只有一颗完整和快乐的良心能站起
并回答他们苍白的谎;是在正直人中间,
也只有在那里,团结才与自由相符合。"

夜幕降临在中国;巨大的弓形的阴影
移过了陆地和海洋,改变着生活,
西藏已经沉寂,拥挤的印度冷静下来了,

在种姓制度下瘫痪不动,尽管在非洲
植物界仍然像幼雏一样茁壮生长,
而在承受斜射光线的城市里,幸运者

在工作,但大多数仍知道他们在受折磨。
黑夜快触到他们了:夜底细微跫音
将在夜枭的敏锐耳朵里清晰地振荡,

而对焦急的守卫则是模糊的。月亮俯视着
战场上像财宝一样堆积的死者,
还有那些在短促拥抱中毁灭的恋人,

还有载着海上亡命者的船只;在寂静中
可以清晰地听到呐喊声投入到
茫然无感的空间,它从不间断或减弱,

压过树林与河流的永恒的喋喋,
也倔强得超过华尔兹催眠的回答,
或把树林化为谎言的印刷机的轧轧声;

我现在听到它发自上海,在我周身缭绕,
并和那战斗的游击队的遥远呼唤交溶,
这是人的声音:"哦,教给我们摆脱这疯狂。"

打乱这冰冷的心的文质彬彬吧,
再一次强迫它变为笨拙而生气勃勃,
对它受过的折磨做一个哭泣的见证。

从头脑中清除成堆耸人听闻的垃圾,
纠集起意志的失迷而颤抖的力量,

把它仍集合起来,再散布在大地上,

直到有一天,作为我们这星体的供献,
我们能遵从正义的清楚的教导,从而
在它的激扬、亲切而节制的荫护下,
人的一切理智能欢跃和通行无阻。

探　索[①]

（十四行诗组，选十首）

门

从这里出现穷人的未来，
不可解的谜，刽子手和规定，
还有发脾气的女皇，或者
红鼻子小丑把愚人来愚弄。

大人物在昏黄中注视它，
可别不慎放进一段隐私生活，
一个传教士般龇牙笑着的寡妇，
一声咆哮引来的轩然大波。

我们害怕时用一切堵住它，
我们死时则敲击着门格，
由于偶然打开一次，它使得

巨大的阿丽思看见了奇境，
在阳光下等待着她，而且，
由于自己太小，使她哭得伤心。

[①] 奥登在发表《探索》诗组时曾加一条说明如下：
"《探索》的主题是常见的，神话里，像金羊毛、圣杯那样的传说里，儿童的历险故事和侦探小说里都有。这一组诗是就上述作品中某些共有特点写出的。诗中提到的'他'和'他们'，应看做是既是客观的，也是主观的。"

准 备

在事情开始的几周以前,一切
已在最精于此道的工厂里预订,
那能测定各种古怪事件的仪器,
和一切能润肠或润心的药品。

当然还有表,来观测"不耐"飞去,
防黑暗有灯,防日光则有遮光屏;
不祥之感坚持要有一杆枪
和彩色珠子来安慰野蛮的眼睛。

从理论上讲,他们在"预计"上很正确,
假如有什么尴尬的事情发生;
不幸,他们自己就是他们的困境:

谁都不该把药交给放毒者,
或把精巧的机械交给魔法师,
更不要把枪交给讨厌的厌世者。

诱 惑 之 一

他羞于作自己的悲哀的宠儿,
于是参加了一伙喧腾的传说,
他的魔术师的才干很快地
使这群稚气的幻影都由他掌握;

那魔力把市区的畸形化为公园,
又把他的饥饿化为罗马的宴飨,
一切时刻都坐上出租汽车,孤独

成了黑暗中他阿谀的女皇。

但假如他愿望的不是这么辉煌,
黑夜就会像野兽在身后尾随,
把他恫吓,所有的门都喊"防贼!"

而当真像遇见他并伸出她的手,
他就惺惺然靠紧他夸张的信念,
并且像受虐待的儿童悄悄溜走。

诱 惑 之 二

他使用一切关怀的器官注意到
王子们如何走路,妇孺们说些什么,
他重又打开他心中古老的坟墓
去学习死者一死以抗拒的法则。

于是不太情愿地达到如下结论:
"所有书斋的哲人都胡说八道;
爱别人就是使混乱更加混乱;
同情之歌只是魔鬼的舞蹈。"

于是他对命运鞠躬,而且很亨通,
不久就成了一切人之主;
可是,颤栗在秋夜的梦魇中。

他看见:从倾圮的长廊慢慢走来
一个影子,貌似他,而又被扭曲,
它哭泣,变得高大,而且厉声诅咒。

塔

这是为了古怪人的一种建筑；
天庭就如此被恐惧者攻取，
正如少女曾一度不自觉地
把她的童贞标榜得好似上帝。

这儿，在黑夜，当胜利的世界睡了，
失意的爱情在抽象思考中燃烧，
亡命的意志借助史诗回到政治，
在诗中让它的背叛者哭嚎。

但许多人希望他们的塔变为井；
因为害怕淹死的会死于干渴，
那洞察一切的会自己变为无形：

这儿，陷于自己幻术的大魔术家
渴盼一种天然的境界，不禁对着
过路的人叹息道："要谨防魔法！"

冒 失 者

他们看到，每一个情况都指明
要有童贞才能把独角兽①诱陷，
却没有注意那些成功的贞女，
大多数都有一张丑陋的脸。

---

① 在西方，独角兽象征耶稣，或"真理的福音"。传说猎获独角兽者必须先在它的洞中置一童贞少女，独角兽见她便伏于脚下，听任捕捉。

英雄确如他们想象的那样猛,
但都没注意到他特别的童年,
瘸腿的天使曾经教他如何
对失足跌跤予以恰好的防范。

因此,他们仅凭着擅自的猜测,
独自走上了并非必行的途程,
半途就走不下去了,只好伴着

沙漠的狮子定居在某个洞中;
不然就改道而行,勇敢得荒谬,
遇见吃人的恶魔,并且变为石头①。

职　业

半信半疑地,他呆视着那官员,
满有兴味地把他的名字填进
声请受难而被拒绝的人的名单。

笔已停止书写,虽然要当殉道者
已经太迟了,但还有个位置是
当一名冷言热语的招引者:

用大人物的小缺点的笑谈
来测验年轻人有没有决心,
用嘲笑的赞扬叫热心人羞惭。

---

① "石头",据希腊神话记载:宇宙的主宰原是泰坦族巨人克罗诺斯,他有六个儿子,后因儿子反叛他,他便把他们陆续吃掉,只有一子宙斯被其母变为石头,没有被吃,并且终于推翻其父而成为宇宙的主宰。

虽然镜子暂时可能很讨厌,
女人和书本该教给他的中年
一种家常的防御的机智,
以堵截一些冷场,并且用一个
世故的微笑关住他慢步的狂热。

道

每一天都有一些新的附录
增添到寻道的百科全书。

既有字义的注释,也有科学的解答,
还有插图的普及课本,拼法也现代化。

现在人人都知道了英雄该怎么做:
他必须挑选老马,忌酒和规避女色,

而且要物色搁浅的鱼,对它表示友好;
现在谁都认为,只要他存心就能找到

一条道路穿过荒原,直抵岩石间的教堂,
准可以看见三条彩虹或星钟的幻相。

却忘了提供这情报的人大多结过婚,
而且喜欢钓鱼,有时也喜欢骑马飞奔。

而这样获得的任何真理怎么靠得住:
只凭观察自己,而后再插进一个"不"?

冒 险

以前,别人曾由正路向左转,

但那只是在外界的抗议下：
忿急的强盗被法律判为非法，
麻风病人被受惊者所惊吓。

现在,没有谁指控这些人有罪,
他们看来没有病:旧友们吃惊
而难过地看到他们像大理石
从高谈阔论滑到默默无闻中。

一般人更紧紧地抱住传统、
阳光和马了,因为正常人都明白
为什么偶数应该把奇数撇开：

无名者在自由人中不值一谈；
成功者都识大体,不会试图
去看看他们潜逃的上帝的脸。

冒 险 者

像陀螺,绕着他们中心的渴望转,
他们沿着否定的道路走向干旱,
在空虚的天空下,他们倾倒着
自己的记忆像污水,在空虚的洞边

他们干渴至死,却形成一摊泥沼,
魔怪在那里滋生,强迫他们忘记
他们的誓约所规避的美女,不过
仍以最后一息赞美着荒诞无稽,

他们结实而成为他们的奇迹：
每种怪异的诱惑所呈现的形象

都成了画家的最动人的画意；

不育的妇人和火热的处女都来
啜饮他们井中的清泉，并愿望
在他们的名下获得孩子和情郎。

美 术 馆

关于痛苦他们总是很清楚的,
这些古典画家:他们深知它在
人心中的地位;深知痛苦会产生,
当别人在吃,在开窗,或正作着
　　　无聊的散步的时候;
深知当老年人热烈地、虔敬地等候
神异的降生时,总会有些孩子
并不特别想要它出现,而却在
树林边沿的池塘上溜着冰。
他们从不忘记:
即使悲惨的殉道也终归会完结
在一个角落,乱糟糟的地方,
在那里狗继续着狗的生涯,
　　　而迫害者的马
把无知的臀部在树上摩擦。

在勃鲁盖尔的"伊卡鲁斯"里,比如说;
一切是多么安闲地从那桩灾难转过脸:
农夫或许听到了堕水的声音
　　　和那绝望的呼喊,
但对于他,那不是了不得的失败;
太阳依旧照着白腿落进绿波里;
那华贵而精巧的船必曾看见
一件怪事,从天上掉下一个男童,
但它有某地要去,仍静静地航行。

题 注

本诗的主题是：人对别人的痛苦麻木无感。诗人在美术馆里看到勃鲁盖尔（1525—1569，尼德兰画家）的油画《伊卡鲁斯》，深感到它描绘的正是这一主题。"伊卡鲁斯"是希腊神话中的人物，他和他的父亲自制翅膀飞离克里特岛，在飞近太阳时，他的翅膀由于是用蜡粘住的，融化了，他也跌落海中死去。诗中描写的景色大多是勃鲁盖尔画中所有的。

正午的车站

一列稀奇古怪的快车从南方开到，
剪票栏外拥挤着人群，一张面孔——
市长没准备喇叭和彩带迎接它：
他的嘴角露着惊诧和怜悯的表情
使游来的目光感到迷惑。天空在飞雪
他抓紧手提箱轻快地走出站台
来传染一个城市，呵，这个城市
也许是刚刚面临它可怕的未来。

题 注

  这首诗里所说的"南方来人""传染一个城市"，可能指的是在"慕尼黑"以后纳粹主义对西欧的外交行动。写这诗时奥登可能在布鲁塞尔，慕尼黑在它南面。

悼念叶芝

（死于一九三九年一月）

1

他在严寒的冬天消失了：
小溪已冻结，飞机场几无人迹，
积雪模糊了露天的塑像；
水银柱跌进垂死一天的口腔。
呵，所有的仪表都同意
他死的那天是寒冷而又阴暗。

远远离开他的疾病
狼群奔跑过常青的树林，
农家的河没受到时髦码头的诱导；
哀悼的文辞
把诗人的死同他的诗隔开。

但对他说，那不仅是他自己结束，
那也是他最后一个下午，
呵，走动着护士和传言的下午；
他的躯体的各省都叛变了，
他的头脑的广场逃散一空，
寂静侵入到近郊，
他的感觉之流中断：他成了他的爱读者。

如今他被播散到一百个城市，

完全移交给了陌生的友情;
他要在另一种林中寻求快乐,
并且在迥异的良心法典下受惩处。
一个死者的文字
要在活人的肺腑间被润色。

但在来日的重大和喧嚣中,
当交易所的掮客像野兽一般咆哮,
当穷人承受着他们相当习惯的苦痛,
当每人在自我的囚室里几乎自信是自由的,
有个千把人会想到这一天,
仿佛在这天曾做了稍稍不寻常的事情。
呵,所有的仪表都同意
他死的那天是寒冷而又阴暗。

2

你像我们一样蠢;可是你的才赋
却超越这一切:贵妇的教堂,肉体的
衰颓,你自己;爱尔兰刺伤你发为诗歌,
但爱尔兰的疯狂和气候依旧,
因为诗无济于事:它永生于
它的辞句的谷中,而官吏绝不到
那里去干预;"孤立"和热闹的"悲伤"
本是我们信赖并死守的粗野的城,
它就从这片牧场流向南方;它存在着,
是现象的一种方式,是一个出口。

3

泥土呵,请接纳一个贵宾,

威廉·叶芝已永远安寝：
让这爱尔兰的器皿歇下，
既然它的诗已尽倾洒。

时间对勇敢和天真的人
可以表示不能容忍，
也可以在一个星期里，
漠然对待一个美的躯体，

却崇拜语言,把每个
使语言常活的人都宽赦，
还宽赦懦弱和自负，
把荣耀都向他们献出。

时间以这样奇怪的诡辩
原谅了吉卜林和他的观点，
还将原谅保尔·克劳德，
原谅他写得比较出色。

黑暗的噩梦把一切笼罩，
欧洲所有的恶犬在吠叫，
尚存的国家在等待，
各为自己的恨所隔开；

智能所受的耻辱
从每个人的脸上透露，
而怜悯底海洋已歇，
在每只眼里锁住和冻结。

跟去吧,诗人,跟在后面，
直到黑夜之深渊，

用你无拘束的声音
仍旧劝我们要欢欣；

靠耕耘一片诗田
把诅咒变为葡萄园，
在苦难的欢腾中
歌唱着人的不成功；

从心灵的一片沙漠
让治疗的泉水喷射，
在他的岁月的监狱里
教给自由人如何赞誉。

旅　　人

他站在一棵特异的树下
把远方高举到面前,专寻找
抱有敌意的不熟悉的地方,
他想看的是异地的奇奥,

当然那里将不接待他居留;
他得尽力使自己保持原样:
即一人爱着远方的另一人,
原有着家,顶着父名在头上。

然而他和对方总是一套:
他一离开轮船就踏上港口,
照例是温柔,甜蜜,易于接受;
城市像簸箕般盛着他的感情;
人群不怨一声地为他让开,
因为大地对人生总能够忍耐。

太亲热，太含糊了

如果讲爱情
只凭着痴心
照定义而行，
那就隔着墙壁，
从"是"走到"不"
就通不过去，
因为"不"不是爱，"不"是不，
是关一道门户，
是绷紧了下腭，
能意识到的难过。
说"是"吧，把爱情
变为成功，
凭栏看风景，
看到陆地和幸福，
一切都很肯定，
沙发压出吱扭声。
如果这是一切，爱情
就只是颊贴着颊，
亲热话对亲热话。

声音在解释
爱的欢欣，爱的痛苦，
还轻拍着膝，
无法不同意，
等待心灵的吐诉

像屏息等待的攻击，
每种弱点原封不动，
相同对着相同；
爱情不会在那里
爱情已移到另一个座椅。
已经知道了
谁挨近着你，
不感到为难，
也不会昏眩，
就会有礼貌地
离开北方自得其所，
而不会集合起
另一个对另一个，
这是设计自己的不幸，
预言自己的死亡和变心。

步父辈的后尘

我们游猎的父辈讲过
　　动物的可悲的故事,
怜悯它们固定的特征
　　有一种匮乏和限制;
在狮子不耐的视线里,
　　在猎物临死的目光中,
"爱"在渴求个人的荣誉,
　　而那只有理性的赋予,
只有慷慨的嗜好和能力,
　　以及神的正确能增进。

从那美好传统长大的人,
　　谁能够预料这种结果:
"爱"在本质上竟款通
　　罪恶的复杂的曲径?
而人的联系竟能如此
　　改变他南方的姿态,
使他在成熟的考虑下,
　　只思索我们的思想,
并且违法地祈望,工作,
　　还力图保持默默无闻?

题　注

　　对于本诗,理查·霍加特在《论奥登》(一九五一年,耶鲁大学出版社出版)一书中有如下解说:

　　在这首诗里,野兽的情况鲜明地突出了一种特殊的道德冲突。据奥登说,这种冲突是一个资产阶级知识分子所必须面临和解决的问题,假如他要成为一个马克思主义者。

　　我们的父亲和祖父们怜悯野兽缺乏理智,没有"进步"的能力。对比之下,人好似神,博大,有效率,慷慨和讲理性,能做出"南方"的姿态,即由道德的自信而产生的"爱"的姿态。中产阶级的这种美好传统通过家庭、学校和古老的大学而代代相传。然而我们这一代人却对这一类遗产的基础,对它所忽视的不义感到内疚。这同一"爱"的意识把比较觉悟的我们引向复杂的罪恶行为,即为了正确的目的而做出错误的行为,使我们在社会关系中放弃了宽大和人道的作法,转向掩蔽、诡诈和狡狯,自愿仿效野兽的阴险,而这种阴险仿佛是与理性不能并容的。

　　因此,这首诗的第二节议论说(奥登此时认为,这对他和类似他的人们是一种道德的必需),他们必须拒绝资产阶级的甚至"体面的"行为准则而采取更大的价值观。这种议论在本诗第一节里是如此引申出来的:它以一种讥讽而惋惜的口吻,谈到那一种传统已经消逝;我们和沉默的野兽的关系已经发生了变化:我们的父辈固守着他们的传统,可以怜悯野兽没有理智的本能;而具有更大的价值观的我们却模仿着野兽的最无理性的特征。

请　求

先生,你宽恕一切,不与人为敌,
只不过意愿他倒转,请别吝惜:
给我们权利和光,以神效之方
治疗那难以忍受的神经发痒,
断瘾后的疲惫,说谎者的扁桃腺炎,
还有内在的童贞的变态表现。
请断然制止那经过预演的反应,
把懦夫煞有介事的姿势纠正;
及时以笑颜鼓舞那些退却者,
使他们转回身去,尽管情况险恶;
公布住在城市的每一个治疗人,
或住在车道尽头别墅里的也行;
扰乱那死者之屋吧;欣然观看
建筑的新风格,心灵的改变。

我们的偏见

时漏对着狮子的爪低低劝告,
钟楼无日无夜不向花园吐诉:
时间对多少谬误都耐心等待,
他们永远正确是多么错误。

可是不管时间流得多么快速,
也不管它的声音多么洪亮或深沉
它从没有阻止过狮子的纵跃,
也没有动摇过玫瑰的自信。

因为他们要的仿佛尽是成功;
而我们在措辞时,总是量音取舍,
判断问题也总怕把事情弄拙;

时间对我们总是多多益善。
我们几曾愿意笔直地走到
目前的处境,而不是兜一个圈?

大　船[①]

街道灯火辉煌,我们的城市力求整洁:
三等旅客玩最脏的牌,头等客下大赌注;
睡在船头的乞丐们从来看不到
特等舱里能干什么;没有人问那缘故。

情人们在写信,运动员在打球,
有人怀疑妻子的贞操,或则妻子的美;
一个男孩野心勃勃,也许船长恨我们大伙,
也许有人在文明的生活中陶醉。

正是我们的文化如此平稳地
在海之荒原上行进,在前面某个地方,
是腐烂的东方,战争,新花和新衣裳。

在某个地方,奇异而机警的"明天"睡下,
并筹划对欧洲人的考验,没有人能猜想
谁将最羞愧,谁变为富有,谁将死亡。

[①] 此诗作于一九三八年,在奥登访问中国回去之后。

不知名的公民

(为 JS/07/M/378 号公民,国家立此石碑)①

据国家统计局的户册,他是个好公民,
从没有制造任何违法乱纪的事故,
各方面对他的品行的调查都指明:
用一个旧词的新义来说,他是个圣徒,
因为他做的每件事都是为社会服务。
除战时不算外,直到他退休之日
他一直在工厂工作,从没有被免职,
而是尽心竭力地效劳顾主,福吉汽车公司。
但他不是工贼,也没有偏激的政见,
因为据工会反映,他交会费从不拖延,
(据我们调查,他加入的工会也很正派)
而我们的社会心理学家经过调查,
发见他爱喝点酒,和同伴都处得不坏。
新闻界确定他每天都买一份报看,
对广告的反应也很正常,不管哪一方面。
保险单有他的名字,证明他完全保险了,
医疗册写着他住过一次院,但病已痊好。
厂商研究所和高级起居促进会宣称
他对分期付款办法的优点完全看得清,
并且具有一个现代化人必不可少的条件:
一架电唱机,一辆汽车,电冰箱和收音机。
我们的社会舆论调查员表示欣慰于

---

① 本诗副标题是对无名英雄碑铭文的幽默的模仿。

逢年论月他的见解都是恰如其分:
在和平时,他赞助和平;打仗了,他就参军。
他结了婚,给全国人口添了五个子女,
据我们的优生学家说,对他那一代父母
这么多子女不算多,而是正确的数目。
又据教师反映:他从不干涉他们的教育。
他自由吗?他快乐吗?这问题问得太可笑:
如果出了什么毛病,我们当然不会不知道。

这儿如此沉闷

在心灵的这个村落定居下来,
亲爱的,你受得了吗?确实,那大厅,
那水松和著名的鸽子房还在,
一如我们儿时,但那一对老人
曾如此同等爱我们的,却已死了。
现在它成了过客的旅馆,
并不怎么严格:有一条公路干线
就在它的门口经过,一夜间
一些淡饮料的小店林立起来。
那廉价的装饰,尖叫的游泳池,
那到处一样的小镇的时髦感,
你真的能把这一切当做家,而不是
寄希望于和一个陌生人的无心之美
做偶然的、羞怯的邂逅?
呵,你果真能在我们的笨拙中看到
邻居们想协助和爱的强烈愿望?

要 当 心

在这条钢丝上,在冒险之间,
出于善良的天性继续相会吧,
那善良已在和颜悦色中毕现。

用亲昵的名字彼此称呼,
微笑着,拉一只情愿的手臂
表示出一种竞赛中的友谊。

但假使由于夸张或者沉醉
而比这走钢丝更狂放一些,
前前后后都充满了威胁。

别让步子朝任何一边滑去,
以至侵入"经常",或探进"从未",
因为那就是恨,那就是恐惧。

站在狭隘上吧,因为阳光
只是在表面上才最光明;
没有愤怒,没有背叛,只有和平。

我们都犯错误

请看他天天若无其事地漠然停下,
再看他灵巧地整一下围巾,当他
随后登入汽车,让穷人看得眼花。

"这才是无忧的人。"人们说,然而说错。
他并不是那凯旋而归的胜利者,
更不是航行过两极的探险者,

而是平衡在剃刀锋上,左右是深渊,
生怕跌落,他学会这种矜持的身段,
既有殷勤的侧影,又挺立不凡。

那血液的歌,它变化莫测的行动
将会淹没铁树林中的告警,
将会消除这被埋葬者的隋性:

在白天,从一家到一家的旅行
是通向内心平静的最远的路程,
怀有爱的弱点,也有爱的忠诚。

让历史作我的裁判

我们尽可能做了准备,
开列出公司的名单,
不断刷新我们的估计
并且分配了农田,

发布了一切及时的指令
以应付这种事变,
大多数是顺从的,如所预料,
虽然也有人发牢骚,当然;

主要是反对我们行使
我们古老的权利来滥用职权,
甚至有类似暴动的企图,
但那只是顽童的捣乱。

因为从没有任何人
有过任何严肃的怀疑,
当然,他们谈不到有什么生路,
若不是我们胜利。

一般公认的看法是
我们没有借口可循,
可是按照最近的研究
许多人会找出原因。

认为在于一种并非稀见的
恐怖方式；另有人更机灵，
他们指出在一开始
就有犯错误的可能性。

至于我们呢，至少还有
我们的荣誉不能放手，
也有理由可以保持
我们的能力直到最后。

西　班　牙

昨天是陈迹,是度量衡的语言
沿着通商的途径传到中国,是算盘
　　　　和平顶石墓的传播;
昨天是在日照的土地上测量阴影。

昨天是用纸牌对保险作出估计,
是水的占卜;昨天是车轮和时钟的
　　　　　发明,是对马的驯服;
昨天是航海家的忙碌的世界。

昨天是对仙灵和巨怪的破除,
是古堡像不动的鹰隼凝视着山谷,
　　　　　是树林里建筑的教堂;
昨天是天使和吓人的魔嘴沟口的雕刻。

是在石柱中间对邪教徒的审判;
昨天是在酒店里的神学争论
　　　　　和泉水的奇异的疗效;
昨天是女巫的欢宴。但今天是斗争。

昨天是装置发电机和涡轮机,
是在殖民地的沙漠上铺设铁轨;
　　　　昨天是对人类的起源
作经典性的讲学。但今天是斗争。

昨天是对希腊文的价值坚信不疑,
是对一个英雄的死亡垂落戏幕;
         昨天是向落日的祈祷
和对疯人的崇拜。但今天是斗争。

诗人在低语,他在松林中感到震惊,
或处身在瀑布歌唱的地方,或直立
         在山崖上的斜塔旁:
"噢,我的幻象。送给我以水手的好运!"

观测者在瞄着他的仪器,观望到
无人烟的区域,有活力的杆菌
         或巨大的木星完了:
"但我朋友们的生命呢?我要问,我要问。"

穷人在不生火的陋室里放下晚报说:
"我们过一天就是一天的损失。噢,让我们
         看到历史是动手术者,
是组织者,时间是使人苏生的河。"

各族人民集起了这些呼声,召唤着
那塑造个人口腹的,并安排私自的
   夜之恐怖感的生命:
"你岂不曾建立过海绵的城邦?

"岂不曾组织过鲨鱼和猛虎的
大军事帝国,成立过知更雀的英勇小郡?
         干涉吧,降临吧,作为鸽子,
或严父,或温和的工程师。但请降临。"

然而生命不予回答,或者它的回答

是发自心眼和肺,发自城市的商店
　　　　　和广场:"呵,不,我不是动力,
今天我不是,对你们不是;对于你们

"我是听差遣的,是酒馆的伙计和傻瓜,
我是你们做出的任何事情,你们的笑话,
　　　　　你们要当好人的誓言;
我是你们处事的意见;我是你们的婚姻。

"你们想干什么? 建立正义的城吗? 好,
我同意。或者立自杀公约,浪漫的死亡?
　　　　　那也不错,我接受,因为
我是你们的选择和决定:我是西班牙。"

许多人听到这声音在遥远的半岛,
在沉睡的平原,在偏僻的渔岛上,
　　　　　在城市的腐败的心脏,
随即像海鸥或花的种子一样迁移来。

他们紧把着长列的快车,蹒跚驶过
不义的土地,驶过黑夜,驶过阿尔卑斯的
　　　　　山洞,漂过海洋;
他们步行过隘口:为了来奉献生命。

从炎热的非洲切下那干燥的方块土地
被粗糙地焊接到善于发明的欧洲:
　　　　　就在它江河交错的高原上,
我们的热病显出威胁而清楚的形象。

也许,未来是在明天:对疲劳的研究
包装机运转的操纵,对原子辐射中的

     八原子群的逐步探索,
明天是用规定饮食和调整呼吸来扩大意识。

明天是浪漫的爱情的重新发现;
是对乌鸦的拍照,还有那一些乐趣
     在自由之王的荫蔽下,
明天是赛会主管和乐师的好时刻。

明天,对年轻人是:诗人们像炸弹爆炸,
湖边的散步和深深交感的冬天;
     明天是自行车竞赛,
穿过夏日黄昏的郊野。但今天是斗争。

今天是死亡的机会不可免的增加,
是自觉地承担一场杀伤的罪行;
     今天是把精力花费在
乏味而短命的小册子和腻人的会议上。

今天是姑且安慰,一支香烟共吸;
在谷仓的烛光下打牌,乱弹的音乐会,
     男人们开的玩笑;今天是
在伤害别人面前匆忙而不称心的拥抱。

星辰都已消失,野兽不再张望:
只剩下我们面对着今天;时不待人,
     历史对于失败者
可能叹口气,但不会支援或宽恕。

           (1937)

题 注

本诗大意说:正义和不正义的斗争集中在当时的西班牙内战,一切取决于"今天"的"斗争",历史对于人类进步或倒退无能为力,事在人为。全诗未用直接鼓动性语言,而自然起了不小的鼓动作用。原诗几乎全用意象连缀而成,绝少用连系动词(中译文里不得不加了不少"是"字),音调激越,不押脚韵,但非自由体,每节第一、二、四行每行大致有四个特重音,第三行是二、三个特重音,符合霍普金斯(Gerald Hopkins)特创的"突兀节奏"(sprung rhythm)诗律。

歌

——第二十七曲

噢,谁能以充分的词藻
赞美他所信仰的世界?
在挨近他家的草坪上
鲁莽的童年在玩耍,
在他的林中爱情不知灾祸,
旅客都安详地骑马而过,
在坟墓的冷静的阴影下
响着老年的信任的脚步。
噢,谁能够描绘幻想底
栩栩生动的一草一木?

可是创造它并保卫它
将是他的整个报酬:
他将守望着,他将哭泣,
拒绝他父亲的全部的爱,
对他母亲的子宫失迷了,
八夜睡了一回荒唐的觉,
而后第九夜,将要成为
一个幽灵的新娘和牺牲,
并且被投进恐怖的洞里,
把天降的惩罚独自承受。

歌

——第二十八曲

据说这个城市有一千万人口,
有的住在大厦,有的住在鄙陋的小楼;
可是我们没有一席之地,亲爱的,我们没有一席之地。

我们曾有过一个祖国,我们觉得它相当好,
打开地图你就会把它找到;
现在我们可无法去,亲爱的,现在我们可无法去,

在乡村教堂的墓地有一棵老水松,
每一年春天它都开得茂盛:
旧护照可办不到,亲爱的,旧护照可办不到。

领事官拍了一下桌子说道,
"如果你得不到护照,对官方说你就是死了;"
但是我们还活着,亲爱的,但是我们还活着。

去到一个委员会,他们要我坐下;
有礼貌地告诉我明年再来找它;
但我们今天到哪儿去,亲爱的,但我们今天到哪儿去?

参加一个集会;演说人站起来说道:
"要是收容他们,他们将偷去我们的面包;"
他指的是你和我呀,亲爱的,他指的是你和我。

我想我听到了天空中一片雷响,
那是希特勒驰过欧洲,说:"他们必须死亡;"
噢,我们是在他心上,亲爱的。我们是在他心上。

看到一只狮子狗裹着短袄,别着别针,
看到门儿打开,让一只猫走进门;
但他们不是德国犹太人,亲爱的,但他们不是德国犹太人。

走到码头边,站在那里面对着水流,
看见鱼儿游泳,仿佛它们很自由;
只不过十英尺相隔,亲爱的,只不过十英尺相隔。

走过一座树林,看见小鸟在树上,
它们没有政客,自在逍遥地歌唱;
它们并不是人类,亲爱的,它们并不是人类。

在梦中我看见一座千层高的楼
它有一千个窗户和一千个门口;
却没有一个是我们的,亲爱的,却没有一个是我们的。

站在一个大平原上,雪花在纷飞,
一万个士兵操练着,走去又走回;
他们在寻找你和我,亲爱的,他们在寻找你和我。

题 注

这首诗是写从希特勒纳粹德国逃出的难民的遭遇。

斯蒂芬·斯彭德(1909—1995)

我不断地想着

我不断地想着那些真正伟大的人，
他们从娘胎里就记着灵魂的历史
是通过光的走廊，那儿的每一刻
自成一个太阳，无限而歌唱。他们的
美好野心是：他们仍吻着火焰的嘴唇
能叙述自顶至踵裹在歌里的精神。
而且他们从春天的枝干收集起
那像花朵般凋落下他们身体的欲望。

可贵的是，永远不忘记血液的喜悦，
它源自常青之泉，迸发出岩石外，
涌现在我们地球以前的许多世界里；
可贵的是，从不否定它对单纯晨光的
欢欣，或对黄昏的爱的严肃的要求；
从不允许日常事务以经年累月的
喧声和雾，窒息精神鲜花的开放。

靠近雪，靠近太阳，在最高的原野，
请看这些名字如何为摇曳的草
所欢庆，如何为白云的旌旗所招展，
又如何被轻风低诉给谛听的天空。
这些毕生为生而战斗的名字呵，
他们在自己的心里承接着火的中心。
生于太阳，他们朝太阳走了片刻，
给清澈的太空签署上他们的荣耀。

特 别 快 车

她先发出一篇直率有力的宣言,
那活塞的黑色文告,然后稳稳地
像皇后一般滑行,离开了车站。
她昂然行进,以克制的冷漠态度
通过了卑微的拥聚两边的房舍,
路过煤气厂,最后穿过死亡的
沉重一页,上面满印着墓地的碑。
在城郊外是一片开阔的田野,
逐渐增加速度,也增加了神秘,
有似海上行船那么泰然自若。
现在她开始歌唱了,起初低声,
然后洪亮,终于像爵士乐般疯狂:
那是在转弯时尖声呼啸的歌,
是隆隆的隧洞之歌,闸和铁栓之歌。
然而总是轻盈而昂扬地流着
她那轮下的意气风发的节拍。
她冒着蒸气,穿过金属的风景,沿着
她的轨道冲进了极乐的新纪元。
那儿速度扬起了奇异的形状,
大曲线,像炮膛般干净的平行线。
最后,越过爱丁堡或罗马,远远的
在世界顶峰以外,她到达了黑夜,
在那里,在起伏的山上,低低的
只有流线型的硫磺光是白的。
呵,像彗星穿过火焰,她狂喜奔去,

那围裹她的音乐呵,没有鸟儿的歌,不,
没有任何绽出蜜蕾的树能够相比。

国王们的最后道理①

大炮拼写出金钱的最后理由
用铅制的字,写在春天的山坡上。
但是那在橄榄树下死去的孩子
是太年轻,太不懂事了,
怎么却被它们威严的眼睛看中。
他更适合于做一吻的目标。

他活着时,工厂的汽笛没召唤过他。
饭店的玻璃转门没有把他卷进。
他的名字没有在报上登载过。
世界以其传统的壁围绕死者,
他们的黄金被沉下做一口井,
而他一生像交易所的谣言飘忽在外边。

正当那天轻风从树上扔下花瓣,
呵,他太轻易地掷下了他的帽子。
不开花的墙上大炮丛生,
机关枪的愤怒铲割着青草;
旗子和叶子从手上和枝上脱落,
苏格兰呢帽在荨麻里烂掉。

---

① 原文是拉丁文"Ultima Ratio Regum",法皇路易十四(1638—1715)曾把它作铭文刻在大炮上;直到二十世纪初期,普鲁士军队的大炮上仍保留着它。诗中所说的战争是指一九三六到一九三九年的西班牙反法西斯内战。

想想吧,他的生命是无用的,
对雇主、饭店账目和新闻档案来说。
想想吧,一万发子弹才杀死一个人。
请问:是否值得以这么大的开销
来杀一个这样年轻,这样糊涂的
躺在橄榄树下的人?呵世界!呵死亡!

等他们厌倦了

等他们厌倦了城市的繁华灿烂，
也倦于谋地位，以便使自己终于能
挂着舒适的锁链萎靡一生，直到
死亡和耶路撒冷也褒扬到扫街人；
那时，富翁修建的大街和他们的
轻浮的爱情就会像旧布一样褪色，
任死亡走过生命，白色的笑闪过
一切面孔，干净而平等，像雪的反光，

在这时，当悲伤流溢和冻结了我们，
当痛苦的强光在每个街角闪耀，
当那支持昔日金屋顶的柱石的人
在外衣下萎缩了；想我们必能够
从饥饿，像从打火石一样，敲出火？
我们的力量如今是我们骨头的力量，
干净而平等，像雪的反光，
也是饥饿和被迫失业的力量，
而且是我们互爱的力量。

读着这奇怪语言的读者呵，
我们终于到达了这样一个国度：
光明，像雪的反光，映照一切脸。
这里你会奇怪：
何以工作、金钱、利润、建筑竟能掩盖
人对人的明显可触的爱？

同志们呵,请别让后来人
——那将从我们身体中生出的美好的世代——
别让他们奇怪,何以在银行倒闭后,
在教堂失败后,在我们的统治者被宣布为疯狂以后,
我们缺乏虎的猛如春天的魄力,
也不像树对喷出的泉水探出新根,
而是通过旧布的破口,让他们的眼睛
看到赞叹的黎明像炮弹在我们周身
爆开,它的光像雪,使我们昏眩。

不 是 宫 殿

不是宫殿,一个时代的冠冕,
使头脑得以狂想,阴谋,歇下;
而是为了给人民齐心所搭的
高大的建筑上添一朵金花,
我建设。我只要说这一点:
企求稀有的累积,家族的骄傲,
或美的过滤的尘渣已太晚了;
我要说,把每个字迹重重印出:
从这里啜饮精力吧,只吸取精力,
仿佛从电池里吸取电荷,
以力图这个时代的改变。
视觉那小羚羊,精细地浪迹者,
天际的浮光掠影的啜饮者;
听觉,它神游在一根丝弦上,
攫取那没有时间的境界;
触觉,爱,一切感性呵:
离开你们的园地和歌唱的华筵,
别再梦想在我们的太阳以前
旋转的太阳,或现世后的天堂吧。
请注意那些激发外部感官的
闪耀的镜中的形象,那磨亮的意志,
那被风雕出的我们宗旨的旗帜。
没有心灵在这里寻找安静,而是:
不该有人挨饿;人该同等消费。
我们强制的目标是:人该是人。

老古董撒旦的纲领,以大炮
书写在双联单的附页上,
还辅以傲视在怒涛上的战舰:
为什么?为了贯彻一个害人目的,
为了毁灭一切,除了他世代的剥削者。
我们的纲领也同样,可是倒转:
把杀人犯消灭,给生活带来光明。

一个城市的陷落

墙上的一切标语,
街上的一切传单,
都撕毁了,或被雨流过,
它们的字被泪水涂去,
胜利的旋风
从他们的身体剥下了皮。

大厅中一切英雄的名字,
那里曾有步声如雷,铜嗓高呼,
福克斯和洛加在墙上被宣布为历史,
而今被愤怒地划掉,
或者向尘土交还了尘土,
从金色的赞誉里排除。

一切的勋章和敬礼
都从前胸和手扯下,
和它们穿过的人皮囊一起被扬弃,
或者在头脑最深的河床
它们被一个微笑冲去,
是那微笑送来了胜利者。

一切学过的课程被否定,
如今,那学认字的年轻人
被一层古老的膜遮住眼睛;
农民跟着驴子的吁叫声

重又唱起结巴的歌；
这些人只记着遗忘。

但在某个地方,某些字压着
一颗头颅的高门,而在一个
不折射的眼睛的一角,
会有老人的记忆跳给一个孩子,
——呵,那有力的岁月的火花。
而孩子,像珍藏苦恼的玩具,将收起它。

北极探险

我们唯一的宗旨是走过雪地,
把脸扭向它们的巨大的北方
像磁针一样。有如在白色的银行里
办事员给白纸留下成行的鸟爪笔迹,
我们增加足迹在雪上。
广大的白色淹没了
一切空间的感觉。我们穿行过
静止的、闪烁的日子,时间浮悬的空白,
那是春天和秋天。夏天发掘出水,
水流过岩石,半个世界变成了
深底的船,隆隆响的浮冰,
和寄居有一些小鸟的冰山:
雪原啾啼的白颊鸟;格陵兰的麦鹞,
红脖子的潜水鸟;想想蝴蝶吧,
那硫磺云雾的黄色;吸食虎耳草的
蜜蜂的闪光;岩高兰,
覆盆子,蔓越橘,鹿蹄草。
接着是冬天在冰冻的小屋里,
中心是足够暖的——可是把头
靠墙睡吧,冰就粘住我的头发!
憎恨斑鸠的大声呼吸,蔑视自由人
为洗浴而焦躁。只爱那为残食
而哀嚎、挖掘的狗。留心一下
它和母狗一齐(跑一短程)跑得多好。
因为,那和我们不同。

回来,回来,你警告!我们回来了,这就是
你们的城市、铁路、金钱、语言,语言,语言,
饮食、报纸、交易所、辩论、
电影、无线电,然后还有婚姻。
我睡不着。夜间我看到一个
清晰的声音说话像图画。
它的问话是白的裂隙——这冰可是
我们的愤怒所转化?阴冷而静止的
天空,这可是精神的饥饿?
继续穿过雪地的被催眠的行进,
珍贵的灭亡堕下的夜,这些
可仅仅是意志的广阔的迂回
和冰冷的心的逃避?如果这想法
在这里好似一种疯狂,好似雪的
寒冷覆盖着夏天——那么,那北方
可是一种明显的、真正的疯狂?
一种坚定的单纯,绝对的,没有市镇,
而只有熊和鱼,一只发怒的眼,
一种新的单一的性别?

C. D. 路易斯(1904—1972)

请想想这些人

请想想这些人,因为我们谴责了他们;
领路人而没有确切去处,向导迷失了方向,
或者与强盗合伙,暗中倒转了路标,
对祖先不尊敬,对子孙不负责任。
是畸形的变种,植根在沙砾的地方,
生而荒瘠,有花无果,密叶令人窒息,
体内的汁液滞塞,他们拒绝了太阳。

那喜欢尖酸刻薄的男人,那心地
偏到一边的女人,不大方,不正当;
他们让新生的遭受比风雨更大的苦,
把正直人放逐,把有预见者解雇。
他们把田地淹没,变为玩赏的湖,
在苦旱时,他们放干了水库的水,
让它流入私用管道,供沐浴和浇花。

只取得而不润泽,食利而不出力,
怨诉而不求成,不试探而只背叛,
他们没有星导航,他们的月亮无用。
天天在否认,却不能深入挖掘;
在别墅里被直系亲属逼到绝境,
他们数着羹匙,满足于软枕垫,
他们祈祷太平,却给人灾祸。

那收受贿赂者将受害于贿赂，
朽木再变干枯，终结于收容所里，
成为孩子们的祸根，国家的负担。
但他们的恐惧和狂乱传染了我们，
药物或隔离都不能医治这毒瘤：
现在是开刀的时候了，迟了就无望，
要和过去决裂，施行一次大手术。

十 四 行

作鸟的旅行,漫不经心地俯视
成片的沙漠,石头神沉没在沙中,
而海和陆拥抱在一片白色的梦里,
或跳出时间之外,总能重新开始。
或者像鸟定居,在颤巍巍的星星
和秋之浪花上作出忠诚的姿态
表示永远不变;或者浮游在
远离沮丧的波浪的一片海湾中。
这都是我们的愿望。可是,唉!飞鸟
为愚昧的目的感所蔽,盲目飞行,
她的重量对于玻璃般的平静
毫无印痕,她的家只是一筐风了。
行旅的我们被我们的路途骗走,
我们定居,但也像羽毛落上时流。

两人的结婚

那么他们结婚了,以后就
永远生活得幸福?
这夸耀绝不是上天的礼物,
更不是人间的,这里爱情和天气一样
变幻无常:只能说他们是夫妇。

请告诉我他结婚的誓言。
那不是教堂规定的一套。
而是有一夜,独自倚窗时,说道:
"我要好好待她,我的心所拥有和需要的
都押在这危险的誓盟上了。"

这婚姻是如何盖章的?
有一天,他所爱的陌生人
失踪了;发现她藏在他的天性
提供的一隅,并且盖上了它的私章。
配偶若要凭证,这样盖章才行。

那婚姻是怎样结束的?
有些婚姻从不告终。
政府在流亡;可是地下的斗争
却继续着,甚至打到两败俱伤
战士们也绝不放松。

两人的结婚是怎么回事?

那是一个人的失踪,隐没,
由于受了伤或自愿退位;是一个
真投降,被嘲弄,一个不称心的胜利,
是玫瑰,荒漠——也是空中楼阁。

路易斯·麦克尼斯(1907—1963)

跳　板

他从没有俯冲——至少我没看到。
高临伦敦的上空,赤裸裸的,在夜晚
歇在一块跳板上。我从他的恐惧
和我的恐惧所形成的监牢窥探:
不仅是恐怖把他钉在一群新星里,

而是无信仰。他知道得很清楚:
情况号召人去作出牺牲,但是
在城市上空展开鹰翅,颤栗着,
他的血液开始和历史争执:
假如他冲下,他将付出什么价格。

若是能挽救世界呢,那是值得的,
然而他,十分有理地,早已不相信
乌托邦或太平盛世了,他的朋友
不会在他的死里看到替罪或赎金,
只看到一粒信念——很难讲报酬。

但我们知道,他懂得该怎么办。
在伦敦上空,当楼角的魔嘴在笑,
他将像轰炸机俯冲过破损的尖顶,
一个人把他自己的原罪抹掉,
又像千百万别人,为人民而牺牲。

探　　险

鲸鱼冲过移动的大理石的悬崖，
绦虫在肠子的黑暗里窥探摸索，
燕子集体飞向吸引它们的目标，
　　这都是我们类型的榜样，
不过,尽管我们还羡慕它们,它们只是
　　令人惊异一下,就被遗忘。

因为那海洋的刻画者,笨大而无障碍,
厌倦了陆地,才到水里寻求自由和欢快,
他虽然成功,却失败了;因为只是本能
　　规划着他的图线,而尽管
他在我们看来是自由而快乐的怪物,
　　他只是大海所属的一员。

那盲目无华的蛆虫,得意洋洋地自贬,
对人们成了一个做出最坏适应的榜样——
宣扬寄生的光荣,一种矛盾的修辞——
　　甚至连诅咒也不值得,
他缺乏他那种生活的唯一的骄傲:
　　不知他做了最坏的选择。

因此,甚至那成群的鸟,如此喜悦地,
宗旨明确,骨子里也充满气派,他们是
天上有居民权的公民,从来不会
　　不合时宜或越出线外,

他们也不是我们的模范;他们的宗旨
  只是加予他们的预先安排。

而我们的却不是。因为我们是独特的,
自觉地希望,因此也是绝望的生命,
我们是世界上最终的怪物,不会从
  鲸鱼、鸟或蛆虫学到什么方法;
我们的目的是自己的,需要自己努力争取,
  并且维持在我们的条款下。

预　　测

再见吧,冬天,
白日一天比一天长了,
茶杯里的茶叶片
预告一个生客的来到。

他将给我带来杂务,
还是给我带来高兴?
或者他来临是为了
治疗他自己的病?

负着小贩的担子
他将走过花园,
是来向人求乞,
还是来讲价钱?

他是来烦扰人的,
还是来奉承或叫嚷?
手里攒着一把许愿?
还是腰间别着一杆枪?

他到底名叫约翰?
还是名叫琼纳——
那被冲在爱奥那岛上的
哀号忏悔的他?

他可是名叫杰孙，
在把水手寻找？
还是一个十字军人物
狂热得莫名其妙？

他带来的是什么信息：
战争，工作，或是婚姻？
是古老的谚语，
还是晨曦一样的新闻？

他会不会对我的问题
给一个精彩的答案？
还是讲些隐晦的话，
想方设法躲躲闪闪？

他的名字可是爱情，
所谈的话全是发疯？
或者他的名字是死亡，
他的信息倒很轻松？

W. B. 叶芝(1865—1939)

一九一六年复活节[①]

我在日暮时遇见过他们,
他们带着活泼的神采
从十八世纪的灰色房子
从柜台或写字台走出来。
我走过他们时曾点点头
或作无意义的寒暄,
或曾在他们中间呆一下,
有过礼貌而无意义的交谈,
在谈话未完时就已想到
一个讽刺故事或笑话,
为了坐在俱乐部的火边,
说给一个伙伴开心一下,
因为我相信,我们不过是
在扮演丑角的场所讨营生:
但一切变了,彻底变了:
一种可怕的美已经诞生。

那个女人的白天花在
天真无知的善意中,
她的夜晚却花在争论上,
直争得她声嘶脸红。

[①] 此诗是为爱尔兰一次失败了的争取独立的起义而写。

她年轻,秀丽,哪有声音
比她的声音更美好,
当她追逐着兔子行猎?
这个男人办了一所学校,
还会驾驭我们的飞马;
这另一个,他的助手和朋友,
也加入了他的行列,
他的思想大胆而优秀,
又有敏感的天性,也许
他会终于获得声望。
这另一个人是粗鄙的、
好虚荣的酒鬼,我曾想象。
他曾对接近我心灵的人
有过一些最无理的行动,
但在这支歌里我要提他:
他也从荒诞的喜剧中
辞去了他扮演的角色,
他也和其他人相同,
变了,彻底地变了:
一种可怕的美已经诞生。

许多心只有一个宗旨,
经过夏天,经过冬天,
好像中了魔变为岩石,
要把生命的流泉搅乱。
从大路上走来的马,
骑马的人,和从云端
飞向翻腾的云端的鸟,
一分钟又一分钟地改变;
飘落在溪水上流云的影
一分钟又一分钟地变化;

一只马蹄在水边滑跌,
一只马在水里拍打;
长腿的母松鸡俯冲下去,
对着公松鸡咯咯地叫唤,
它们一分钟又一分钟地活着,
石头是在这一切中间。

太长久的牺牲
能把心变为一块岩石,
呵,什么时候才算个够?
那是天的事,我们的事
是喃喃念着一串名字,
好像母亲念叨她的孩子
当睡眠终于笼罩着
野跑了一天的四肢。
那还不是夜的降临?
但这不是夜而是死;
这死亡是否必要呢?
因为英国可能恪守信义,
不管已说了、做了什么。
我们知道了他们的梦;
知道他们梦想过和已死去
就够了;何必管过多的爱
在死以前困惑着他们?
我用诗把它写出来——
麦克多纳和康诺利,
皮尔斯和麦克布莱,
现在和将来,无论在哪里,
只要有绿色做标帜,
是变了,彻底地变了:
一种可怕的美已经诞生。

驶向拜占庭

那不是老年人的国度。青年人
在互相拥抱;那垂死的世代,
树上的鸟,正从事他们的歌唱;
鱼的瀑布,青花鱼充塞的大海,
鱼、兽或鸟,一整个夏天在赞扬
凡是诞生和死亡的一切存在。
沉溺于那感官的音乐,个个都疏忽
万古长青的理性的纪念物。

一个衰颓的老人只是个废物,
是件破外衣支在一根木棍上,
除非灵魂拍手作歌,为了它的
皮囊的每个裂绽唱得更响亮;
可是没有教唱的学校,而只有
研究纪念物上记载的它的辉煌,
因此我就远渡重洋而来到
拜占庭的神圣的城堡。

哦,智者们! 立于上帝的神火中,
好像是壁画上嵌金的雕饰,
从神火中走出来吧,旋转当空,
请为我的灵魂作歌唱的教师。
把我的心烧尽,它被绑在一个
垂死的肉身上,为欲望所腐蚀,
已不知他原来是什么了;请尽快

把我采集进永恒的艺术安排。

一旦脱离自然界,我就不再从
任何自然物体取得我的形状,
而只要希腊的金匠用金釉
和锤打的金子所制作的式样,
供给瞌睡的皇帝保持清醒;
或者就镶在金树枝上歌唱
一切过去、现在和未来的事情,
给拜占庭的贵族和夫人听。